잃어버린 민중의 축제를 찾아서

잃어버린 민중의 축제를 찾아서

천규석 지음

실천문학사

축제라고 다 같은 축제가 아니다

축제! 한때는 내 가슴을 설레게 했던 '외래어'였다. 하지만 알고 보니 축제라고 다 축제는 아니었다. 일상의 전복, 현실의 뒤집기가 없는 축제는 결코 축제가 아니다. 지속 불가능한 일상의 확대와 연장이 축제일 리 없다.

국가 아니면 지방 수령이나 호족이 주도했던 축제는 농민 또는 국민 통치를 오히려 확대 강화하기 위한 경제 및 정치 의례다. 이 책 제2부가 이에 해당한다. 또한 지금 각 지역 정부 단체가 주도하는 대부분의 축제들 역시 이에 해당한다.

이와는 달리 수많은 마을 공동체들에서 자발적, 자치적으로 자생한 전복적이고도 지속 가능한 '기원'들이 있었다. 그 이름도 오늘의 소비 상품적인 '축제'나 '문화제'와는 달리 마을 이름만큼 다양했는데, 이를 통칭해서 또는 추상적으로 '굿'이라고 부르는 '기원 의례'였다. 그러나 이것은 자급적인 마을 공동체와 함께 이미 사라진 축제다.

이 책의 궁극적 주제는 광장 및 거리의 민중 의례로서 자발적이고 저항적인 시위 축제와 그것의 지역화인 마을 자치 축제의 재구성이었다. 그러나 필자 자신이 가진 역량과 지면의 한계 등으로 오늘날의 세시 의례가 된 광장과 거리의 시위 축제에 대한 기술은 시도만 했고 따라서 그것의 지역 마을 축제화의 전망은 시작도 못해보고 포기했다.

제3부 「잃어버린 자치 축제를 찾아서」는 앞의 것을 포기하는 대신 일상 전복적이고 지속 가능한 마을 자치 축제의 가능성을 탐색하기 위한 하나의 중간 과정이 되길 바라며 썼다. 제3부의 「별신굿이 된 영산 문호장단오굿」에서 나오는 네 신상들은 원래 영산 지역 네 개 마을들의 독자적이고 자생적인 마을 의례들의 신상이었다. 이 마을 의례들을 관청이 주도하여 새로 추가 도입한 성황사와 성황신을 중심으로 하는 마을 연합의 고을굿으로 만들어버렸다. 그럼에도 이 책에서는 이를 마을 자치 축제의 한 가능성으로 보았다. 다른 지역제의 산신, 장군신, 성황신 등과는 달리 치제의 주체였던 향리의 수장(호장)이 치제의 대상(신상)으로 보다 민주화(?)된 탓도 있다. 그러나 이에 그치지 않고 지방 수령이나 호장이 주도했던 임금의 적전친경(籍田親耕)의 의례화인 읍치성황제의 목우끌기 의례를 읍치성황제에서 아예 독립시켜 마을 공동체 농민들이 의례 놀이화 한 그 전복성 때문이다.

쇠머리[牛頭]라기보다 꼭 산(山) 모양으로 만든 '영산나무소싸움'의 두 쇠머리 모형은 영산을 대표하는 영축산과 함박산 산신의 상징이라는 점에서는 '영산문호장단오굿'의 일부요 그 연장이다.

그러나 관의 기획과 의례 비용을 마다하고 마을 공동체 농민들이 자력으로 기획 · 제작, 대동놀이화 했다는 점에서는 전형적인 마을 자치굿이었다. 그러나 이 역시 '영산쇠머리대기'라는 이름으로 관의 지원 아래 지속되는 문화제의 한 종목이 되었다. 이 밖에도 지속 가능한 마을 두레의 연합 자치굿이었으나 지금은 쇠머리대기와 함께 관의 지정문화재로 재정 지원을 받고 문화제 행사의 한 종목이 된 '영산줄다리기'가 있다. 이에 대한 필자의 글은 새로 추가해서 쓴 원고도 있지만, 이미 앞서 나온 책에 실려 있고 해서 이 책에서 제외시켰다.

새로운 마을 자치 축제를 전망하기 위해서, 지속 가능한 인류의 미래를 기약하기 위해서는 마을 또는 지역 자급 공동체의 복원이 우선이다. 이는 누구도 대놓고 부정하지는 않지만 그 실현(복원) 가능성에 대해서는 모두가 의심하고 아무도 믿지 않는다. 현실적으로 절대 불가능하다는 믿음을 우리가 진정으로 간절히 원하기만 하면 얼마든지 가능하다는 믿음으로 뒤집기 위해서는 현실을 '기원 의례'로 뒤집기 하는 용기와 뚝심 있는 '사제'가 필요하다. 제3부 「영원한 재야 사제 - 무당」은 전통 자급 마을에서 주로 치유 의례를 담당했던 무당에 대해 오늘날 지식인이란 사람들의 부당한 편견과 오해로부터 무당이 정당하게 복권되어 새로운 뒤집기 굿을 열어줄 것을 갈망하며 썼다. 제도 천주교 안에서도 언제나 소수 목소리로 시작했으나 결국은 다수의 진실을 대변해 온 천주교 정의구현사제단의 뒤집기 모습에서 복권된 참무당의 모습이 어른거리는 것은 나만의 착시일까?

마을 공동체의 파괴와 그로 인한 지속 불가능의 비극적 현실과 모순들의 중요 원인은 마을 공유지의 사유화, 이반 일리치의 표현으로 '공용의 자원화'에 있다. 이를 구체적 사례로 살펴본 글이 제3부 「'울고 넘는 박달재'의 진짜 비극」이다. 박달재를 지키던 산신, 별신 등을 포함한 모든 마을 공용을 국가적, 사적 자원으로 빼앗기거나 스스로 헌납하고 대신 '화폐물신'으로 대체한 오늘의 내 삶이 행복했다면 나는 이런 글을 결코 쓰지 않았을 것이다. 나만 그런 게 아니다. 이 시대 이 땅의 양극화된 물량주의 세례 속에서 자란 젊은이들조차 모두 안녕하지 못하다고 아우성이다. 아우성으로만 끝내지 말고, 본때 있게 제대로 한번 콱 뒤집어 보자. 지속 가능한 자급 자치의 마을 공동체로!

차 례

책머리에 • 5

제1부 반란으로서의 축제

광장의 축제에서 다시 마을 회의로 • 13

우리 전통 축제의 성적 반란 • 25

제2부 통치로서의 축제

팔관회와 연등회는 고려의 국풍이었다 • 41

강릉단오행사는 '굿' 아닌 '제'다 • 71

탐라국 입춘굿놀이 - 되살린 읍치성황제 • 116

제3부 잃어버린 자치 축제를 찾아서

별신굿이 된 영산 문호장단오굿 • 153

영원한 재야 사제 - 무당 • 189

'울고 넘는 박달재'의 진짜 비극 • 215

제1부

반란으로서의 축제

광장의 축제에서 다시 마을 회의로

어린 시절, 그러니까 내가 초등학교 6학년 때까지 우리 집에서는 가을 추수 뒤에 '안택굿'이란 개인 굿을 연례행사로 벌였다. 추수 뒤의 늦가을 밤은 겨울 추위였는데도 나는 안택굿이 밤새 진행되는 동안에 거의 잠을 안 자고 추위에 달달 떨며 굿판을 따라다녔다.

내가 경험한 우리 집 안택굿은 남자 무당인 화랭이 혼자서 다양한 북장단을 치며 불경과 비슷한 자기식의 창작 사설을 구성지게 읊는 일인 재수굿이었다. 초저녁 이웃 사람들이 다 모인 안마당에서 막걸리, 떡 등 집에서 장만한 음식들을 나누는 가운데 대잡이 신을 내려 집안에 맺힌 액운을 풀고 한 해의 평안을 기원하는 마당굿풀이로부터 이 안택굿은 시작되었다. 지금까지 내 기억에 남아 있는 우리 집안 안택굿 장소와 굿 이름은 대충 다음과 같다. 대청마루 안쪽에 모신 조상단지 앞에서 하는 조상굿, 안방에서 하는 삼신굿, 앞마루 위에 모신 성주단지 앞에서 하는 성주굿, 부엌에서 하는 조앙굿, 우리 집 뒤쪽 처마 밑에 선반을 매고 곡식 단지에 모신 터주신 앞에서 하는 철륭굿, 마지막으로 굿 날의 7일 전인가 대문 위로 쳐두었던 왼새끼 금줄을 희부연 새벽에 걸어 태우며 잡귀를 달래 보내는 송신굿 등이 있었다.

이 중에서 철륭굿은 무덤들이 많은 산자락 밑인 우리 집 뒤뜰 쪽에서 한밤중에 했다. 나는 누가 시키는 것은 아닌데 쭈뼛한 무서움증과 추위에 덜덜 떨면서도 화랭이의 다양한 북장단과 구성진 사설 가락에 은근히 홀려 내 가슴도 콩닥거리며 그 옆을 끝까지 따라다녔다. 잠을 자려해도 둥둥거리는 북소리가 시끄럽다기보다 그 묘한 울림이 가슴을 파고들어 쉽게 잠들 수 없었기 때문이다. 우리 집 단위의 추수감사제였던 이 개인 안택굿은 1950년 내가 초등학교 6학년 때 6.25가 난 뒤, 2년 연속 흉년이 든 데다 중학교 2학년 때 어머니까지 돌아가시자 우리 집과의 인연을 영원히 끝내게 된다. 그러나 우리 집 개인 안택굿 말고도 정월 보름 전후 집집마다 돌며 지신을 밟아주는 마을굿이 있었다. 그리고 영산 시장 소재지에는 마을 연합의 대동 의례인 나무소싸움과 줄당기기굿도 있었다.

굿의 축제화

이처럼 우리 세대들은 좋든 싫든 굿의 영향 속에서 젊은 시절을 보냈지만 동시에 굿이 미신이라는 배타적 과학교육(?)도 계속 받으며 살아왔다. 그래서 이 두 가치의 충돌 속에서 정서적 갈등도 컸다. 특히 근대주의로 무장하고 1960년대에 등장한 군사독재정권은 굿의 토대인 '헌마을' 농촌공동체들을 군사작전 하듯 공격, 파괴하고 모두 '새마을'로 시장화, 도시 변두리화 해버렸다. 그 덕택에 마을 공동체와 굿은 깨끗이 사라지고 그 빈자리는 '축제'라는 이름의 개인이나 소수 이익집단들의 푸닥거리들이 대신 차지하고 있다. 그러나 '굿'에서 '축제'로 이름이 바뀐 것만큼이나 그 의례의 형식과 내용도 크게 달라졌다.

전통 마을굿은 기원 의례와 놀이인 동시에 민중들의 자치 회의이기도 했다. 그러나 그런 자치 민중 회의도 해마다 반복되는 '마을 의례'로 고착되고 말면 그 또한 일상 체제의 유지에 일조할 뿐, 아무 도움이 안 된다. 그래서 민중들은 자신을 옥죄고 수탈하는 체제의 강도가 지나치면 그 체제를 바꾸기 위해 괭이와 낫 등의 농기구를 들고 지주나 국가기구를 위협하는 과격 축제를 벌이기도 했었다. 관료(국가)와 자본(지주)의 입장에서 이것은 용서 못할 민란이고 반란이다. 그러나 민중들에게 이런 반란굿은 자기의 생존을 위협하는 체제에 강력한 거부 의사를 표시하는 난리굿 즉 자위를 위한 비상 민중 회의였다.

근대 이후의 국가는 각급 대표를 투표로 뽑는 선거제도와 세금을 통한 재분배인 복지 제도, 지역 축제 등의 각종 관제 의례들로 민중의 불만을 제도적으로 수렴하며 민중에 대한 지배력을 더욱 고도화, 세련화 해가고 있다. 오늘날의 제도 축제는 전통 마을 공동체에서 그 구성원들 모두의 풍농과 안녕을 기원하는 마을 회의를 비과학적인 '미신'으로 낙인찍어 깨끗이 지워내고 대신 전통문화와 축제 자체까지 상품화하는 또 하나의 관제 지배 이데올로기가 되었다. 오늘의 축제는 마을 공동체 구성원끼리가 아니라 외지

사람들을 될수록 많이 불러 모아 자기 지역 문화와 특산물 등을 홍보하고 많이 파는 개인이나 소수 이익집단의 또 다른 시장이 되었다. 그게 아니라도 지금의 축제는 국가나 특정 이익집단의 자기 이데올로기를 선전하는 하나의 효과적인 매체일 뿐, 민중들의 자발적 일상 탈출이나 현실 전복 의례와는 전혀 무관하다. 주로 지방자치단체의 주도로 해마다 정례적으로 되풀이하는 1,000개가 넘는 이른바 무슨 '축제'와 '문화제'의 이름으로, 철저하게 위로부터 조직 관리되는 상업주의적 '국풍'들이 이에 속한다. 국내 언론뿐 아니라 미국 『CNN』과 시사 주간지 『타임』 등 외국의 여러 언론에도 보도되어 세계적 관광 상품이 되었다는 화천의 양식 '산천어 축제'는 대표적인 성공 사례로 꼽힌다. 하지만 이런 축제는 아무리 큰 규모로 외부인들을 불러 모아 문전성시를 이루어도 전통 굿처럼 현실 전복적 의례로 마을 공동체 모두의 기원 전통을 이어가는 진정한 자급 자치적 민중 회의는 아니다. 『경향신문』 신동호 논설위원은 2014년 1월 14일자의 같은 신문에 「산천어축제 7대 불가사의」라는 글에서 이렇게 적고 있다.

첫 번째 강추위 속 얼음판인데도 100만 명 이상의 관광객이 몰려든다는 것. 두 번째 2003년에 시작된 짧은 역사에도 불구하고 대한민국과 세계의 대표 축제가 된 것. 세 번째 산천어는 원래 모천 회귀성 어류인 시마연어인데도 바다에 나가지 않고 하천 상류인 모천에 그대로 눌러 앉은 얌체 연어족이란 것. 네 번째 원래 산천어는 영동 지역에만 서식하던 냉수성 어류로 영서 지역인 화천과는 아무 연고가 없다는 것. 다섯 번째 산천어 축제에 사용되는 110톤(약 44만 마리)의 산천어는 국내종도 아니고, 대부분 일본 수입종의 양식이란 것. 여섯 번째 상수원 보호구역인 화천천을 산천어 축제를 위해 지난 11년 동안 해마다 매립공사, 굴착공사, 시설물 설치공사 등으로 (축제기간을 뺀) 342일 동안 파괴하는데도 단지 참여자가 많다고 성공한 축제로 정당화하고 있다는 것.

일곱 번째로 지적한 불가사의는 좀 헷갈린다. "마지막 일곱 번째 불가사의. 지속 가능성이다. 말이 안 되는 것인 줄 알았던 것이 계속 말이 된다면 그것은 말이 되는 것이다. 비정상의 정상화, 바로 그것이다. 산천어 축제는 그것을 보여주고 있다. 보면 볼수록 참으로 불가사의한 축제가 아닐 수 없다." 위에서 보았듯이 산천어 축제는 생태적, 환경적으로 지속 불가능하다. 그러나 말이 안 되는 것도 계속하다보면 말이 되듯이 비정상도 계속 되풀이하다보면 정상적인 축제가 된다는 뜻인 것 같다. 이는 지속 불가능도 일정 기간 계속되고 있다면 지속 가능한 것이 되고, 비정상도 상시화되면 어느덧 정상이 된다는 뜻으로 읽힌다.

축제에 투입되는 산천어가 수입한 양체 어족이라도 그것이 1년에 한 번뿐이고 또 기존 생태계에 큰 충격 없이 장기적으로라도 토착화될 수 있다면, 별 문제가 안 될 수 있다. 머나먼 남미 원산의 감자와 옥수수가 언제부터인가 강원도 특산물이 되어있듯이 말이다. 그러나 내가 볼 때 산천어 축제는 이와 달리 생태적으로 지속 불가능한 대표적인 상업주의(장사) 축제다. 이 축제 때문에 해마다 거듭되는 해당 하천의 대대적인 생태 파괴도 큰 문제지만 110톤의 산천어는 자연의 순환 과정에서 저절로 나온 자연산이 아니고 막대한 인공 사료로 하천과 환경을 오염시키며 사람이 양식한 가짜 산천어라는 점에서 이는 지속 불가능한 인간 행위의 대표적 사례이기 때문이다.

지속 불가능한 현실을 전복하여 지속 가능한 현실로, 비정상 현실을 뒤집어 정상 현실로 되돌려 자연과 인간의 재앙으로부터 나와 공동체를 지켜달라는 간절한 염원의 의례가 참축제다. 제아무리 일상의 전복이 축제의 으뜸 본질이라 해도, 자연의 재앙과 지구 온난화 등을 인공적으로 자초하고, 반생태적인 비정상을 연장 확대하여 일상화시키는 것이 생명을 함께 살리는 축제일 수는 결코 없다.

축제는 고사하고, 이는 수단 방법을 안 가리고 많은 사람들의 지지만 얻으면 뭐든 정당화되는 사이비 민주주의의 다수결 절대주의다. 아무리 많은 생명들을 희생해도 많은 사람들의 소비 욕구와 파괴 욕구만 충족시켜주면 정당화되는 인간 중심의 시장 제일주의일 뿐이다. 또 이것은 진실을 은폐한 거짓이 진실인 듯 정당화하는 도덕 허무주의 등을 강요하는 현대판 통치용 정치 경제 의례 외에 아무것도 아니다.

자고로 축제에는 얼마쯤의 희생(犧牲)이 따른다. 그러나 마야 왕국과 같이 태양신에게 산사람을 대속용 제물로 바쳤던 원시적 고대 축제 때도 전쟁 포로나 범죄자 중 몇 명을 희생 제물로 바치는 데 그쳤다. 적은 희생을 사제가 대신 바치고, 많은 생명을 더불어 살려 달라는 기원이 고전적 축제다. 그런데 화천의 산천어 축제에는 되풀이 되는 하천의 개보수 공사와 산천어의 양식을 위해(은폐되어 비가시적으로) 파괴되는 수많은 생명을 제외하고서도, 무려 44만 마리의 산천어를 해마다 희생 제물로 바치고 있다. 100만 생명이 44만 생명을 2대 1의 희생 제물로 잡아 바친다고 '죽임의 의식'이 결코 지속 가능한 살림의 축제가 될 수는 없다.

100만 관광객의 이동거리만큼 석유는 타서 그 매장고는 낮아질 것이고 지구는 온난화되고 있다. 그들이 먹고 싸고 버린 똥과 쓰레기만큼 GDP는 상승할 것이다. 그러나 그만큼 뭇 생명들의 공동체는 파괴되었을 것이고, 지구 수명도, 인류 수명도 단축되고 있을 것이다. 이야말로 언젠가는 모두의 밥맛=살맛을 뺏아가는 진짜 '죽임의 굿판' 이 될 것이다.

의례적 광장 축제에서 마을 회의로

지금의 진정한 민중 전통 의례는 제도 축제를 통해서가 아니라 근대라는 이름의 식민지화, FTA 등의 이름 아래 세계시장 개방의 확대로 벼랑 끝에 내몰리는 농민들의 저항이나 4.19로부터 시작된 1970~1980년대의 반독재 학생시위, 1990년대 이후의 시민 항쟁 등을 통해 그 맥을 이어가고 있다. 전통 굿이 전복적 의례를 통해 마을 수호신에 대한 기원으로 마을 공동체의 질병과 액운을 예방하고 치유했다면, 그것을 미신의 낙인 아래 몰아내고 또 하나의 지배 이데올로기인 축제로 대체당한 이 시대 민중들의 현대적 질병과 액운의 치유법은 의례(제도)화된 축제가 아니라 민중들의 자발적이고 직접적인 반란 시위 즉 민중 회의밖에 없다. 그래서 당국이 불법 불온으로 낙인찍고, 몽둥이, 바리케이드, 최루탄, 물대포 등으로 탄압 저지함에도 불구하고 이에 맞서는 반란적 시위들이야말로 타발이 아닌 자발성과 현실 전복적 기원성으로 하여 전통 굿을 잇는 진정한 민중 회의(축제)라 할 수 있다. 내가 직접 경험한 4.19와 6.3, 구경만 해온 1970~1980년대의 불꽃놀이 거리 축제들이 이의 연장이었다. 2008년의 서울광장 촛불 문화제, 4대강 파괴에 대한 반대 시위에 이어 2011년의 세모를 장식했던 FTA 반대 및 비준 무효화의 민중 회의들도 이에 속한다.

실제로 나는 제도 축제에서가 아니라 대학 때 충격적으로 경험한 4.19와 5.16으로 잠시 좌절되었다가 다시 이어진 반파쇼, 반매판, 굴욕적 한일회담 반대 투쟁의 정점인 6.3운동 과정에서 어린 시절 굿판을 쫓아다니며 느낀 묘한 불안감과 고양된 기분을 동시에 다시 경험할 수 있었다. 어린 시절에 경험한 전통 굿들과 청년 시절의 반란적인 시위에서 동시에 경험했던 불안 속의 고양된 신명감이란 대체 무엇일까? 전통 굿과 오늘의 반란적 시위에 무슨 공통점이 있다는 것인가? 그래서 나는 만일 내가 대학에 남아 석 · 박사 등의 공부를 계속할 형편이 된다면 그처럼 비슷한 감정을 환기하는 굿과 시위(민중 회의)의 관계 즉 '축제와 혁명의 미학'을 전공해야겠다는 꿈을 꾸기도 했었다.

그러나 그 꿈은 고단한 세월 속에 묻혀버리고, 오늘날의 민중 회의도 농촌의 모든 마을과 마당을 닥치는 대로 집어삼키고 이상하게 비대해진 서울의 대 광장에서 커다란 국가적 억압이 발생할 때만 임시로 열린다. 그래서 이제는 민중도 자칭 진보적이란 식자들도 오로지 서울=국가만 바라본다. 2008년의 촛불집회 때도 그랬듯이 오로지 서울에서만 결판낼 수 있다며 지역에서도 서울로 서울로만 몰려간다. 물론 지역적으로 분산된 소규모 회의보다 서울 광장의 집중이 더 위력적으로 보이기는 한다. 그러나 일시적으로 서울광장에 집중된 민중 회의만으로 이 세상에 무엇을 근본적으로 바꿀 수 있을까? 아니 서울광장의 민중 의회가 국가와 자본 체제는 고사하고 서울의 일부나마 바꾼 적이 한 번이라도 있었던가?

그렇다고 '투표'라는 또 하나의 '제도 축제'로 이른바 '선거 혁명'을 한다는 것도 가망 없는 꿈이다. 남미나 과거 유럽의 경우처럼 선거에 의한 좌파 집권이 불가능한 것은 아니지만 그렇다고 그 선거로 혁명을 이루었다고 말하기는 어렵다. 선거 혁명의 결과 역시 어느 만큼 기득권을 가진 자들에게나 돌아가는 전리품이지 민중에게 떨어지는 부스러기는 보잘것없고 있어도 결코 영원하지 않다. 선거제도는 권력 세습 시스템을 교묘하게 은폐하기 위한 제도 국풍일 뿐이다. 실제로 선거제도 아래서도 국가기관 단체장과 의원들의 유고시 그의 부인이나 아들을 대리자로 다시 선출시키기도 한다. 북한의 3대째 권력 세습을 강도 높은 한목소리로 비난하는 선거제도 하의 남한에서도 왕정이 무색할 만큼 장기간(18년) 1인 독재를 한 대통령과 그 딸에게 또 대통령이란 권력을 다수의 투표로 세습시킨다.

물론 국민들이 직접 투표로 뽑는 선거에서 혈육이나 가족에게 정치권력을 세습시키는 경우는 흔한 일은 아니다. 그러나 민주주의의 꽃으로 미화되고 있는 선거제도 아래서도 혈육이나 가족에게는 아닐지라도 권력을 개천 바닥의 비기득권자들에 넘겨주는 경우는 결코 없다. 선거제도는 재산, 학벌, 고급 관료 등 기득권 3종 세트를 이미 구비한 자들에게만 정치적 권력까지 독점시키는 국가제도일 뿐이다. 물론 때로 약간의 예외는 있다. 이 땅에서도 한때는 반독재 민주화운동 등 기득권에 대한 정치적 저항으로 유치장이나 감옥 등에 가서 얻은 비기득권자들의 비제도적 스펙이 정치권 입문의 '별'이 된 적이 있었다. 그렇다고 해도 선거에 의한 권력 교체는 '투쟁의 경쟁력'이라는 기득권이라도 가진 자들끼리만 주고받는 또 다른 세습 제도에 지나지 않는다.

우리 시대의 걸출한 논객 진중권도 복제품의 양산으로 착각과 환상을 조작하는 현대 물량 민주주의와 그 권력의 비판적 표현인 현대 예술을 논하면서 권력은 거대한 시스템이지 절대로 선출되는 것이 아니라고 했다. "케네디를 살해함으로써 권력은(실은 하나도 중요하지 않은) 대통령의 중요성이라는 환상을 만들어 내는 데 성공했다. 이 환상은 소위 '민주주의'라는 시뮬라시옹의 유지에 필수불가결한 것이다. 거대 기업, 고위 관료, 정치인들의 복잡한 커넥션으로 이루어진 권력은 실은 절대로 '선출'될 수 없는 시스템이다. 하지만 한 인물에게 표를 던져 대통령으로 뽑는 이들은, 그것으로 자기들의 권력을 선출한다고 굳게 믿는다. 소위 '민주주의'는 이 착각을 먹고사는 거대한 시뮬라시옹이다."[1]

4년 또는 5년마다 투표로 대리인을 선출하는 대의제 민주주의는 기득권을 가진 출마자들끼리 민중을 내 편과 네 편으로 갈라 스스로 힘을 빼게 해서 지배자의 분할통치를 쉽게 하는 대표적인 제도적 의례 축제이자 정치 공학이다. 그것은 오히려 민중들의 직접민주주의와 혁명 의지만 거세시킬 뿐 자본주의와 그 쌍생아인 국가주의를 더욱 강화시킨다. 그래서 일본의 문예 사상가 가라타니 고진은 그의 화두인 자본-네이션-국가 체제를 극복하기 위한 마지막

1 진중권, 『미학 오디세이 3』, 휴머니스트, 2009, 330쪽

기대를 담장 너머의 어셈블리(제도 국회)와 함께 광장의 비제도적 어셈블리(민중 회의=데모)의 어소시에이션(연합)에 다시 걸고 몸소 이를 실천하고 있다.

서울이나 도쿄 광장의 대규모 어셈블리는 직접민주주의를 위해 반드시 필요한 실천이다. 그러나 지금까지 그것이 얻어낸 최고의 해결책이라고는 그 역시 기득권 집단 간의 권력 교체 세습일 뿐 중앙집권적 국가의 해소는커녕 오히려 이를 강화하였다. 그러므로 서울과 도쿄 등의 민중 회의도 그 자체가 비자급적이고 임시적이기 때문에 그것을 반드시 지역과 마을 의회로 확대 연장하는 계기로 만들지 않으면 안 된다. 광장의 민중 회의는 국가와 자본에 대한 개인적 불복종과 자급 자치 의지에 따른 귀농, 지역 협동조합, 지역 화폐, 각종 지역공동체 운동 그리고 마을 의회의 분산적 부활과 연합의 계기가 될 때 비로소 그 의미가 있다. 그렇게 되지 않고는 지역 자치, 지역 분권, 직접민주주의는 절대 오지 않는다. 축제의 탈의례화와 의례적 광장 회의의 자급 자치적 마을 회의와 지역 회의의 수평적 연합 없이 자본과 중앙집권적 국가주의를 결코 극복할 수가 없다.

물론 국가주의의 대안인 자급 자치의 마을 또는 지역공동체라고 완전하게 안정된 체제일 수는 없다. 이 세상에 완전하게 안정된 공동체(유토피아)는 아직까지 없었다. 이 불안정이 지속 불가능하고 따라서 더 불안정한 국가 체제를 허용했고 그게 지금은 자급 자치 공동체를 완전히 압도하고 있다. 그러므로 새로운 공동체를 다시 얻기 위해서는 국가주의로부터의 끝없는 탈주와 불안전한 공동체로부터 재탈주의 반복이 전제되어야 한다. 그래야만 불안한 안정

즉 일본의 사상가 히로세 준의 표현대로 '준안정에서 준안정'이라도 보장해 준다. 거듭 말해 국가주의에 대한 반란과 그 대안으로서 공동체에 대한 재반란, 봉기와 재봉기, 탈주와 재탈주, 혁명에 대한 재혁명 요컨대 모든 일상에 대한 '전복의 일상화'만이 폭력적이고 지속 불가능한 국가주의로부터 벗어나 우리에게 불완전하지만 지속 가능한 자급 자치 공동체의 실현을 담보해 준다.

우리 전통 축제의 성적 반란

유감주술로서의 성적 일탈

한때는 이 땅에서도 거리마다 반란의 축제로 홍수를 이룬 적이 있었다. 민주화를 위한 대학생들의 이른바 불꽃놀이(화염병 투척 시위) 축제는 1970~1980년대의 우리 대학가에 계절 따라 등장했던 또 하나의 새로운 세시풍습이었다. 그러나 1990년대부터의 대통령 직선제와 도와 군, 광역시와 구 의회 구성원들의 선거를 기본으로 하는 형식적, 절차적 서구식 지역 자치 민주주의가 제도화된 이후 이런 세시풍습은 갑자기 뜸해졌다. 일탈과 반란을 본질로 하는 민중들의 축제다운 시위와 혁명 축제는 완전히 사라진 것은 아니지만 명맥만 겨우 이어가고 있다. 그 대신 각 지방자치단체들이 벌이는 도시 축제와 지역 특산물 축제, 무형문화재 발표회 등 1,000개가 넘는 통치용 관제 상업 축제들의 홍수가 거리 축제를 대체하고 있다.

천편일률적인 상업 축제와 통치용 관제 축제에 신물이 나다보니 그래도 자발적 반란의 열정으로 뜨거웠던 1980년대식 불꽃 축제가 다시 그리워진다. 이런 1970~1980년대 반란적 세시풍습과 우리 전통의 세시풍습은 과연 어떤 연관이 있을까?

민속학자 주강현은 『우리 문화의 수수께끼』[2]라는 자신의 책 제일 첫 장의 제목을 「성적 제의와 반란의 굿」으로 붙였다. 그 대표적 반란 굿의 하나로 진도 '도깨비굿'을 소개했는데 내용은 다음과 같다. 지역에 초여름 가뭄이 두 달 이상 계속된다. 마을 남성들이 기우제를 지냈건만 가뭄은 그치지 않는다. 게다가 역질까지 횡행하여 이미 여러 사람들의 목숨이 절단 났다. 기우제를 지낸 열흘째 밤에 부황에 누렇게 뜬 마을 아낙들이 마침내 약속이나 한 듯 정자나무 아래로 모여든다. 이 마을에 액운을 몰고 온 도깨비를 잡아 족치는 굿을 하기 위해서다.

도깨비굿은 동네 아낙들이 긴 간대(장대) 끝에다 새댁이나 과부의 '서답'을 매달고 이를 휘저으며 '양푼에 숟가락 장단', '북채로 두드리는 놋대야 소리', '젓가락 장단의 꽹과리 소리' 등의 온갖 불협화음으로 동네를 완전히 평정하는 것이 그 특색이라고 한다. 이 굿은 달거리 피를 대낮에 내보이는 성도착적인 일종의 성적 시위라는 것이다. 이때 남자들은 방 안에서 문고리를 잡고 창호지를 통해 자기 속곳을 휘두르는 여자들의 그림자를 보며 겁에 질려 꼼짝도 못하고 있었다고 한다. 이런 남자들처럼 역질을 몰고 온 귀신도 여성들의 음밀한 그것이 대낮에 내걸리는 데는 어찌해 볼 도리가

2 한겨레신문사, 1996

없었을 것이라고 했다.

주강현은 같은 지방에서 연행된 이와 유사한 유감주술(닮은 것은 닮은 것을 낳는다는 속신)로 '디딜방아 액막이굿'도 소개한다. 이웃 마을의 디딜방아를 훔쳐다가 자기 마을 중심가에 거꾸로 세워 묻는다. 방아고 쪽은 땅속에다 묻어 방아 가랑이를 하늘 쪽으로 세움으로서 원래의 나무가 섰던 자연 상태로 세운다는 것이다. 그리고 디딜방아 가랑이에 동네 여성들의 서답을 모두 걸친다. 왜 자기 동네 디딜방아는 안 세우고 남의 동네 디딜방아를 그것도 몰래 훔쳐와 세우고 여러 여성들의 서답을 한꺼번에 걸치는 것일까? 디딜방아의 고는 남성 상징이다. 그렇다면 이건 남성들의 억압적 가부장주의와 그 일방적 성행위에 맞서 보복하려는 여성들의 남성에 대한 집단 성폭행의 상징일까? 혹은 자기 마을 남성들, 더 구체적으로는 자기 남편에 대한 성적 불만을 상징하는 일종의 유감주술적 집단 간통 의례일까? 주강현은 이 액막이굿이 평소 남성들의 잘못에 대한 여성들의 보복이고 남성들의 모권 사회 질서의 전복에 대한 여성들의 재전복으로, 비정상에서 정상으로 되돌리는 상징 의례라고 했다.

우리의 전통 굿에는 이런 성 관련 의례들이 더러 있는데 그중에서 가장 대규모적이고 대표적인 남녀 상관을 상징하는 굿은 아무래도 줄당기기굿일 것이다. 줄굿은 여성을 상징하는 암줄과 남성을 상징하는 수줄이라는 두 개의 거대한 연장을 그 주인공으로 한다. 사람의 성기도 연장이라고 한다. 무엇에 쓰는 연장인고 하면 첫째로는 성교하는 연장이고, 그 연장선상에서 아이를 만드는 연장이기 때문에 틀린 말은 아니다. 그러나 이건 너무 속물적이고 천박한 표현이다. 아이가 생명 없는 물건이라면 그것을 만드는 도구를 연장이라 해도 무방하다. 그러나 사람의 아이는 물건이되 생명과 영혼이 있는 영물이다. 영물은 연장이 아니라 영물로서만 만들 수 있다. 따라서 성기는 성교의 연장에만 그치지 않고 생명을 창조하는 영물이다.

줄은 볏짚으로 만든 줄굿용 연장이다. 그러나 수많은 수공을 들여 거대한 줄로 완성하고 보면 그것은 짚의 단순 집합으로 된 줄굿의 연장이 아니라 그 자체로 어떤 영물처럼 보인다. 줄의 전체 모양이 마치 상상 속의 영물인 용같이 보여서 영물이기도 하지만 암수로 나누어 만든 두 개의 줄 고리가 남녀의 성기로 보이기도 한다. 특히 암수 두 줄의 고리를 걸어서 비녀목으로 찌르고 줄을 당기고 난 뒤의 모습은 영락없이 옛날의 변소간에서 우리가 흔히 보아왔던 성교 장면의 낙서를 떠올리게 한다. 남녀 성기의 결합을 그림으로 그리기는 불가능하다. 은밀하게 내면적으로 결합되어 있기 때문이다. 굳이 그것을 표현하고자 할 때는 옛날의 변소 낙서에 단골로 등장했던 것처럼 그것의 상상적(추상적) 단면도뿐이다. 암수 줄의 결합 장면이야말로 바로 그 변소 낙서로 그려진 성교의 단면도와 너무도 닮았다.

그래서인지 실지로 줄굿이 진행되는 동안 온 마을의 모든 주민들은 일종의 정신적 집단 성교 분위기를 연출하고 또 그 분위기 속에 스스로 빠져든다. 낱줄을 드릴 때나 그것을 엮어 거대한 몸줄을 만들 때, 특히 그것을 운반하여 암수의 줄 고리를 걸 때는 성적 은유나 노골적인 음담패설이 질척하게 흘러넘친다. "꼴렸네 꼴렸네 동부 ㅇ이 꼴렸네, 부었네 부었네 서부 ㅇ이 부었네"라는 영산줄굿

때의 성적 육담도 그중의 하나다. 특히 암수 줄의 고리를 걸 때 동부에서 서부의 암줄을 먼저 갖다 대라고 하면 서부에서는 "그런 법이 없다. 남자 쪽인 동부의 수줄을 먼저 갖다 세워라" 고 응수한다. 그러면 동부 쪽에서 "요즘 세상이 어디 그러냐? 여자가 더 밝히지 않느냐" 고 맞받는다. 그러면 서부에서 "아무리 그런 세상이라 해도 아직 해도 안 떨어진 벌건 대낮에 여자가 먼저 갖다 댈 수는 없다"[3]는 등의 질척한 육담과 음담들로 해를 지운 뒤에야 줄을 걸어 당겼다. 물론 이것은 영산줄이 국가의 중요무형문화재로 지정되기 이전인 1960년대까지의 풍경이었다.

전통 시대의 농어민들이 주도하는 거의 모든 굿판은 이런 성적 육담과 음담패설이 관행으로 수용되고 있었다. 왜 그랬을까? 그들이 특별히 음탕하거나 자유분방해서 일까? 그렇지만은 않을 것이다. 전통 시대 마을 대동굿들의 제의기원(祭儀祈願)은 오늘날 예배당이나 법당의 기도처럼 개인적으로 부자가 되게 해달라거나 자식놈 일류 대학 가고 출세시켜 달라는 식의 개인적 소망과 전혀 무관했던 것은 아니지만 그게 주된 소망은 아니었다(그런 개인적 소망은 개인 집에서 하는 재수굿에서 주로 기원한다).

마을굿의 주된 소망은 마을 공동체에 언제 닥칠지 모르는 역질이나 자연적인 재앙을 미리 막아 동민들을 모두 무탈하게 해달라는 것이다. 특히 풍년의 연속으로 모든 동민들이 모두 배불리 먹고 건강하게 살게 해달라는 지극히 소박한 공동체적 소망이었다. 마을굿의 주된 소망인 풍년은 농작물의 풍산을 뜻한다. 식물이든 동

3 장주근 외, 『영산 쇠머리대기와 줄다리기』, 문화재관리국, 1968

물이든 생명 있는 것들의 풍산은 반드시 암수의 정받이를 통해 이루어진다. 다산과 풍산을 위한 정받이가 잘되게 하기 위해 밭 주인 부부가 밤이 되면 낮에 파종해 둔 밭에 나가 실지로 성교를 하는 유감주술의 전통이 고대부터 있었다고 한다. 이 전통은 러브호텔이란 것들이 강산의 길목과 골목마다 들어차기 이전인 1960년대까지 이어진 것 같다.

우리 세대들이 중, 고등학교를 다녔던 1950년대와 1960년대까지도 '누가 누구와 어디 보리밭에서 ㅇ했다'는 낙서는 학교 등의 공중변소에 갈 때마다 만나는 흔한 풍경이었다. 물론 러브호텔이 없던 시절의 농촌에서 그 짓(혼외정사)을 할 마땅한 장소가 보리밭이나 풀밭 말고 달리 없기도 했으니까 그곳이었지 그게 어디 고대사회부터 전해온 풍년을 위한 유감주술 행위냐는 반문이 있을 수 있다. 물론 그 행위자들이 농경의례적인 유감주술 전통을 전혀 모르고 흔하게 주어진 장소가 그곳밖에 없으니까 보리밭을 택했을 수도 있다. 그러나 당시는 잘 자란 보리의 일부를 깔아뭉개는 피해에도 불구하고 행위 당사자가 별다른 죄의식 없이 당연한 듯 보리밭을 택했던 것 같다. 또 밭 주인도 그 피해에 대해 크게 억울해 하거나 도덕적 거부감 없이 수용했던 것 같다. 그랬다면 이들이 그런 고대사회부터의 유감주술 전통을 무의식적이나마 수용하고 계승한 후예들이었기 때문이 아닐까?

성적 유감주술 전통은 여러 형태로 변형되긴 했지만 우리 전통 마을굿에서도 그 흔적을 뚜렷이 남기고 있다. 하회별신굿은 네 개의 마당으로 구성되어 있다. 첫째 마당인 당맞이굿에 이어 둘째 마당격인 마을굿(지신밟기굿)이 끝나는 날 저녁에는 세 번째 마당으로 혼례굿을 치르는데 그 장면을 요약하면 다음과 같다. 하회마을 입구의 '진밭'이란 곳에다 하당(下堂) 주변에서 베어온 참나무 장작으로 으슴푸레하게 모닥불을 밝힌다. 진밭 마당에 멍석을 깔고 무당한테서 빌린 장구를 하나 세우고 그 위에 꽃 갓을 세워 약식으로 혼례청을 만든다. 각시탈을 쓴 각시광대는 신부로, 선비탈을 쓴 청광대는 신랑이 되어 탈을 안 쓴 양반광대의 홀기로 초례를 올린다. 서로 절하는 상배지례(相拜之禮)만 치르고 술잔을 교환하는 교배지례(交拜之禮)는 생략한다. 초례가 끝나면 장구를 치우고 같은 멍석에서 신방을 치른다. 청광대 신랑이 각시광대를 눕히고 배 위에 올라타면 각시광대는 양반광대가 시키는 대로 '아야' 소리를 세 번 한다. 이는 하회마을 상당(上堂)의 서낭각시와 하당의 허도령 서낭의 혼례를 상징하는 의례라고 한다. 이때의 신랑 청광대는 마을 사람들 중에서 아들이 없는 사람이 자원한다.

하회별신굿의 혼례마당굿이 지금은 마치 아들 없는 사람들의 득남 의례처럼 전승되고 있지만, 사실은 바로 이것이야말로 하회별신굿 역시 원래 다산과 풍농을 위해 고대사회부터 전승된 보리밭 유감주술의 성교 의례를 충실하게 계승한 농경의례였다는 사실의 확실한 흔적이다. 우리 전통 마을굿들에서 이 같은 모의 성행위나 성적 상징들, 질펀한 음담패설들은 바로 성적 유감주술을 통해 다산과 풍농을 기약하기 위해서였다. 동시에 그것은 일상에서 억압된 성과 여러 사회적 억압들로부터 비록 말이나 연극적 표현 등의 간접경험에서나마 해방감을 맛보려는 일탈과 반란이기도 했었다.

반란 없는 미풍양속이 되고만 우리 전통 굿

주강현은 진도의 '도깨비굿'과 '디딜방아 액막이굿'의 원인인 가뭄과 역질 등 인간 사회 액운의 원천을 원래의 모권 사회가 부권 사회로 도착된 것에 기인한다고 본다. 그래서 이런 도착을 주술적으로라도 다시 도착시켜 원상으로 되돌림으로써 액운을 근본적으로 막을 수 있다고 했다. 물론 그런 사회학적 해석도 가능하고 흥미롭다. 그런 해석은 특히 여성 독자들이 좋아할 여성주의적 해석이기도 하다. 그러나 이보다 더 상식적이고 기초적인 민속적 해석을 건너뛴 것이 아쉽다.

여자의 속옷을 간대에 걸치는 의식이 진도의 도깨비굿에만 유일한 전통도 아니고 어마어마한 사회 전복의 의도를 숨긴 것이라고 단정하기도 어렵다. 하회마을 별신굿 때 대갓집 안마당에서 하는 지신밟기굿도 아들이 없는 집에서 그 집 색시의 속옷을 서낭대 끝에 내걸어 득남을 기원하기도 했다. 속옷을 간대나 서낭대에 걸치는 것은 아니지만은 그것을 내보이는 '여성 원리'의 의식은 다른 지역 마을굿에서 아직 더러 남아 있다. 정읍시 북면 오류리 원오류 마을에서는 여성들이 '단속곳춤'을 공연하는 특이한 형태의 마을굿을 한다. 당산에 제물을 바칠 때 아랫도리에 '단속곳'만 입은 마을 부녀자들이 소지를 올리며 기원한다. 제사가 끝날 무렵에는 '당골네'가 하얀 치마 속 아래 가랑이가 터진 고쟁이를 입고 '단속곳춤'을 추어 잡귀를 쫓는다. 완주군 봉동읍 둔산리에서도 마을 여성들이 당제를 지낸 뒤 마을로 내려와 눈만 내논 채 속옷을 거꾸로 뒤집어쓰고 동네를 돌아다니는데 이것은 동네 잡귀를 몰아내기 위한 굿이라고 한다. 완주군 용진면 부평리 제사굿에서도 당제를 지낸 뒤 풍물패가 당산나무 주위를 돈 다음 마을을 한 바퀴 돌 때 풍물패의 뒤를 따라 여자들이 속옷을 뒤집어쓰고 따라간다. 이 같은 마을 제사굿은 모두 무당이나 마을 여성들이 '여성의 원리'를 활용하여 잡귀를 쫓아내는 의례들이라고 한다.[4]

물론 이는 마을에 재앙을 가져올 악귀를 쫓는 의례임에 틀림없다. 그러나 이것의 상징이 그것뿐만은 아니다. 또 지금은 사라져서 그렇지 다른 지역의 마을굿에서도 비슷한 의식은 많았을 것이다. 물론 진도 아낙들의 '서답'과 안동 대갓집의 '속옷'과 전북 정읍과 완주 여성들의 '속곳'이 똑같은 옷이거나 이미지는 아니다. 그러나 여자들의 그것들이 공통적으로 상징하는 것은 모권 사회와 여성 평등의 탈환이 아니라 다산과 풍년이다. 동시에 여성들의 그것들은 또 다른 중요한 것을 상징하는데 즉 물(비)의 풍요다.

농사 풍년은 정받이도 잘 이루어져야 하지만 정받이가 잘되는 것만으로 풍년이 되는 것은 아니다. 정받이마저도 적당한 물이 없으면 이루어지지 않는다. 물 없는 생명 생산은 있을 수 없다. 그런데 아무리 가물어도 물이 마르지 않는 곳은 딱 한 군데뿐이다. 가임기 암컷의 그곳이다. 그래서 여성들의 서답이나 속옷은 물과 비와 다산, 풍년 등을 동시에 상징한다. 주강현도 진도 도깨비굿은 남성들의 기우제가 아무런 효능을 발휘하지 못했을 때 여성들이 신께 드리는 비장의 기우제라고 했었다. 여성들이 그것들을 간대(서낭) 끝이나 머리에 쓰고 외부에 내보이는 상징은 제발 자신들의

4 김월덕, 『한국 마을굿 연구』, 지식산업사, 2006

그곳처럼 물이 질펀하도록 풍족한 비를 내려 풍년을 들게 해달라는 유감주술적 기원의 절박성에 다름 아니다.

생명의 씨를 받아 적당한 물로 정받이를 이루고 생명을 생산하는 밭은 다름 아닌 여성이다. 그래서 태초에는 동서양을 막론하고 다산의 신, 풍요를 상징하는 신, 농업의 신들이 대부분 여성신이었다. 마을 대동굿이나 줄굿 등은 물론 현대적 종교 행사 등에서도 여성들의 참여가 압도적이고 그 신명이 남자들보다 더 풍성하고 자기표현이 좀 지나친 것도, 또 이를 대하는 남자들의 태도가 일상 때보다 관대한 것도 같은 이유 때문일 것이다.

진도의 '도깨비굿'과 '디딜방아 액막이굿'에다 주강현은 반란의 의례, 제의적 반란, 화려한 제의, 광란의 제의, 도착의 제의, 되돌림의 제의 등등의 거의 모든 혁명적 찬사를 동원했다. 물론 그것은 지금으로서는 흔히 볼 수 없는 일탈적이고 반란적인 굿이었던 것이 사실이다. 하지만 이런 류의 성적 주술 의례는 진도나 우리나라에만 있었던 반란의 의례가 아니라 인류라면 보편적으로 공유해온 풍농 의례였다. 우리 전통 사회에는 이 같은 성적 반란 의례밖에 다른 자랑할 만한 전복의 축제 미학과 정치적 반란의 축제가 전혀 없었을까? 유감스럽게도 우리 민중의 세시 전통 굿에 관한 기록에서 성적 반란 외에는 다른 반란 의례를 찾아볼 수 없다.

우리 민중 전통에 대한 기록은 전통도 장사가 된다는 사실을 알기 시작하고 국가에서 그것을 이른바 중요무형문화재로 지정하기 시작한 1960년대 이후부터다. 그러나 이 기록은 전통문화와 그 당사자들이 거의 사라져간 뒤 그것을 옆에서 한때 구경했거나 얘기로 전해 들은 주변인들과의 면담 중심의 기록으로 그 신빙도가 매우 낮은 것들이 대부분이다. 이런 이유만은 물론 아니겠지만 구전이든 기록에서든 우리 전통 굿에서의 반란 의례는 앞에서 말한 은유적인 성적 반란 정도 이상의 반란다운 반란 즉, 혁명적(정치적) 반란은 찾아보기 어렵다.

물론 우리 전통 굿에서도 굳이 찾아내기로 하면 유럽 축제의 마스크와 뒤집기, 익살, 해학 등에 해당하는 반란성이 전혀 없는 것은 아니다. 잡색극, 들놀이와 산대놀이, 오광대 등의 탈춤 극에 등장하는 탈과 말뚝이, 처첩들, 이를 통한 양반과 중에 대한 풍자와 익살, 해학 등의 광대놀이가 서양의 그것보다 못할 것이 무엇이냐는 국수적 반문이 있을 수 있다. 똑같은 것은 아니지만 상통하는 부분이 많은 것이 사실이다. 강릉단오제의 관노가면극이나 하회별신굿의 탈놀이 등 마을 대동굿에도 그런 전통은 일부 계승되고 있다. 그런데도 우리의 그것이 별로 반란으로 느껴지지 않고 가벼운 웃음거리로만 보이는 것은 남의 밥의 콩알이 더 굵게 보여서일까?

그보다는 양반과 중에 대한 익살이나 풍자의 관행들이 우리 탈춤의 주제로 공연된 때가 이미 중이나 양반이 그 지배계급성을 잃어버렸거나 잃어가고 있던 조선 후기였기 때문이 아닐까? 우리 탈춤 극이 불교 국가였던 신라와 고려시대 때부터 중을 직접 풍자했거나 유교국 조선시대 초부터 양반의 면전에서 그들을 풍자 비판했다는 기록은 물론 구전도 없다. 이 땅의 탈춤은 향리들에 의해 정치적이거나 상업적인 목적으로 조선 후기부터 공연되었다. 탈춤의 풍자와 저항이 단순한 풍자에 그치고 반란성은 거의 느껴지지 않는 이유는 이처럼 사라진 계급에 대한 풍자였기 때문이다. 살아서 날로 위세를 더해가던 왕권이나 국가 관료들을 직접적으로 비판하거나 풍자한 탈춤은 물론 그 밖의 어떤 반란적인 전통 축제도 이 땅에는 없었거나 아니면 일찍이 사라진 것 같다. 전승 기록된 우리 전통 굿에는 풍농 주술적인 성적 은유와 탈춤을 통한 가벼운 풍자만 있었고 유럽처럼 반란다운 반란의 축제는 하나도 없었다. 이 땅의 전통 굿에는 왜 정치적, 혁명적 반란보다 풍농 주술적인 성적 반란으로 만족하는 순한 백성들과 지배자들이 좋아하는 세시풍습과 같은 미풍양속만 있었던 것일까? 왜 우리 전통은 반란 대신 장사와 통치에만 좋은 아름다운 전통문화가 되었을까?

나는 유럽에서 고대의 반란적인 농경 축제의 전통이 중세와 현대에까지 이어지고 있는 것은 소왕국과 분권적인 봉건 유럽의 사회적 산물일 것이라고 생각한다. 이에 비해 이 땅에서 기록된 최초의 축제인 부여의 영고, 고구려의 동맹, 동예의 무천, 고려의 팔관, 연등회와 심지어 강릉의 단오제 등은 모두 왕이나 지역 호족이 주도한 '국중대회' 즉 관제 '국풍'이었다. 이 땅의 왕국은 그 성립 이후 중앙집권이 약화되기보다 오히려 정권 말기를 제하고는 지속적으로 강화되어 온 것 같다. 고려국을 호족 분권적 봉건국가로 보는 학자도 있다. 부분적으로는 그런 측면이 있는 것 같다. 그래서 조선의 지배자가 보기에는 음사인 민중 문화가 조선시대보다 상대적으로 분권적인 고려시대에 더 풍부하게 발달했던 것 같다. 하지만 팔관회와 연등회라는 축제마저 모두 국가와 지방 호족 정권이 정치·경제 의례로 장악한 고려국이다. 그것도 모자라 중국으로부터 사직제를 도입해 획일적으로 국가 통치 의례로 삼기도 했던 국가를 유럽식 봉건국가로 보기는 어렵다. 조선은 고려의 국가 의례마저 행사 내용 중에 음사가 번다하다 하여 전면 폐기하고 이미 고려시대 중국에서 들여왔던 유교식의 국가 농경의례인 사직제를 지방에까지 전면적으로 강요했다. 이에 그치지 않고 각 고을이나 마을에서 전통적으로 치러왔던 마을굿을 역시 음사라 하여 전면 금지시키고 대신 고려시대에 중국 송나라에서 들여왔던 성황신앙을 고을 수령이 주재하는 이른바 읍치성황제(邑治城隍祭, 관치성황제)로 정형화시켜 강행했다.

이처럼 일찍부터 강력한 중앙집권적 왕국이 출현한 땅에서 고대사회의 부족 공동체나 부족 연맹체의 토템적 자연 축제나 반란적인 농경의례를 제 모습 그대로 살리고 지켜오기란 결코 쉽지 않았을 것이다. 그래서 지배층은 마을굿 등을 통해 자신에게는 무해하고 민중에게는 카타르시스용인 주술적 풍농 의례에서 성적 반란만을 허용하고 정치적, 경제적 반란성을 철저히 거세시켜 미풍양속의 순둥이 백성과 국민으로 길들여왔던 것이 아닐까? 기록으로 남은 국중대회뿐만 아니라 민간 주도의 축제라 해도 규모가 좀 큰 경우는 국가의 영향을 크게 받은 국풍이나 읍치성황제화된 축제들이 대부분이다. 민중의 반란 축제나 순수한 민중 자치 공동체 축제는 기록에 남지 않은 소규모 마을굿에서나 연명하다 소멸된 전통이었던 것 같다.

이런 이유들로 우리 전통 굿은 유럽과 같은 반란적 축제를 통해 정치적, 혁명적 반란 경험을 축적할 수 없었던 것이다. 축제를 통한 반란 경험의 부족이 우리가 시도했던 여러 차례의 민중 혁명 축제들을 유럽의 혁명 축제들만큼도 성공시키지 못한 미완의 축제, 실패한 혁명 축제로 남게 하고 만 것일까?

제2부

통치로서의 축제

팔관회와 연등회는 고려의 국풍이었다

우리가 학교에서 배운 역사 교과서는 팔관회와 연등회를 모두 불교 의례라고 가르쳤다. 이를 주장하는 사람들의 논거는 다음과 같다. 팔관회와 연등회는 처음부터 인도에서 시작된 불교 의례였다는 것, 고려 태조 왕건이 팔관회를 '부처를 공양하고 신령들을 즐겁게 하는 모임'이라고 한 것, 팔관회와 연등회에서 행하는 토속 의례조차 불교 의례의 하나로 보는 불교 중심 종교관, 두 의례의 행사 기간 중에 왕이 사찰을 방문한 것 등을 든다.

원래는 둘 다 불교 의례였는데 우리 땅에 들어온 뒤 토속신앙인 무교의 영향으로 현세적, 물질적인 기복굿으로 변했다는 주장도 있다. 팔관회(八關會)의 '관(關)'은 금한다는 의미로 살생, 도적질, 음행, 거짓말, 음주, 높고 사치한 자리에 앉거나 꽃과 향기로 치장하는 것, 가무음곡, 오후 식사 등의 여덟 가지 계율을 범하지 않는다는 의식을 의미한다. 이런 금욕적 불교 의례가 한국에 들어와 무교화되었다고 주장하는 이 중에 대표적인 사람이 사회학자 정수복이다.

팔관회와 연등회의 시작은 불교 의례였는지 모르지만 적어도 고려시대의 그것들은 처음부터 불교 의례가 아니라는 주장이 일찍부터 제기되고 있었다. 우선 『고려사』를 편찬한 조선시대의 역사학자들이 그것을 불교 의례라고 하지 않고 '잡의(雜儀)' 즉 잡종 의례라고 했다. 『고려사』 「예지(禮志) 가례잡의조(嘉禮雜儀條)」와 「세가(世家)」에 그렇게 소개하고 있다. 두 행사를 이렇게 깎아 내려서 소개한 것은 물론 『고려사』를 편찬한 역사학자들이 조선시대의 유학자들로 자신들의 유교적 관점을 투영한 결과다. 또 이와 다른 역사적 관점에서 두 의례가 처음부터 불교 의례가 아니라 중앙과 지방의 농경의례라는 견해를 분명히 밝힌 선학들도 있다. 이태진 전 서울대 교수의 『의술과 인구 그리고 농업기술』[5]에 의하면 안계현(安啓賢)이 1956년에 동국대 사학회에서 낸 『동국사학』의 「팔관회고」에서 이미 이런 견해를 밝힌 적이 있다. 일본학자 삼품창영(三品彰英)도 1971~1974년 사이에 평범사(平凡社)에서 낸 『삼품창영 논문집』의 제5권 『고대제정(古代祭政)의 곡령신앙(穀靈信仰)』에서 팔관회를 '농경 수확제'로 고찰한 적이 있다고 한다.

5 태학사, 2002

농경의례로서의 팔관회와 연등회

이태진 교수도 앞의 책에서 팔관회와 연등회라는 두 의례가 불교 의례가 아니고 처음부터 농경의례라는 견해를 적극적으로 지지한다. 그는『의술과 인구 그리고 농업기술』을 통해 그것이 불교 의례가 아닌 농경의례인 이유를 다음과 같이 논증하고 있다. 첫째는 연등회가 고대국가의 농경수렵의례인 부여의 영고와 같은 시기인 12월에서 1월 사이에 농사 풍년을 비는 기곡제로 열리고, 팔관회는 동예의 무천과 고구려의 동맹과 같은 기간인 10월이나 11월에 추수감사제로 열렸다는 점에서 고대사회의 풍농기원 의례와 추수감사제의 고려식 계승 내지 복고라는 것이다.

두 번째는 이 두 의례를 고려 성종 원년(981년)에 간소화 또는 혁파했는데 대신 새로 들여온 의식이 모두 중국의 유교식 농경의례였다는 점을 든다. 성종이 이를 혁파한 이유는 아래와 같다. "잡기가 상서롭지 못하고 번거롭고 요란스럽다. 행사를 위한 노력에 동원되는 사람의 수가 너무 많고 또 많은 비용을 들여 만든 여러 가지 우인(偶人, 인형)들을 한 번만 쓰고 버리는 낭비가 저질러지고 있을 뿐더러 그 광경을 중국 사신들이 보고 눈을 돌릴 정도로 불상(不祥)하다."[6]

이런 이유로 성종 2년(983년) 정월에 연등회를 혁파한 대신 도입한 것이 원구단 기곡제와 적전친경 의례였다. 원구단 기곡제는 하늘에 대한 감사와 자신의 치적을 하늘에 보고 드리는 천제로 중국

6 앞의 책, 31쪽

에서도 천자만이 지낼 수 있는 국가 의례다. 적전친경 의례는 왕실 소유의 경작지에 왕이 친히 쟁기를 잡고 소로 땅을 가는 시늉을 해 보이는 권농 의례다.

성종 6년(987년) 10월에 개경과 서경의 팔관회를 모두 폐지시킨 다음 10월과 2월에 대신 도입한 의례도 유교식 농경의례인 사직제였다. 땅의 신[社神]에 제사 지내는 사제(社祭)는 3000년 전인 주의 성왕 때부터 시작된 것으로 서경에 기록되어 있다. 그러나 땅신과 곡식신[稷神]에 함께 제를 지내는 사직제는 중국 한나라의 고조(기원전 206년~기원전 195년)가 "백성은 땅이 없으면 살 수 없고, 곡식도 없으면 살 수 없다"고 하며 수도 안에 땅을 다스리는 사신과 곡식을 다스리는 직신을 함께 모시는 사직단을 쌓고 국가적인 제사로 행한 것이 그 처음이라고 한다. 그로부터 나라를 새로 세울 때마다(왕조가 바뀔 때마다) 왕실의 종묘와 함께 사직단을 세움으로써 종묘와 사직이 곧 왕국(국가)이라는 뜻으로 쓰이기도 했다.

그것이 불교 의례 아닌 농경 관리 의례라고 주장한 이태진의 세 번째 이유는 폐지했던 연등회와 팔관회를 지방 호족과 향리들에게 되살려주고 대신 지방 호족들의 사병인 광군(光軍)의 통수권을 중앙의 국왕이 인수받은 것이다. 즉 왕의 제의권과 지방 호족의 군사 통수권을 맞바꾼 것이다. 성종 12년(993년)의 제1차 거란 침입 때는 두 의례가 모두 폐지된 상태였는데 이 침략에 대한 대책 논의에서 고려 땅의 일부를 거란에게 떼어주자는 할지론이 우세했다고 한다. 그런데 할지론에 반대했던 전 관민어사 이지백은 할지 대신 연등회와 팔관회의 전국적 부활을 제안한다. 이것의 부활이 거란 침략을 막는 데 무슨 역할을 한다는 것인가?

농경 관리권을 장악하고 있던 후삼국 이래의 지방 호족과 향리들은 자위를 위한 군대를 스스로 거느리고 있었다. 정종 2년(943년), 지방 군사력에 광군이란 이름을 주고, 중앙정부가 단일적으로 통제하여 거란의 침입에 동원하기 위해 그 전체 규모를 파악한 결과 그 수가 약 30만 명이었다고 한다. 지금 남한 인구 5000만에서 군 병력이 약 60만 명으로 알려진 것에 비하면 당시 200만 내외의 전체 고려 인구에 30만 명은 실로 대단한 규모다. 이 광군을 중앙정부군에 편입하기 위한 정종의 조처는 당시 거란의 침입이 발생하지 않아 중지되었다. 그런데 성종 12년에 거란의 침입이 일어나자 지방 광군의 동원에 대한 반대급부로 지방 연등회와 팔관회의 부활론이 다시 제기된 것이다. 이는 지방의 연등회와 팔관회의 혁파를 통해 중앙이 독점해 간 농경 관리권과 지배권을 원래의 주인이었던 지방 호족과 향리들에게 환원시켜주자는 뜻이다.

호족들의 반대에도 불구하고 성종이 연등회와 팔관회를 혁파한 조처는 성종이 죽고 목종(998~1009년)이 즉위하자 그 복원을 갈망하는 호족 세력의 강한 요구에 부딪친다. 목종 12년의 치세를 거친 뒤 현종 원년(1010년) 2월 2일에 국왕이 청주 행궁에서 연등회의 부활을 선언하고, 같은 해 10월에는 마침내 팔관회도 부활시킨다. 이런 조처가 있은 뒤인 현종 3~9년 사이에 주군현 제도를 확립하면서 호족 영향권의 광군이 비로소 중앙의 직접 통제 아래 들어가게 된다. 이태진은 지방 호족의 광군을 중앙군에 편입하는 이 군사제도의 대변혁 직전에 지방의 연등회와 팔관회를 전면 부활시킨 것이 두 의례 모두가 농경 관리제라는 확실한 증거라고 말한다.

국가 정치의례로서의 팔관회

팔관회와 연등회가 원래는 둘 다 불교 의례였으나 신라시대에 도입된 팔관회만 신라의 토속신앙 양식과 결합하여 왕권 강화를 위한 국가의 정치 의례가 되었고 연등회는 계속 불교 의례로 계승했다고 주장하는 사람도 있다. 동양적 예악 사상의 관점에서 팔관회에서 공연된 가무를 분석한 『고려시대 음악사상』[7]이란 책을 통해 그것을 논증하고자 한 한흥섭 고려대 연구교수가 그 대표적인 학자다. 이 책의 중요 내용을 통해 그 주장의 타당성을 살펴본다.

팔관회의 일정은 음력 11월 13일의 행사장의 준비일과 14일의 소회일(小會日), 15일의 대회일(大會日)로 3일간이다. 본 행사인 소회일과 대회일에는 모두 왕이 참석한다. 소회일의 의례 절차는 ① 왕의 출궁 의례, ② 선조의 진영(眞影) 참배 의례, ③ 왕이 태자와 신하들의 경축 인사를 받는 의례, ④ 왕과 신하들이 함께 구경하는 백희가무 의례, ⑤ 구정(毬庭, 무예놀이를 위한 궁전 마당)에서 주변 여러 나라들의 음악을 연주하는 의례, ⑥ 군신동락의 연희 의례, ⑦ 왕의 사찰 방문 등이다. 15일 대회일 행사로는 ① 왕의 출궁 의례, ② 외국인들의 경축 인사를 받는 의례, ③ 군신동락의 연희 의례로 구성되었다.

연등회도 소회일과 대회일 양일에 왕이 참석한다. 음력 2월 14일인 소회일의 의례 절차는 ① 왕의 정좌와 신하들의 인사 의례, ② 백희잡기 가무와 교방 악대 공연, ③ 왕의 봉은사(奉恩寺) 선조의

7 소명출판, 2009

진전(眞殿) 참배로 진행된다. 15일의 대회일에는 ① 왕의 좌정과 신하들의 인사 의례, ② 백희잡기와 교방 악대 공연, ③ 군신동락의 연희 의례의 순으로 진행된다.

위의 두 의례에서 같은 점과 다른 점은 무엇일까? 연등회에는 없는데 팔관회에만 있는 의례는 다음과 같다. 팔관회 소회일의 세 번째 행사인 왕이 신하들의 경축 인사를 받는 의례, 네 번째의 백희공연(한홍섭은 연등회의 백희잡기와는 다르다고 주장함), 다섯 번째의 구정(毬庭)에서 여러 나라(주변국)의 음악 연주 의례가 연등회 소회일에는 없다. 팔관회 대회일의 두 번째 행사인 외국인으로부터 왕이 경축 인사를 받는 의례도 연등회에는 없다. 한홍섭은 연등회에는 없고 팔관회에만 있는 의례들을 분석해 적어도 팔관회만은 불교 의례가 아니고 확실한 국가(정치) 의례라는 점을 논증하고자 했다. 그의 논지를 요약해서 따라가 보자.

그는 팔관회 소회일에 '왕이 신하들의 경축을 받는 의례' 가운데 태자의 헌수(獻壽, 장수를 비는 술잔을 드림) 때 왕이 술잔을 들면 헌가악(軒架樂)이라는 아악을 연주하고 술잔을 비우면 주악을 멎는 사실에 주목한다. 아악은 궁중 의례 때나 연주하는 음악이다. 아악에는 등가악(登歌樂)과 헌가악이 있는데 이 등가악과 헌가악을 번갈아 연주하는 경우는 왕이 원구(圓丘)에서 친히 천제(天祭)를 올릴 때, 사직에서 신농과 후직에 제사할 때, 태묘에 제향할 때, 선농단에 왕이 친히 제향할 때, 선잠에서 제사할 때, 문선왕묘에 제사할 때 등 일급 국가행사 때뿐이다. 그렇다면 이 팔관회는 왕권 강화를 목적으로 하는 일급의 궁중의식과 국가의식이지 불교 의례는 결코 아니라는 것이다.

팔관회의 특색 중 하나인 백희가무는 『삼국사기』「권1 유리 이사금 9년(32년) 가배조(嘉俳條)」에 처음 나오는 말로 재인, 광대와 기녀, 악사들의 다양한 연희와 재담 등을 통칭하는 말이다. 그래서 백희가무 공연이 「잡기」라 하여 팔관회와 연등회가 고려 성종 때부터 22년 동안 폐지되었다가 현종 원년에 모두 복구된 바 있다. 함께 폐지 대상이긴 했으나 한홍섭은 팔관회에서의 '백희가무'는 연등회에서의 '백희잡기'와는 판이하게 다른 것으로 주장한다. 그 이유 중 하나는 팔관회의 '백희가무'는 협율랑의 휘(麾)에 따라 등퇴장한다. 휘는 궁중에서 원구, 사직, 종묘, 제향 등의 길례(吉禮)나 가례(嘉禮) 때에 연주하는 아악의 시작과 끝을 알리는 신호기다. 연등회에서도 '백희가무'를 공연하지만, 휘는 등장하지 않는다. 따라서 협율랑의 휘에 따라 등퇴장하는 팔관회의 백희가무는 연등회나 다른 예사 백희잡기와는 다르고, 백희 외의 다른 가무가 더 있었을 것으로 추정한다.

한홍섭에 의하면 연등회와 팔관회의 백희는 그 공연자도 다르다. 연등회의 백희 공연자는 산대악인인데 팔관회의 백희 공연은 속인들이 아니고 신라의 유풍인 국선(國仙), 선가(仙家), 선랑(仙郎), 화랑(花郞) 등으로 불리는 선풍(仙風)들이다. 이 점이 다른 의례는 물론 연등회와도 달리 팔관회가 일급 국가 의례라는 증거라고 한홍섭은 보고 있다.

한홍섭은 연등회 소회일에는 없고 팔관회의 소회일에만 있는 다섯 번째 의례로 고려왕이 참석하여 당시 고려와 외교 관계를 맺고 있던 주변국들의 음악 연주를 진상 받았다는 사실도 그것이 국가 의례임을 증명한다고 했다. 당시에 송나라와 고려에 조공을 바친 동여진, 서여진, 탐라국, 말갈의 천리국, 불라국, 아라비아의 대식국 등의 음악이 여기에 포함되었을 것으로 보았다. 이들 나라들 가운데 송상이나 동여진, 서여진, 탐라국 등의 사신이 팔관회 대회일에 고려왕에게 공물을 바치는 공식 의례가 있었음도 이를 뒷받침한다. 반대 경우도 이를 반증한다. 송나라의 상원 연등회 때는 고려에서 사신을 보내 음악을 진상하였다는 기록과 주변국에서 가무단을 보내 공연했다는 전례가 그것이다.

당시의 예악 사상의 관점에서 볼 때 중요 국가 행사에 주변국의 음악을 진상하는 것은 국제적인 일종의 외교 관례였다. "고대 동아시아에서 악은 오락이나 순수한 심미적 차원이 아니라 국내적으로는 지배자가 '백성을 교화 지배하기 위한 수단'이고 국외적으로는 주변국에 자신의 지배력을 공고히 하고 과시하는 명교적이고 정치이념적인 기능을 가진 것이기 때문이다."[8] 이것이 고대 아시아의 음악에만 적용되겠는가? 동서고금을 막론하고 음악뿐만 아니라 모든 예술 문화 등 이데올로기적 형상들이 정치와 사회 현실과 무관하게 순수하게 오락적이고 심미적인 차원에서 끝나는 것은 아무것도 없었다.

연등회는 불교 의례, 팔관회만 토속 양식의 국가 의례인가?

복을 비는 의례는 그 대상에 따라 의례 내용이 아니라 의례 형식

8 앞의 책, 116쪽

이 달라진다. 기복 의례의 내용은 모든 기복 주체가 자신의 복을 빈다는 뜻에서 같고, 다만 그 복을 비는 주체나 개인이 달라짐에 따라 기복 대상과 함께 그 의례 양식이 달라질 수 있다. 유교 의례에서는 복을 빌기 위해 제문을 읽고 절을 한다. 불교에서는 염불과 범패를 부르고, 도교에서는 청사(靑詞)를 올린다. 그런데 팔관회와 연등회는 그 의례 양식이 앞의 어디에도 해당되지 않는다. 부처에게만 복을 비는 불교 행사라면 절에서 승려의 주도로 예불과 범패를 드리고 불경 강설 등의 행사가 있어야 한다. 그러나 고려시대의 팔관회와 연등회는 처음부터 절이 아니라 궁정의 뜰에서 왕을 위한 왕실 의례, 백희가무와 잡기를 통해 왕의 복을 빈다. 그렇다면 그 기복의 대상은 유교의 조상도, 불교의 부처도, 도교 등 민간신앙에서 존숭하는 어떤 신상이 아닌 다른 신상임이 명백하다.

그런데 『고려사』 「권2 세가2 태조 26년조」에 다음과 같은 기록이 보인다. "연등은 부처를 섬기는 것이요, 팔관은 하늘의 신령과 오악, 명산, 대천, 용신을 섬기는 것이다." 한홍섭은 바로 이 기록에 근거해서 연등회는 불교 의례이나 팔관회는 불교 아닌 토속 양식의 국가 의례라는 분리론을 따르고 있는 것 같다. 그러나 『고려사절요』 「권1 태조 원년조」에는 왕건이 팔관회도 '부처를 공양하고 신령을 즐겁게 하는 모임'이라 했다고 기록하고 있다. 그래 놓고도 팔관회에서는 부처 공양 의식은 하지 않았던 것처럼 『고려사절요』에 기록된 왕건의 말은 사실을 기록했다고 믿기 어렵다. 설사 '연등은 부처를 섬기는 것'이라는 말을 사실로 믿는다 해도 이 말 외에 다른 어디에도 연등회가 불교 의례 양식을 따랐다는 기록은 보이지 않는다. 연등회가 절집 마당에서 승려가 주도하는 불교 의례 양식이었다 해도 왕이 참석하고 그 기복 내용이 '왕실의 영원'과 '국태민안'을 위한 것이라면 그 의례 내용은 '불교 의례'가 아닌 왕권 강화를 위한 '국가 의례'일 수밖에 없다.

고려의 불교는 대장경 판각 등을 거란과 몽고 등 외침을 막기 위한 기원을 담아 만든 것처럼 처음부터 국가주의적 호국 불교였다. 불교 행위 자체가 국가 즉 왕을 위한 의례였다. 다만 성음지도(聲音之道)를 지향하는 '간악(看樂)'이 팔관회의 중심 의례라면 고대 인도의 공양 유풍인 연등을 더 많이 내거는 '간등(看燈)' 의례가 연등회의 중심 의례라는 차이가 있다. 또 하나의 차이는 팔관회가 소회일에만 백희가무를 공연한 것과 달리 연등회에서는 소회일과 대회일 양일간에 백희잡기 가무와 교방 악대 등의 민중 놀이를 더 많이 공연한 것이다. 다시 말해 팔관회에는 왕과 관련된 의식 행사가 많고 연등회에는 놀이 행사가 상대적으로 많다. 이로 미루어 팔관회가 왕권 강화와 농경 관리를 위한 추수감사제의 국가 의례이고 연등회는 이보다 한 등급 낮은 풍농을 기원하는 민중 놀이 중심의 국가 의례일 가능성이 높다.

고려 태조가 말한 팔관회의 기복 대상인 오악, 명산, 대천, 용신은 옛 신라의 국가 제사 체계에서는 대사(大祀) 아닌 중사(中祀)와 소사(小祀)의 의례 대상이었다. 신라는 국가 제사 전체를 대, 중, 소사로 편제하지 않고 지역의 산천제(산신제)만을 대, 중, 소사의 대상으로 삼았다. 그 이유는 당대 신라의 정치 사회적 상황 때문이다. 산천에 대한 여러 제사는 고대사회부터 마을 또는 부족의 지역민들에 의해 자생된 것으로 초기에는 지역 주민들의 자치적 결집의 최고 의례 중 하나로, 그 거행 양식도 지역에 따라 각기 달랐다.

그러나 외부 세력인 국가가 이런 다양한 지역 제사를 효과적으로 장악하여 중앙집권적 통치 수단화 하자면 그 양식에 대한 간섭으로 이를 일정한 틀 속에 통합 체계화 하지 않으면 안 된다. 대, 중, 소사의 산천제사 체계는 왕실과 중앙정부를 중심으로 한 지역 통치 조직의 편제와도 관련이 깊다. 지방에서 자치적으로 행하던 제사를 중앙정부가 개입하여 국가 제사의 체계 안으로 편입시켜야만 이념적으로나 정치 경제적으로도 지역 집단에 대한 지배 효과를 극대화할 수 있다. 그렇지만 다양한 신상을 믿는 여러 지역의 제사를 하나의 양식으로 획일화하기보다 그것을 주도하는 국가기구의 위계에 따라 그 양식을 약간 달리함으로써 지방민에 대한 수탈, 통제와 단합을 효과적이고 자연스럽게 유도할 수 있다.

이와 같은 신라의 위계적 의례 통제 전통을 이어받은 고려는 팔관회에 신라의 중사나 소사에 해당했던 오악, 명산, 대천, 용신 등의 지상의 전통적 산천신 외에 '천령'이라는 하늘신을 추가하여 그것을 대사(大祀)급의 의례로 격상시킨 것 같다. 원래 천령 또는 천신은 농경 정착민들의 신상이 아니었고 따라서 우리의 전통 토속신이 아니다. 그것은 원래 유목민들의 신이었고, 국가를 세운 무력집단이 내세우는 '국가신'이었다. 신생국가 고려는 내적으로 자국민의 통합적 지배와 대외적으로는 천자국 중국과 대등한 또 하나의 중심 국가로서의 위세가 절실했다. 이 두 마리 토끼를 같이 잡는 가장 효과적인 방법에는 무엇이 있을까? 아직 중세국가 단계를 벗어나지 못한 고려로서는 신라의 불교 전통을 이은 민간의 전통적 산천제의 신상들에 천자국(중국)의 최고신인 천령을 추가하여 그 등급을 대사급으로 상향 조정한 대규모의 팔관회 의례가 하나의 방법이 아니었을까? 궁예가 국호와 연호를 정하기도 전인 신라 효공왕 3년(899년) 10월에 도읍인 송악에서 고구려의 계승을 주장하며 팔관회를 서둘러 개최한 것도, 고려 태조가 즉위하자마자 개성 지방의 자기 씨족의 행사였던 팔관회를 거국적으로 개최한 이유도 이 같은 지역 및 국민 통제와 외교력 향상에 목적이 있다는 것이 한홍섭의 주장이다. 한마디로 팔관회는 그 양식 면에서도 신상과 이념 면에서도 불교 행사가 아닌 국가 차원의 일급 정치 의례였다는 것이다.

한홍섭의 팔관회에 관한 이 같은 주장은 타당해 보인다. 그러나 이 주장이 타당할수록 팔관회의 축소판인 연등회도 팔관회처럼 불교 의례 아닌 국가 의례일 수밖에 없다. 다만 팔관회가 연등회보다 국왕을 위한 의례가 더 복잡하고, 대사급의 추수감사제 전통의 국가 의례인데 비해 연등회는 그보다 급이 낮은 중소사(中小祀)급의 민중 놀이 중심 풍농기원의 국가 의례로 보는 것이 타당할 것 같다.

팔관회와 연등회를 모두 불교 의례다, 아니다 모두 농경의례다, 아니다 팔관회는 국가 의례고 연등회만 불교 의례다 라는 논쟁은 무의미하지는 않지만 형식과 내용을 혼동하는 부분적이고 편파적인 관점의 논쟁이다. 그 의례들은 형식적으로는 신라의 의례 전통을 이은 토속 의례이면서 동시에 중국을 거쳐 들어온 인도의 불교 의례인 팔관회와 연등회의 잡기들을 수용했다. 그러나 내용적으로는 경제(농경)와 정치, 문화와 예술 등 모든 사회적 상징들을 국가 통제 아래 두고 지배하기 위한 국가 의례였다. 그것은 각 논자들이 주장하는 특정 의례이면서도 모든 의례들을 함께 아우르고 있는 당대 사회 통제 이데올로기의 대표적 매체이자 상징이었다.

유일한 민중 장르였던 팔관회와 연등회의 '백희잡기'

팔관회와 연등회는 고려 성종 때 모두 폐지되었다가 현종 때 다시 부활되었다. 폐지의 표면적 이유는 앞서 말한 대로 두 의례 중의 백희가무와 백희잡기의 난잡과 재물의 낭비, 노역 동원 등의 폐단이 너무 심하다는 것이었다. 이는 물론 팔관회와 연등회를 통해 지방 호족들이 분점하고 있던 농경 관리 지배권을 폐지하고 대신 새로운 농경 관리권을 도입해 왕실이 독점하려던 음모를 숨기기 위한 것이었다. 그러나 다른 한편으로 백희잡기 등의 의례가 두 행사가 폐지된 진짜 이유일 수도 있다. 왜냐하면 궁정 뜰에서 하는 왕실과 국가 행사에서 이 백희잡기가 비록 소수지만 민중이 참여할 수 있던 유일한 민중 장르였기 때문이다. 다시 말해 유럽 농경 축제의 대표적 특징인 마스크와 광대들의 익살, 해악, 뒤집기 등과 똑같지는 않다 해도 그와 비슷한 고대 농경의례의 반란 전통을 계승한 이 잡기들을 궁전 마당에서 계속 공연하게 두고 볼 수 없었던 것이 아닐까? 다시 말해 반란 전통의 민중 장르인 백희잡기가 두 의례를 폐지시킨 진짜 이유일 수도 있었다고 나는 본다.

유럽 농경 축제도 당국과 교회, 주교들에 의해 폐지와 부활 조처를 거듭 당해왔지만 교회 밖 농민 공동체에 의해 그 전통을 계속 이어갈 수 있었다. 고려는 비록 호족 연합 정권이라고 하나 왕실의 직접 간섭과 영향으로 팔관회와 연등회가 폐지되었다가 다시 부활되는 곡절을 겪었다. 그러나 그 의례의 주재자가 민간 공동체가 아니고 지방의 호족 정권과 중앙 정권이었기 때문에 그 폐지 이유였던 민중 장르인 백희잡기는 당연히 주재자들의 이념에 맞게 위축

시키거나 체제화시킬 수밖에 없었을 것이다. 그래서 백희가무 또는 백희잡기에 대한 기록된 자료조차 몹시 빈약해서 그 자세한 내용은 전해지지 않고 있고, 그마저 학자들에 따라 해석이 판이하여 더욱 헷갈린다.

『고려사』「권69 지23, 예11」에 다음과 같은 중동 팔관회에 관한 기사가 있다. "구정치륜등일좌 열향등어사방(毬庭置輪登一座 列香燈於四方) 우결이채붕 각고오장여(又結二綵棚 各高五丈餘) 정백희가무어전(呈百戲歌舞於前) 기사선악부(基四仙樂部) 용봉상마차선(龍鳳象馬車船) 개신라고사(皆新羅故事)." 이 부분을 한홍섭은 『고려시대 음악사상』에서 다음과 같이 해석한다. "그리하여 구정 한곳에 윤등을 설치하고 향등을 곁에 벌려 놓으니 밤새도록 불빛이 가득하였다. 또 비단으로 엮은 가설무대를 두 곳에 설치하였는데 각각 높이가 다섯 장 남짓하고 모양은 연대(蓮臺) 같아서 바라보면 아른아른하였다. 그 앞에서 백희가무가 벌어졌으며 사선악부와 그를 각각 태운 용, 봉, 코끼리, 말의 형상으로 장식한 '배 모양의 (네 개의) 수레[車船]'들은 다 옛 신라 때의 행사 모습과 같다."[9]

한홍섭의 자료 해석이 이러하다보니 그는 백희가무에서 사선악부밖에 다른 잡기들은 볼 수 없었던 것이 아닐까? 그는 현재 주어진 사료로서는 사선악부가 백희가무의 일부인지 아니면 백희가무 전체가 곧 사선악부를 지칭했는지를 단정하지 못한다고 한다. 대신 그는 사선악부가 백희가무의 핵심 행사 내용이라는 전제 아래 논의를 이어갔다. 앞서 말한 대로 연등회의 백희잡기 공연자가 속

9 앞의 책, 104쪽

세인인 데 비해 팔관회의 백희가무 공연자는 신라의 유풍인 사선들이다. 사선(四仙)이란 신라시대 대표적 화랑인 영랑(永郞), 술랑(述郞), 안상(安詳), 남랑(南郞) 등 네 명의 국선을 뜻한다. 고려시대 팔관회의 사선악부 공연자가 사선이라는 말은 그것이 결국 신라 화랑의 의례 전통을 이은 토속 의례라는 뜻이다.

"동도(東都)는 본래 신라의 도읍이다. 옛날 사선(四仙)이 있었는데 각각 천여 명의 무리를 거느리고 노래를 부르며 즐기는 제도가 성행하였다"[10]는 기록처럼 신라시대의 화랑은 초기에는 토속 양식으로 산천제사를 주도하며 명산대천을 유람하는 의례 집단이었다. 훗날 불교가 지배 이데올로기로 확고히 자리 잡은 뒤부터는 그 의례를 사찰 등에 양도하고 무사 집단으로 변했다고 한다. 사선악부의 공연자가 신라 화랑 전통의 국선인 만큼 한홍섭은 그 사선악부의 내용 또한 화랑들이 즐겨 부른 향가와 벽사진경(辟邪進慶)의 무가류, 화랑도의 정신 이념이었던 풍류도적 특성과 관련된 내용이 포함되어 있을 것으로 추정한다.

한홍섭의 책에서 사선악부의 공연 외에 다른 백희가무의 내용에 관한 언급은 없다. 그는 성종이 팔관회와 연등회를 폐지한 이유였던 번잡하고 소란스런 '잡기'에 사선악부의 '백희가무'도 함께 포함된 것으로 보았다. 백희가무뿐만 아니라 사선악부까지 '잡기'로 본 근거는 "백희가무를 통해 '천령과 오악, 명산, 대천, 용신' 등의 토속 신령에게 복을 비는 행위가 유교적 관점으로는 '음사(陰祀)'에 해당된다고 생각했기 때문일 터다"[11]고 했다. 이런 시각은 유교

10 최자 『보한집』 상권, 『고려시대 음악사상』 123쪽 재인용
11 앞의 책, 130쪽

에 경도된 고려 성종의 시각이자 『고려사』를 편찬한 조선 초 성리학자들의 관점의 반영이기도 했다는 것이 한홍섭의 생각이다. 또 이런 토속 의례뿐만 아니라 조선시대 당시 비유교적인 모든 의례들, 불교나 도교 의례까지 잡사(雜祀)와 잡의(雜儀)로 판정하여 축소해서 기록했기 때문에 대부분의 토속 의례와 특히 불교 의례의 잡기가 멸실되었다고 생각한다. 팔관회와 연등회의 잡기가 이와 같은 기록 축소로 상당히 멸실된 것은 사실이겠지만, 그렇다고 그 잡기들이 모두 멸실된 것은 결코 아니다.

그런데도 한홍섭의 책에서 사선악부 외의 다른 잡기의 언급이 전혀 없었던 것은 무엇 때문일까? 한홍섭은 토속적이고 민족주의적 전통주의자이긴 하나 민중적이고 반란적인 전통주의자는 아닌 것 같다. 신라의 화랑과 고려의 사선음악 등 당시 지배계급의 의례와 예술에 주로 관심과 초점을 둔 국민국가주의적 전통주의자인 것 같다. 그래서 『고려시대 음악사상』이라는 제목대로 고려시대 음악 특히 당시의 예악 사상이 왕권 강화와 국력 과시를 위한 팔관회 등 국가주의 의례에 어떻게 효과적으로 동원될 수 있었는지를 밝히기에 바빠서 다른 잡기는 미처 볼 수 없었기 때문이 아닐까?

서수연이 보여준 팔관회와 연등회의 '잡기'들

팔관회와 연등회뿐만 아니라 거의 모든 국가 주도의 큰 축제가 단순한 기원과 놀이가 아니라 복잡하고 치밀하게 계획된 정치 경제적 국가 의례라는 것을 나도 일찍부터 막연하게나마 알고 있었다. 앞에서 요약해 보인 이태진의 『의술과 인구 그리고 농업기술』과 한홍섭의 예악 중심적 관점의 『고려시대 음악사상』을 통해서도 그것을 재확인했다. 그러나 내가 일찍부터 팔관회와 연등회에서 관심과 흥미를 가지고 있던 부분은 이것을 재확인하는 것 못지않게 그 두 의례의 핵심 의례 양식이자 주로 서민적 장르였던 '백희잡기'의 종류와 내용 그리고 행방이었다. 이 같은 내 관심에 어느 정도 답해준 글은 서수연의 「고려시대의 가무백희와 불교」[12]였다. 서수연의 글에 따르면 조선시대까지 거의 모든 민속놀이는 물론 지금 전승 중인 전통 놀이의 상당 부분도 이 팔관회와 연등회의 백희잡기들 중의 하나였다.

서수연은 앞에 인용한 『고려사』「권69 지23, 예11」의 문장 해석도 한홍섭과 전혀 다르게 하고 있다. "드디어 궁정에 윤등 일좌를 두고 향등을 사방에 늘어놓았으며, 또 채봉 둘을 맺었는데 각각 높이가 다섯 장을 넘었고, 백희가무를 앞에서 보였는데 그 사선악부와 용, 봉, 상, 마, 차, 선은 모두 신라의 고사였다."[13] 참고로 북역 『고려사』의 같은 부분의 번역도 여기에 인용한다. "그리하여 구정에 등 하나를 달고, 향등을 그 사방에 달며, 또 두 개의 채봉을 각각 다섯 장의 높이로 매고, 각종 잡기와 가무를 그 앞에서 놀렸다. 그 중 사선악부와 용, 봉, 상, 마, 차, 선 등은 다 신라 때 옛 행사였다."

한홍섭은 용, 봉, 상, 마, 차, 선을 독자적인 놀이로 보지 않고 '사선을 각각 태운 배 모양의 네 개의 수레'를 각각으로 장식한 그림이

12 『예술문화연구』 제10집, 서울대학교 예술문화연구소, 2000
13 앞의 책, 67쪽

나 모형으로 보는 지나치게 비약적인 해석을 하고 있다. 그러나 북역 『고려사』나 서수연은 용, 봉, 상, 마는 물론 차, 선까지 사선이 타는 배 모양의 수레로 보지 않고 모두 팔관회와 연등회에서 각기 연희된 산악잡회의 용놀이, 봉황놀이, 코끼리놀이, 말놀이, 수레놀이, 뱃놀이 등으로 각기 독립된 여섯 개의 놀이로 보았다.

서수연에 의하면 '용'은 중국의 '어룡지희'와 비교할 수 있는 용놀이로, '봉'은 학무와 같은 봉황무로, '상'은 장충의 「서경부(西京賦)」에 나오는 백상행잉(白象行孕)과 같은 코끼리놀이로, '마'는 고구려 시대부터 성행한 '마상재'놀이로 추정했다. 고구려의 안악3호고분벽화의 음악연주행열도에서와 같이 사람이 말을 타고 각(角)을 불면서 재주를 부리는 식의 잡기를 군사기술의 하나인 '마상재(馬上才)'라고 한다. 삼국시대의 문헌에는 마상재의 기록이 보이지 않으나 『고려사』에 마기(馬伎)의 하나인 격구(擊毬)라는 단어가 보이는 것으로 보아 고려시대에는 무예 훈련의 하나로 마상재가 상당히 성행했을 것으로 서수연은 보고 있다.

또 '용, 마'는 벽사진경의 잡회로 추측되는 '용마지희'와의 관련성도 생각해 볼 수 있다고 했다. '차'는 '선차(船車)놀이'와 '무륜기(舞輪伎)'와 같은 바퀴놀이로, '선'은 조선 말기까지 궁중연회 때 상연되던 '선유악(船遊樂)' 또는 '교방제보(教坊諸譜)'에 보이는 '선악'과 유사한 뱃놀이들로 추정했다. 또 '선'은 『고려사』 「권14 예종조」의 '관수희(觀水戲)'라는 기록으로 미루어 '수희(水戲)'와도 관계있을지 모른다고 보았다. 수희는 『고려사』 「권16권 의종조」에 의하면 어부 사공들에 의해 연행된, 어부 생활의 실상을 반영한 놀이라고 한다. 요컨대 서수연은 용, 봉, 상, 마는 사선이 타는

배 모양의 수레를 꾸민 용, 봉, 상, 마 모양의 장식품이 아니고 차, 선까지 사선놀이와 관계없이 각각으로 독립된 여섯 개의 '잡기'놀이로 본 것이다.

잡희 중에는 우인희(偶人戲) 즉, 인형놀이도 있었는데 등장인물들은 주로 고려의 건국과 역대 공신들의 우상(偶像)이었다고 한다. 그래서 고려의 팔관회도 신라의 삼국 통일 전쟁 당시에 죽은 화랑들에 대한 위령제적 성격을 지닌 신라의 팔관회를 계승하여 고려의 역대 공신들을 위로하고 찬미하는 의례였다. 신라 팔관회의 유풍인 원효대사의 무애무도 고려 팔관회에서 연희되었을 것으로 짐작한다. 그러나 팔관회의 무애무는 신라 유풍의 불교적 색채가 점차 퇴색되어 불교 교화의 기능보다 오락화된 향악무로 정비되었다. 또 선대의 전통 가무인 '동동무'도 팔관회에서 연행되었는데 후에 향악정재로 편재되면서 '아박무(雅拍舞)'로 명칭이 변경되어 기록되었다.

고려 말의 학자인 이색의 『목은집』 권33 「산대잡극」이란 시에 의하면 장간(長竿)놀이, 다시 말해 대광대의 장대놀이도 백희잡기의 한 종목으로 놀아졌다. 또 「구나행」이라는 이색의 시도 고려시대에 연희된 여러 잡기를 소재로 삼고 있다. 「구나행」 전반부는 나례의식에서 십이지지신과 진자(侲子)들이 역질을 쫓는 장면이고, 후반부는 의식이 끝난 뒤 군령(群伶)들의 입장으로 시작되는 각종 잡희가 연행되는 모습을 그리고 있다. 서수연은 그중에서 특히 제28구의 "온갖 짐승 너울너울 요임금 뜰 같구나"에 주목한다. 이 시구는 그 뜰에 온갖 짐승들이 실지로 뛰놀 정도로 실상은 요임금이 임금이 아니라 누더기로 몸을 가린 원시수렵시대 부족의 장이었음을 암시한다. 그리고 또 그것은 요임금의 뜰에 우글거리던 짐승들처럼 팔관회가 열린 궁정 마당에서도 짐승들이 춤을 추었을 리는 없고, 짐승들의 형상을 본떠 만든 가면을 쓰고 춤을 추는 '짐승가면희' 장면을 시적(상상적)으로 그린 것이다. 이규보의 『동국이상국집』의 시 등에서도 볼 수 있듯이 고려시대의 괴뢰희는 이미 오래 전부터 전승되어 상당히 보편화된 것으로 알려져 있다.

이 밖에도 이색의 「구나행」에는 "칼을 삼키고 불을 뿜는다"라는 뜻의 '탄도토화(呑刀吐火)'라는 잡기도 나오고, "폭죽불이 하늘로 치솟으니 빠른 우뢰와 같도다"에서 폭화(瀑火)라는 단어가 나오는데 이는 '화희' 즉 '폭죽놀이' 또는 '불꽃놀이'라는 것이다. 조선시대를 거쳐 아직도 그 전통을 이어가고 있는 단오절의 씨름놀이와 부녀들의 그네뛰기도 팔관회 잡기의 한 종목이었다.

이 같은 서민 대중들의 놀이 말고도 궁중 놀이인 투호회도 팔관, 연등회에서 행해졌다고 한다. 투호 놀이는 당나라에서 고구려와 백제로 건너와 상류사회에서 즐겼던 놀이다. 깊이 60센티미터 정도의 항아리에 일정한 거리 밖에서 두 사람이 마주서서 번갈아 화살이나 대나무 토막 등을 던져 넣는 놀이다. 투호회와 비슷한 궁궐의 어전잡희로 고려 문종 때 수입한 당악정재인 '포구락'도 있었다. 포구락은 기녀들이 좌우로 편을 갈라 포구문의 동서에 서서 가무를 하며 투호회처럼 차례대로 채구를 던져 넣는 놀이라고 한다.

서수연은 위의 글에서 이색과 이규보의 시를 통해 팔관회와 연등회에 짐승가면희들이 많았다고 소개해 주었지만 아쉽게도 그것이 지향하는 이념이나 공연 양식에 대한 언급은 없었다. 그리고 연등회와 팔관회의 백희잡기 중에 지배계급을 풍자하는 가면극과 비슷한 탈춤과 농악 등의 민중 장르가 공연되었는지 아닌지도 확인해주지 않았다. 그래서 나는 지금 우리에게 전해진 탈춤이 언제 어디서부터 시작되었고 지금까지 어떻게 전승되어 왔는지 그 행방을 내 방식으로 다시 추정해 보기로 했다.

팔관, 연등회에서 공연된 탈놀이의 행방

팔관회와 연등회의 백희잡기 속에 탈놀이의 흔적은 풍부하게 남아 있다. 앞에서 본 여러 짐승들의 가면희가 오늘날의 탈춤놀이의 직계 전신일 것이다. 고려 공신들을 인형으로 만들어 노는 우인희도 넓게는 가면놀이 계통이다. 팔관회, 연등회의 산대잡기 전부가 가면희라 해도 좋을 만큼 탈놀이의 발자취는 풍부했다. 그래서인지 팔관회와 연등회는 오늘날 전승 중인 탈춤 기원설의 첫째 자리를 차지한다.

다른 예술 문화의 기원처럼 탈춤의 기원 역시 그 설이 분분하다. 대표적 탈춤기원설로는 ① 고려시대 팔관, 연등회의 산대잡기에서 생겼다는 '산대희설', ② 조선시대의 연희를 관장했던 산대도감의 영향으로 생겼다는 '산대도감 계통설', ③ 무당 또는 풍물패 주도의 풍농굿에서 생겼다는 '풍농 의례 기원설', ④ 영고, 무천 등의 '제천의식 기원설' 등이 있다. 하지만 이것은 탈춤이 어떻게 시대마다 변화되면서 오늘의 저 모습으로 전승해 왔는지에 대한 변화단계설이지 그 기원설로 보기는 어렵다. 다시 말해 ①은 이미 이전부터 있던 원시 탈춤을 고려시대의 산대놀음 식으로 연출한 고려 탈춤이고 ②의 산대도감이란 조선시대 연희담당 관청의 입김이 들어간 고려시대 산대희와 다른 조선시대의 산대극적 탈춤이며 ③은 농경사회 이후 풍농굿 또는 서낭굿에서 풍물과 함께 추었던 탈춤이고 ④는 국중대회인 제천의식에 바친 탈춤이지 이것들을 탈춤의 시작으로 보기는 어렵다. 이 중에서 가장 기원설에 가까운 것을 고르라면 ③ 풍농굿(또는 서낭굿)기원설이다. 농경사회는 지금부터 1만 5000년 전부터 시작되었음으로 3000~4000년 전의 국가 의례였던 제천의식보다는 풍농굿의 탈이 훨씬 앞섰을 것이다.

그러나 나는 탈춤이 1만 5000년 전 농경시대의 시작 때보다 훨씬 앞선 구석기시대의 수렵 · 채집 시대부터 있었을 것으로 추정한다. 탈춤 역시 다른 예술 문화 장르들처럼 원시시대부터 있었던 무당(샤먼)의 산천 다신제의 의례 중 하나로부터 유래되었을 것이다. 탈춤도 후대(고려)에 와서 놀이화 했지 그전에는 다른 예술 문화의 원형들처럼 벽사진경의 제의용으로 발생하고 기능했다고 보는 것이 가장 설득력이 있다. 처용 탈춤도 그중의 하나다.

탈은 그것을 쓰는 사람이 자기와 다른 사람이나 신이나 동물로 변해서 무엇을 기원하고 이루기 위해서 쓴다. 자신과 다르거나 자신보다 큰 능력을 가진 타자의 가면으로 자기에게 부족한 것을 채우거나 비정상적인 것들을 정상으로 바로잡기 위해서 쓴다. 다시 말해 비정상을 정상으로 돌릴 수 있다고 믿는 대상을 즐겁게 해서 그 마음을 열고 그와 소통해서 소기의 목적을 이루기 위해 쓴다. 가면의 우리말인 '탈'이 바로 그런 뜻이다. 탈이 난 상태(비정상 상태)를 정상으로 돌리자면 신이나 다른 사람의 도움 없이는 어렵다. 그래서 인간이 탈(가면)을 쓰고 신이나 인간 공동체와 소통하여 그 탈

(비정상)을 치유 · 정상화 하고자 한다.

이 밖에도 탈춤이 농경시대보다 앞선 수렵시대에서부터 유래했을 것이라는 근거로 탈의 실용도구설이 있다. 수렵은 짐승들의 공격에 항상 노출될 수밖에 없다. 이에 대비하여 수렵인들은 공포의 감정을 숨기고 짐승들의 공격으로부터 얼굴도 보호하는 동시에 상대 동물에게 위압감이나 친화감을 주어 포획에 유리하도록 일찍부터 탈을 실용화했다는 것이다. 호랑이 탈은 호랑이 사냥 때는 호랑이에게 동류로서의 친화감을 유발할 것이고, 노루나 산돼지를 잡을 때는 위협감을 줘서 포획이 한결 수월해질 수도 있다는 것이다. 귀신 탈인 처용 탈 이후 문헌에 기록된 탈 중에 고려 팔관회와 연등회의 잡희 탈은 주로 각종 동물들의 탈이 압도적으로 많았다는 점도 이 가설의 타당성을 뒤받쳐준다. 원시인들이 변장과 마스크(탈)를 하고 질서를 뒤집는 의례로 신이나 타자와 소통하고자 했던 것은 동서양이 마찬가지다. 동물 가면을 쓰는 전통은 중세 유럽의 카니발 축제에서도 계승되고 있다.

이처럼 오랜 기원을 가졌으리라고 추정되는 기원제의(祈願祭儀)로서의 탈춤이 최초로 우리 문헌상에 나타난 것이 신라시대의 처용 탈춤이고, 그 다음이 고려의 팔관, 연등회의 잡기인 동물 가면희일 것이다. 그러나 우리 전통이라고 순혈주의 또는 국수주의적일 필요는 없겠지만 탈춤 역시 꼭 우리 고유의 전통 연희라고 말하기는 뭣하다. 우리의 잡기는 삼국시대부터 불교 등의 수입과 함께 이미 고대 인도와 당나라의 잡기에 크게 영향받아 왔다. 송나라로부터 수입한 궁중 나례의 잡기 영향을 크게 받은 고려의 잡기 역시 외풍과 국풍의 영향으로부터 결코 자유로울 수 없었다. 조선시대도 마찬가지다. 이처럼 외부의 영향 속에서 변모 발전해 왔던 잡기들은 조선시대에 와서 산대도감의 폐지라는 커다란 내부의 충격에 직면한다.

1634년 유학자들의 강력한 반대로 산대도감이 폐지되고 산대도감극도 영조 이후부터는 공적 의례에서 폐지된다. 그래서 산대도감에서 녹을 받아먹던 연희자들은 이때 뿔뿔이 흩어져 각자 도생의 길을 찾는다. 구체적 기록은 없지만 이들이 갈 길은 뻔하다. 마을 풍물패의 풍농 마을굿, 무당굿, 사당패, 춘경제의 등의 지역 고을 규모의 풍농 의례굿에 자신의 흔적을 남기고 있다.

조선 후기 김해로 유배를 간 이학규(李學逵, 1770~1835년)의 「입춘춘경제(立春春耕祭)」라는 글에서도 그런 흔적을 찾을 수 있다. 이보다 좀 더 늦은 시기(1936년)에 간행된 김두봉의 『제주도실기(濟州道實記)』에서의 춘경제의에서는 이와 매우 유사하면서도 그 내용이 훨씬 풍부하고 자세하게 기록되어 있다(제2부 「탐라국 입춘굿놀이- 되살린 읍치성황제」 참조).

이학규와 김두봉의 춘경제의에 관한 글을 자기 책 『의술과 인구 그리고 농업기술』에 인용한 이태진 교수는 조선시대 후기 두 곳의 춘경제의의 주관자가 호장이라는 데 특히 주목한다. 조선시대의 공식적 춘경제의는 지방관인 수령이 주관하는 사직제였다. 그런데 여기서는 향리의 우두머리인 호장이 주관한다. 그러므로 이 제의는 오래전(고려시대)부터 전통적으로 내려오던 별제라고 볼 수밖에 없다고 한다. 이 행사에 기관장인 수령이 관여하지 않는 것으로 보아 그 연원이 지방 호족과 향리가 주도했던 고려시대 팔관회와 연등회까지 소급될 가능성도 있다고 보았다.

그러나 나는 앞에 인용된 춘경제의의 기록을 읽자마자 조선시대에 공식적으로 전면 폐지된 팔관, 연등회의 잡기가 민간 전통 속에서 명맥을 이어오다가 조선 후기의 지역 공식 춘경제의에서 다시 조선식으로 되살아난 것으로 직감했는데, 이태진은 고려시대 지역 팔관회의 연속인 것처럼 추정한다. 물론 읍치성황제인 사직제와 별개로 매우 축소된 형태의 연등회와 팔관회 전통을 부분적으로 계승한 민간 별신제나 마을굿이 계승되어 왔을 수도 있다. 예컨대 강릉단오제가 고려시대의 국사성황제의 전통 계승이라고 추정하는 이규대 같은 학자도 있다(제2부 「강릉단오행사는 '굿' 아닌 '제'다」 참조). 그러나 무당이나 두레 풍물이 주도하는 마을굿 규모의 별신굿도 아니고 향리의 수장이 주도하는 이런 고을굿 규모를 국가기관인 산대도감도 폐지한 강력한 유교국 조선이 그 시대 내내 계속되도록 눈 감아 주기는 아마 불가능했을 것이다.

김두봉의 『제주도실기』에 나오는 춘경제의에는 목우를 끄는 등의 제의는 호장이 주도하지만 주사(州司)의 행사장 내 좌상에는 제주 목사가 친히 참가해 '여민동락지풍(與民同樂之風)을 보인다'고 하고 있다. 제주 춘경제의에서는 기록의 누락인지 원래 없었는지 보이지 않지만 김해의 춘경제의에서는 수령 대신 호장이 영춘장에서 신농씨에게 제사까지 지낸다. 여기에 기록된 신농씨에 대한 제사는 팔관, 연등회의 전면 폐지 대안으로 고려 성종 때 중국으로부터 도입된 후, 지방 호족들의 반발로 지방에서는 중단되었다가 조선시대에 와서 전국적으로 복구한 수령 주도의 사직제를 뜻한다. 그러므로 조선 말기의 호장 주도의 사직제를 포함한 춘경제의는 고려시대의 팔관회와 연등회를 계승한 호장들만의 별제가 아니다.

조선 말기 중앙집권력이 쇠퇴하자 수령으로부터 지역 사직제를 접수한 향리들이 자신의 권익 연장 차원에서 조선시대 이후 소규모 민간 의례 속에 연명해 오던 고려 팔관·연등회의 잡기 유풍을 다시 공식적으로 재도입한 조선 말의 읍치성황제 즉, 지역 국풍일 가능성이 높다.

김두봉의 『제주도실기』의 춘경제의에는 호장이 나무소를 끄는 의례 중에 오늘날 전승되고 있는 것과 거의 같은 가면극의 공연이 비교적 상세하게 기록되어 있다. 이런 가면극까지 포함한 고려시대의 팔관, 연등회적 농경의례가 조선시대 내내 중단되지 않고 이어졌다면 이학규나 김두봉이 그랬듯이 어떤 식으로든 기록으로 그 흔적을 남겼을 것이다. 그런데 이런 기록은 조선 초·중기에는 전혀 없고 말기인 19세기가 되어서야 비로소 나타난다. 그러므로 팔관회와 연등회의 가면희가 조선시대의 산대도감 밖의 민간 속에서도 계승되었다면 그것은 앞에서도 말했듯이 소규모의 마을 의례에서 연명하는 수준이었을 것이다. 이러한 마을 탈춤이 향리 주도의 고을 춘경제의에서 산대도감의 해산으로 방출된 전문 산대극인들의 탈춤과 함께 결합하여 오늘날 우리에게 전해진 탈춤이 되지 않았을까?

그렇다면 고려시대 이후에 폐기된 탈춤이 왜 이때서야 그러한 제도적, 공식적 춘경제의에까지 되살아난 것일까? 한마디로 중앙집권력의 쇠퇴 즉 조선 왕실에 망조가 들었기 때문이다. 지배자들에게는 똥줄이 타는 노릇이겠지만 민중의 입장에서는 왕실뿐 아니라 국가라는 것이 망조가 들수록 (중앙집권력이 떨어지고 분권적 민주적이 될수록) 자유로워지고 지식인들이 좋아하는 예술 문화도 난만해진다. 그 하나의 증거로 비록 호족 분권을 통해서였지만 조선보다 덜 중앙집권적인 고려에서는 호족들에 의해 지역마다 벌이던 팔관, 연등회의 백희잡기뿐만 아니라, 고려가요 등의 서민 문화가 난만했었다. 이에 비해 중앙집권적이었던 조선에서는 양반 귀족 계급의 유교 문화는 모르지만, 민중 문화는 상대적으로 경직, 위축된 것이 사실이다. 종주국 명나라의 사신 대접용의 산대극을 육성 지원했던 산대도감이란 관청이 있긴 했지만, 산대도감 극류의 규격품만 생산하다가 그마저 유학자들의 집요한 반대로 중도에서 폐지, 해산했다. 그래서 후기에 중앙집권력이 떨어지자 400~500년 전의 고려 문화를 복고하는 이른바 영조의 문예부흥과 함께 고려 팔관회와 연등회 식의 춘경제의가 부활한 것이 아닐까?

산대도감이란 연희청이 폐지된 것은 1634년이고, 산대잡희 중의 탈춤을 포함한 춘경제의의 기록이 나타난 때는 1800년대 이후다. 그렇다면 그 공백 기간이 150년 이상이다. 이 기간 동안에 산대도감으로부터 방출된 산대인(탈춤패)들은 어디로 갔을까? 각 지역으로 흩어져 마을굿이나 풍물패 또는 고을의 춘경의례와 결합하였을 것이라고 앞에서도 말했다. 그래서 오늘날 우리가 보는 것과 같은 탈놀이나 야류, 산대놀이들은 이 산대도감의 탈춤과 무당굿, 풍물굿 등 민간 탈춤 전통과의 결합으로 재탄생해 온 것이라고 했었다.

이렇게 결코 단순하지 않는 과정을 통해 조선 말기에 거듭난 탈춤이 일제에 의해 다시 말살된다. 그런데 영원히 사라진 줄 알았던 이 탈놀이가 고려나 조선 말의 분권적 민주화 시대와는 정반대로 유례없이 중앙집권적인 1970~1980년대 군사독재시절에 다시 부활하는 듯하더니 1990년대 이후 다시 소멸의 길로 접어들었다. 그 이유는 무엇일까? 1970~1980년대의 탈춤 부흥의 전도사들은 농경 공동체의 유산을 관념적으로 상속하고자 했으나 그것이 국가와 산업사회의 폭력으로 좌절되자 관념적으로 저항했던 이른바 의식화된 소수 학자들과 학생들이었다. 이른바 민중 공동체의 물질적 기반 없이 학내에 국한된 소수의 이념 공동체가 기반이었다.

그러나 이 같은 이념 공동체의 시대는 그리 오래가지 못했다. 30여 년간의 군사독재에 의한 경제개발 결과 이념의 시대 대신 물량제일주의 시대가 왔다. 1980년대의 민주대행진 결과 절차적 의회민주주의와 특히 제도로서 1990년대에 다시 도입한 지자체는 지역 축제의 홍수와 축제 물량주의까지 불러왔다. 이는 탈춤 등 전통문화예술의 공연 기회와 장소는 많이 제공했는지 모르지만 탈춤 특유의 풍자성과 기원성 등의 본질적 이념성은 더욱 박제시키거나 탈색시켜 갔다. 탈춤에서 풍자성과 기원성이 빠지면 이미 탈춤이 아니다.

이렇게 된 이유는 농경 공동체는 물론 소상인들의 공동체도 이미 붕괴되고 없기 때문일 것이다. 전통적인 농경 공동체나 상인 공동체가 사라지고 없는 물량주의 시대의 지역 축제를 주도하는 사람들은 공동체가 아니라 선거로 뽑힌 지방 정부 단체장들과 시장번영회장들이다. 이들의 관심은 득표와 고객이다. 전통 상인들이라고 해서 고객이 목적이 아닌 것은 아니지만 오늘날의 시장번영회의 상인들이나 고객과는 그 성격이 많이 다르다. 전통 상인들의 상품은 소농과 영어민들이 생산한 농축수산물들 중심의 일차적 생필품이 중심 상품이었다. 그러나 이에 비해 모든 상품의 생산과 심지어 농축수산물의 생산과 유통이 대기업과 다국적기업에 독점당한 오늘날, 소상인들은 대기업들이 매일같이 쏟아내는 상품 물량주의와 조금이라도 후진 상품은 용납 못하는 시장 유행주의 속에서 서로 무한 경쟁하는 개인이지 공동체적 전통 상인이 아니다.

이제는 얼굴을 맞대고 몸을 부비는 마당의 시대, 마을 공동체의 시대는 끝났다. 지금은 동일한 취미나 이해관계에 따라 지역을 넘어 이합집산 하는 전자 공동체의 시대, 사이버 공동체의 시대라고 한다. 전자 공동체의 시대는 축제마저 기원을 비는 제사 마당을 버리고 과시적이고 위압적인 광장에서 시각적인 스펙터클을 추구하거나 스튜디오에서 그것을 연출, 획일적으로 조작할 뿐이다. 그래서 사이비 지방분권의 지방 단체장들과 시장번영회장의 주도로 소수 축제 전문가들이 경쟁적으로 연출해내는 1,000개가 훨씬 넘는 이 땅의 중상주의적 '축제 잡기'들 중에 농경 공동체에 기반 했던 전통 잡기는 구색 맞추기와 국가적 보존 차원이 아니면 설 자리가 없다. 오늘날의 모든 성공한(?) 현대 축제는 지역공동체 대신 호기심 많은 떠돌이성 타지인들의 감성을 직접 자극하는 희귀 상품 또는 첨단 상품의 피 튀기는 개발 시장이 되고 말았다. 그래서 관광 상품으로서의 상업주의 축제는 차고 넘치는데 기원으로서의 축제, 일탈로서의 축제, 뒤집기로서의 진정한 해방, 치유의 축제 공동체는 영영 사라질 수밖에 없다.

강릉단오행사는 '굿' 아닌 '제'다

나는 전통 축제를 당사자들이 뭣이라고 부르는지 확인하기 전에는 거의 관습적으로 무슨 굿으로 부른다. '제' 아닌 '굿'이기를 바라기 때문이다. 그러나 이제 진정한 굿은 사라지고 없는 것 같다. 내가 이해하는 '굿'과 '제'의 차이점은 이렇다. '제'가 혼자 또는 소수가 조용하게 개인이나 소수 집단을 위해 신에게 기도하는 제의적 의례라면, '굿'은 많은 사람들이 모여서 먹고, 마시고, 떠들고, 춤추는 등의 집단 신명으로 공동체 구성원 전체를 위해 신께 기도하고 신과 더불어 즐겁게 노는 놀이 중심 의례라는 것이다.

그렇다면 제와 굿 중 어느 것이 먼저냐는 문제가 있는데 이는 학계에서도 합의된 정설이 아직 없는 줄로 안다. 고대 국가들의 국풍인 동예의 무천, 부여의 영고, 고구려의 동맹 등이 제냐 굿이냐 물어도 정답은 없다. 사람이 많이 모였다는 점에서는 굿이지만 그렇게 많은 사람들을 모으기 전에는 혼자 또는 소수가 먼저 하늘에 조용히 제사 지내는 의례로 시작했을 수도 있다. 이것을 점차 부족 단위로 확대해가다 부족 연맹이 다 모이는 국중대회로까지 커졌을 수도 있다. 이처럼 제를 혼자 또는 소수의 조용한 기도로 규정할 경우에는 제가 먼저다. 혼자 또는 소수가 먼저 전제되지 않고 많은 대중의 굿 기도를 상정하기 어렵다. 그런데 소수가 하는 기도보다는 더 많은 사람들이 모여 집단 신명으로 하는 기도의 효과가 당연히 크다. 그래서 조용한 제사를 떠들썩한 굿판으로 확대했을 수도 있다. 만약 제의 의미가 앞에서 말한 소수의 기도 대신 유교식 제사라면 당연히 굿이 먼저다. 유교는 다신적인 원시사회의 무교보다 훨씬 뒤에 발생한 계급국가의 세련된 이데올로기이기 때문이다.

그러나 이것은 제를 참가자의 숫자와 제례 양식만으로 보는 양적이고 피상적인 규정이다. 참가하는 사람의 숫자나 제의 양식보다 중요한 것은 그 제의가 누구에 의해서 기획 주도되고 누구의 이익에 복무하느냐는 질적인 성격에 따라 굿과 제를 규정하는 것이 더 합리적일 것이다. 앞에서 제는 소수로부터 유래한 기도 행위고 특히 좁은 의미로 조용한 유교식 제사 행위를 뜻한다고 했다. 이에 비해 마을 공동체 사람들 모두가 주역이 되어 개인의 기복보다 마을 공동체 사람들 모두의 재앙을 미리 방지하고 풍농을 기원하는 마을 대동굿 등은 제의 방식이나 참가 인원에 상관없이 모두 굿이다. 그러니까 소농 마을 공동체가 주도하는 마을 당산굿 및 두레굿과 그 파생굿들은 모두 '굿'이고 앞으로 살펴 볼 읍치성황제는 물론 호족, 향리, 상인들이 자기들의 농민 지배권의 강화를 위해 의례를 주도하는 모든 축제는 아무리 사람이 많아도 그 목적이 소수의 이익에 있음으로 모두 '제'로 규정하는 것이 타당할 것 같다.

그런 뜻에서 보면 강릉단오제는 아무리 사람이 많이 참가한다 해도 단오굿이 아닌 단오제가 맞다. 아무리 제사 의례 행위보다 무당굿 시간이 길고, 난장에 모이는 많은 사람으로 문자 그대로 난장을 이루고, 공연 행사 종목이 제를 압도할 만큼 늘어나도 그 제를 기획 주도한 사람은, 또 그 이익을 많이 가져가는 사람들은 굿 대중 아닌 소수의 제사꾼들이기 때문이다. 그래서 강릉단오제를 주도하는 사람들 스스로도 그 의례를 '단오굿' 아닌 '단오제'로 이름 짓고 있다.

강릉단오제는 그 행사 기간만도 제의에 쓸 신주를 빚는 음력 4월 5일의 '신주근양'으로부터 단오행사가 끝나는 음력 5월 7일의 '송신제'까지 30여 일간이나 된다. 강릉단오제는 고려시대의 팔관, 연등회와 조선시대의 읍치성황제를 거쳐, 일제시대는 상인 주도의 상업 의례로, 해방 후에는 대한민국의 제13호 지정문화재로, 다시 유네스코 세계문화유산 걸작으로 등재되는 등 외부 작용에 의한 역사적 변천만큼 그 내용의 변화와 함께 규모도 방대해졌다. 그 제의는 유교식 제사와 무당굿을 모두 아우르고 있다. 주도 계층에 따라 중요 행사는 지역 유지 주도의 제사와 무당 주도의 굿, 상인 주도의 난장이 있다. 단오제 주최 측의 행사 성격에 따른 분류로는 지정문화재 행사, 민속 문화 행사, 경축 행사가 있다. 지정문화재는 신주근양, 산신제, 국사성황제, 구산성황제, 여성황사봉안제, 강문진또배기제, 영신제, 국사성황행차, 조전제, 무격굿, 관노가면극, 농악경연대회, 학산오독떼기, 송신제 등으로 어지럽도록 다양하다. 민속 행사로는 민요경창대회, 농악경연대회, 궁도대회, 씨름대회, 시조경창대회, 그네대회 등이 들어 있다. 경축 행사에는 축구대회, 테니스대회, 가요잔치, 강릉단오사진전 등이 있다. 이 밖에도 날이 갈수록 단오제 행사 종목은 늘어나고 있다. 단오제의 주최 측에서는 이렇게 종목이 잡화전으로 늘어나는 이유를 강릉 지방 전통성의 강조, 지역 고유성, 자기과시성, 다른 지역 축제와의 균형 등을 고려하다보니 그럴 수밖에 없다고 한다.

이처럼 30여 일간의 긴 축제 기간 동안에 이곳저곳에서 동시적으로 공연되는 그 많은 행사 종목들을 하루 이틀 가서 보고 오는 관광(?)으로는 한 평생을 되풀이 가서 보아도 강릉단오제의 전모를 파악하고 이해하기 불가능할 것이다. 가보나마나 코끼리 다리 더듬기는 마찬가지일 것이다. 결국 제의의 핵심을 파악하고 그 역사적 형성과 전개와 성격 등을 어느 정도 총체적으로 이해하려면 그 동안에 축적된 축제 자료와 학자들의 연구에 의존하는 것이 가장 빠른 길이다. 축제의 현재 성격은 현재의 행사 종목들을 직접 보아야 그 파악에 도움이 되겠지만, 그것의 형성과 역사적 변천과 사회적 성격 등의 파악은 그동안 축적된 연구 자료에 의존하지 않고는 그것을 제대로 이해할 길이 없다.

축제가 가진 다양한 흥미들 중에서 나의 주된 관심 사항은 그것이 언제 누구에 의해 주도되어 왔고 무엇을 위해 어떤 신체를 대상으로 어떤 놀이들로 연행되어 왔느냐에 있다. 그중에서 특히 내 관심 분야는 전통 소농들이 어떤 위치에서 어떤 능동적 역할을 해 왔는지 아니면 수동적 대상이 되었는지에 있었다. 이 역시 축척된 자료나 다른 이의 연구에 의존하는 수밖에 없다. 그래서 나는 차라리 황루시 관동대 교수에게 강릉단오제 관계 자료를 구할 수 있는 대로 모두 구해 달래서 그 형성과 역사적 전개와 사회적 성격 등을 먼저 파악해 보기로 했다. 황 교수가 보내준 자료 중에 『강릉단오제의 전승과 비전』[14]이란 책에 실린 이규대 강릉대 사학과 교수의 글 「강릉단오제의 형성과 역사적 전개」는 이에 대한 궁금증을 어느 정도 해소시켜 주면서도 새로운 의문점도 동시에 던져주는 흥미로운 글이었다.

고려시대 대관령 산신제는 강릉 호족의 팔관, 연등회였다

강릉이 고대의 동예가 있던 지역이라는 이유로 강릉단오제의 시원을 동예의 무천과 연관 지우기도 한다. 강릉의 단오제뿐만 아니라 오늘날 전승되고 있는 모든 제의와 축의들이 고대사회의 마을굿이나 제천의식들의 전통과 전혀 무관한 의례들은 아마 하나도 없을지 모른다. 그런데 강릉대 이규대 교수는 앞의 책에 실린 「강릉단오제의 형성과 역사적 전개」에서 마치 현존의 강릉단오제가 나말여초부터 시작된 것으로 단정한다. 『고려사』 「권92 열전5」의 다음과 같은 기사에 근거해서다.

"태조가 신검을 토벌할 때 순식(順式)이 명주로부터 그 군사를 거느리고 와서 회전하여 적을 파하니, 태조가 순식에게 '짐이 꿈에 이상한 스님이 갑사삼천(甲士三千)을 거느리고 온 것을 보았는데 이튿날 경(순식)이 군사를 거느리고 와서 도우니 이는 그 몽조로다'고 했다. 이에 순식이 신이 명주를 떠나 대현(大峴)에 이르렀는데 이상한 승사(僧祠)가 있으므로 제(祭)를 설하고 기도하였는데

14 박영주 외 5인, 고요아침, 2008

주상의 꿈꾼 바는 분명 이것일 것이다고 말하자 태조가 이상하게 여겼다."[15] 중종 때 편찬되는 『신증동국여지승람』에도 이와 비슷한 기사가 실려 있다고 한다.

예측 불가능한 격동기에 당시의 강릉 지방 호족인 김순식이 자신의 진로를 찾기 위해 새로운 권력으로 부상한 개성 호족 왕건의 후삼국 통일 전쟁에 참가하기 위한 긴 여정의 출정을 앞두고 자신의 무운을 비는 산신당 치제는 얼마든지 있을 수 있는 일이다. 그러나 왕검의 신검 토벌을 도우러 갈 때 김순식이 제와 기도를 드린 대관령 승사는 김순식이 처음으로 신축한 승사가 아니다. 그것은 신라 또는 이전의 동예 때 아니면 그보다 더 앞선 시대부터 있었던 승사였을지 모른다. 그런데도 이규대 교수는 이 기사를 근거로 강릉단오제의 시작을 나말여초 때 강릉 호족 김순식 일가가 주도한 대관령 '승사제'로 속단한다. 이는 개인 영웅주의와 그 표리 관계인 국가주의 사관의 전형적 관점이다.

고려시대의 지방 및 국가 의례로는 앞에서 본 대로 농경 관리와 농민 지배를 위한 팔관회와 연등회가 있었다. 알다시피 이 두 의례는 신라 시대부터 전승되던, 개성 호족 왕건의 씨족행사였는데 왕건의 집권으로 중앙정부와 지방정부 모두가 하는 전국행사가 되었다. 왕건의 고려 건국을 도운 강릉 호족 김순식이라면, 이 거국적으로 거행되던 팔관회와 연등회를 결코 무시하거나 외면하지는 못했을 것이다. 이규대의 글에는 이에 대한 언급은 한마디도 없지만, 그의 말대로 고려시대부터 강릉 호족 김순식이 주도하던 대관령

15 앞의 책, 19쪽

의례가 있었다면 그것의 시작이야 대관령 승사제였을지라도 고려 건국 이후부터는 분명히 강릉 지방의 연등회나 팔관회와 연관된 의례였을 것이다. 팔관회와 연등회의 치제 대상은 신라 시대부터 전해진 오악, 명산, 대천, 용신, 천령 등의 다신이었는데 이를 하나로 종합하면 산천신 또는 산신이었다. 그렇다면 강릉 지방의 팔관회나 연등회였던 대관령 의례의 신체 역시 특정 인격신이 아니라 위와 같은 산천신 또는 명산 대관령의 산신이었을 것이다.

그런데도 이규대는 다음과 같은 문장으로 김순식에 의해 나말여초에 시작된 대관령의 치제가 고려시대부터 '대관령 성황제'가 되고 또 그 성황신이 '선승 범일'이라는 인격신으로 이해하게 하는 혼란을 주고 있다. "한편 대관령 치제는 정례화되면서 단오절의 대관령 성황제로 정착되는 것으로 이해된다. 이 점은 강릉단오제가 '대관령 국사성황제'를 중심으로 운영되고 있으며 이 성황제의 주신은 선승 범일을 '대관령 범일국사성황신'으로 설정하고 있다는 데 근거를 두고 있다. 즉 선승 범일이 대관령 성황신으로 설정되면서 대관령 국사성황제가 연출되는 것으로 이해된다."[16] 객관적이고 구체적 신빙성이 없는 전설이나 최선만의 『강릉의 역사변천과 문화』[17]란 강릉 관광 안내 책자 등에 근거한 이 같은 주장의 혼란성은 글의 결론부에 "한편 '대관령 국사성황제'는 숙종조(1674~1720년) 이후 선승 범일국사를 주신으로 하는 제의로 재정립"[18]된다고 하여 다시 증폭된다. 고려시대까지는 대관령 국사성황신이 선승 범

16 앞의 책, 27쪽

17 강릉관광협회, 1962

18 앞의 책, 53쪽

일이었는데 조선시대부터는 다른 인격신으로 바뀌었다가 무슨 이유로 조선 후기 숙종 이후 범일로 '재정립'되었다는 것인지 아니면 조선 숙종 때 비로소 대관령 산신이 선승 범일의 인격신으로 바뀌었다는 것인지 나로서는 이해할 수 없다.

이규대는 조선 정부가 성황제를 법제화함에 따라 읍성 안에 새로 지은 성황사에서 춘추로 '모주성황지신'에게 치제하던 읍치성황제와는 달리 대관령 국사성황제가 조선시대에 와서는 별제(別祭)로 치제되었다고도 했다. 그렇다면 이 별제와 허균이 선조 36년인 1603년 5월 1일, 대관령 산신제를 집행하는 향리의 우두머리에게 그 행사의 연유를 물어 대답을 기록한 『성소부부고(惺所覆瓿藁)』의 성황제와는 어떤 관계일까? "대령신(大嶺神)은 곧 김유신으로 공이 젊었을 때 명주에서 공부하였다. 산신이 검술을 가르쳐 주었고 또 선지사(善智寺)에서 명검을 주조하여 고구려와 백제를 평정하였다. 죽어서 대관령 산신이 되었는데 지금도 신령스런 이적이 있어 고을 사람들이 해마다 5월 초하루에 번개(旛蓋)와 향화(香花)를 갖추어 대령에서 맞아다가 명주부사에서 모신다고 하였다. 특히 신이 기뻐하면 하루 종일 개(蓋)가 쓰러지지 않아 풍년이 들고 신이 화를 내면 개가 쓰러져 풍수의 천재지변을 준다."[19] 대관령 산신을 향리들이 명주부사에서 모셨다면 그것은 다름 아닌 읍치성황제다.

그렇다면 허균이 기록한 읍치성황제와 이규대가 말하고 있는 별제로서의 대관령 국사성황제는 별개가 아니라 원래부터 같은 것이었거나 아니면 조선 후기에 와서 두 개가 하나로 합쳐진 것이 아닐

19 황루시, 「강릉단오제 설화연구」, 『구비문학연구』 제14집, 2002, 3쪽

까? 조선 후기의 대관령 성황제는 물론 지금의 강릉단오제의 제례 양식이 허균이 『성소부부고』에 기록한 '대관령 산신제'의 양식과도 별다른 점이 없기 때문이다. 제례의 주도자는 지방 호족에서 고을 수령으로 달라졌을지 몰라도 성황제의 실무는 모두 호장이 맡았던 점에서도 두 개의 의례는 동일한 것으로 보인다. 또 수령권에 편승, 행정 실무 역할을 강화하면서 조선 후기에 읍권(邑權)을 장악하고 있던 호장이 주도하는 강릉단오제를 별제로 보았던 이규대도 그것을 향리들의 신분 상승과 정체성의 강화를 위한 의례로 봄으로써 결과적으로는 또 하나의 읍치성황제가 되었음을 시인하고 있다.

이규대에 의하면 향리 세력은 자신들이 주도하는 제의를 통해 민중의 지지를 얻고 입지를 강화하기 위해 다음과 같은 의례들을 추가하고 있다. 먼저 향리들은 민중 속에 전통적으로 잠재하는 신불(信佛) 성향에 파고들기 위해 1681년(숙종 7년)에는 고려시대 강릉 지방에 있었던 '미타존불도'라는 향도회와 비슷한 이름의 '미타계'를 강릉 보현사에서 복원 결성했다. 또 향리 세력은 이에 그치지 않고 성황제의 치제 대상에 관가 이속으로 보이는 초계 정씨가의 딸을 대관령 성황의 부인성황신으로 승격시켜 추가했다.

강릉 지역에는 대관령 국사성황사와 관련된 호환 설화가 있었다. 읍성 남문 밖 정씨 가의 주인이 어느 날 꿈을 꾸었다. 대관령 성황신이 현몽하여 '내가 이 집에 장가들 터이니 어떻겠느냐?'고 했다는 것이다. 얼마 뒤 이 집의 처녀가 호환으로 사라졌는데 그 시신이 국사성황사의 성황님과 나란히 앉은 채 발견되었다. 시신을 집으로 옮기고자 했으나 전혀 움직이지 않았다. 그래서 화공을 불러 그 화상을 그리게 하여 성황과 나란히 모신 후에야 비로소 옮길 수 있었다는 설화다. 전설은 그 전설을 만들어 전파, 전승하는 집단의 이데올로기와 욕구를 은밀히 반영한다. 황루시 교수에 의하면 초계 정씨인 여성황 생가의 위치가 조선시대 강릉 부사 건물인 칠사당에서 불과 300미터 거리에 위치한 것으로 보아 강릉 토박이라기보다 조선조 때 강릉에 들어왔던 관가의 이속이었을 가능성이 높다고 한다. 만일 그렇다면 이 전설도 향리들이 자신들의 입지를 보다 강화하기 위해 민간에 퍼트린 이데올로기일 것이다. 이규대에 의하면 이 호환 전설은 과거에 없었던 새로운 신상을 추가하는데 따른 지역 반발을 무마하고 이색적인 제의 구조 도입과 변화에 합리적 근거를 마련해 줄 이데올로기 장치로써 만들어졌을 것이라고 했다.

향리들은 자신들의 입지 강화와 확대를 위해 아래 계층인 농민과 재인 계층에까지 눈길을 돌린다. 그래서 그들은 단오절에 관청에 소속된 노비들로 하여금 가면극을 놀게 한 것이다. 관노가면극은 읍내의 대성황사 앞마당에서 괫대를 세우고 다섯 마당으로 구성해 노는 탈바가지 극이다. 첫째가 장자마리의 개시 마당이고, 둘째는 양반광대와 소매각시의 사랑 마당, 셋째는 시시딱딱이의 사랑 훼방 마당, 넷째가 소매각시의 자살 소동 마당, 다섯째가 양반광대와 소매각시의 화해 마당 등으로 전통 탈춤 마당극들의 형식과 내용을 거의 판박이 하고 있다.

관노가면극의 연희적 맥락은 고려시대의 팔관회와 연등회의 가면 잡회에 닿아있고 더 근원적으로는 마을굿 놀이 계통에서 자생한 농민 공동체 연희(농악 등)에 근거하고 있다. 그래서 가면극이나 탈춤 등의 광대놀음을 민중 놀이로 해석하고 있다. 그러나 지역 민중에 대한 직접 지배자 계층인 향리들의 취향과 이해에 맞게 정형화되고 그들의 경제적 후원에 따라 연출되는 조선 후기의 이런 가면극류가 진정한 민중 전통이 될 수 있을까? 설사 민중 전통이라 하더라도 관노가면극은 적어도 농민 공동체 정서를 반영하는 마을굿 놀이는 아니다. 그 기능도 전문적이라서 결코 보편적 농민 놀이라고는 할 수 없다. 이규대도 관노가면극을 향리들의 민중 지배 수단으로 보았지 진정한 민중 놀이로 보지는 않았다.

대관령 치제의 이 같은 역사적 전개와 사회적 성격으로 보아 강릉단오제는 고려 팔관회와 연등회의 전통을 계승하여 조선 후기에 와서 복고한 것이 분명하다. 팔관회와 연등회의 물적 토대는 지역 씨족 중심의 향도회였다. 조선 후기에 향리들이 읍권을 장악하자 고려시대 강릉의 향도회였던 신불 단체 '미타존불도'를 모방하여 '미타계'로 다시 복원한 것도 강릉단오제가 팔관, 연등회의 전통 계승과 부활이라는 구체적 예의 하나다. 조선 후기에 향리들이 연출한 관노가면극 또한 팔관회와 연등회의 백희잡기 전통의 계승 또는 그 부활임을 입증한다.

생각보다 적었던 강릉단오제 구경꾼

강릉단오제의 형성과 역사적 전개와 그 사회적 성격 등을 파악하는 데는 이규대 교수의 위의 글이 매우 유익했다. 그러나 객관적 사료에 근거하지 않고 전설, 관광 홍보물 등 신빙성이 낮은 기록에 근거하여 고려시대부터 대관령 성황신이 국사 범일인 듯이 헛갈리게 기술했다. 그리고 또 팔관회와 연등회, 대관령 성황제와 산신제 그리고 읍치성황제와의 관계 등을 명확히 하지 않은 아쉬움도 있다. 또 다른 아쉬움은 다른 지역의 전통 굿과는 달리 일제시대에도 강릉 시장 상인들에 의해 계승된 단오제의 변화와 현재, 그리고 미래의 전망 등이 이 글에는 빠져 있다.

이런 부분까지 대충 정리해 보려면 아무래도 현장의 즉물적 체험이 필요할 것 같다. 그러나 나는 여태까지 강릉단오제 구경을 한 번도 한 적이 없었다. 그래서 큰맘 먹고 2010년 단오 전날과 단옷날의 양일에 걸쳐 미루고 있던 숙제를 해치우듯 평생 처음으로 강릉을 다녀왔다. 옛날이라면 대구에서 강릉까지 실로 아득한 길이었다. 문경새재를 넘고 대관령 굽이굽이를 돌아가거나 포항, 울진, 삼척의 동해안 길을 길 있으면 걷고 없으면 배 얻어 타고 몇 날 며칠을 걸려야 갈 수 있는 멀고도 먼 길이었다. 그러나 요즘이야 산 깎고 굴 뚫고 다리 놓고 들을 막으며 흘린 온 산천의 선혈로 낭자한 고속도로 덕택에 대구에서도 불과 3시간 남짓 만에 도착할 수 있었다.

내가 강릉에 도착한 시간은 오후 1시경, 마침 점심시간이었다. 단오제 행사와 강릉의 관광지를 소개하는 선전물마다 나오는 감자옹심이와 초당순두부를 혹시 난장에서 맛볼 수 있을까 싶어서 아무리 찾아 헤매도 내 눈에는 보이지 않았다. 사자마자 쓰레기장으로 갈 싸구려 공산품 천지였지 먹을 만한 음식은 보이지 않았다. 물론 공연장 인근에 적지 않은 음식점이 있었고 그 모두가 어느 축제에나 따라다니며 지역 브랜드를 내세우고 있지만 사실은 양두구육인 지역 특색 없는 규격 음식점들뿐이었다.

음식뿐만 아니라 강릉을 대표할 만한 어떤 특산품도 보이지 않았다. 물론 유명한 산 밑의 산채비빔밥 집에서도 그 산 아닌 시장 나물을 사다 파는 세상에 강릉에 전통 단오제가 전해져 온다고 그런 특산물까지 있어야 한다는 법은 없다. 더구나 강릉단오제는 대한민국 구석구석마다 경쟁적으로 벌이고 있는 지역 특산물의 홍보와 판매를 위한 축제가 아니고 전통문화 축제가 아닌가? 난장을 헤매며 이 생각 저 생각에 사로잡혀 잊고 있던 시장기가 다시 밀려오기 시작했다. 난장에서 강릉 별미 찾기를 포기하고 축제장 밖을 빠져 나갔으나 별미 집은 쉽게 눈에 띄지 않았다. 묻고 또 물어 한참 만에야 친절한 강릉 토박이 아줌마를 만나 감자옹심이를 파는 음식점까지 직접 안내해 주었다. 덕택에 강릉 별미 감자옹심이를 맛보긴 했다. 강릉 다녀온 뒤 관동대 황루시 교수와의 통화에서 알았는데 난장에 감자옹심이가 없는 것은 단오 때가 더운 때라 뜨겁기 짝이 없는 감자옹심이를 아무도 안 찾기 때문이란다. 먹어보니 옹심이가 뜨겁긴 뜨거운 음식이었다.

한참 늦은 점심을 먹고 다시 단오마당에 돌아오니 '아리마당(공연장)'에서는 단오제에 초청된 안동 하회탈놀이 굿이 끝나가는 무렵이었고, 곧이어 중국 훈춘시 교포들의 농악단 놀이가 시작되었다. 공연장의 관객은 100명 내외 정도였다. 시선을 사로잡고 엉덩이를 한곳에 붙이게 하는 신나는 구경거리가 없나 하고 이곳저곳을 기웃거리다보니 그래도 단오굿당의 사람들이 제일 많았다. 150~200명 정도의 굿 관객 중에는 할머니들이 대부분이었고 간혹 나 같은 할아버지들이 보일 뿐이었다. 굿 공연장에는 젊은이들이라고는 행사 관계자나 굿 연구자들이 어쩌다 나타났다 사라질 뿐 전혀 보이지 않았다. 이러다가 굿 공연이 계속될 수 있을까? 지금의 굿에 무관심한 지금의 중년 아주머니들이 늙어가면 절로 굿 참여자가 될 것인가? 그러나 이런 아쉬움은 그 다음 날인 단옷날에 가서 어느 만큼 달랠 수 있었다.

단오 전날(음력 5월 4일)부터 음력 5월 7일까지 4일간 아침 10시부터 11시 사이에 되풀이한다는 조전제를 보려고 단옷날 굿당에 갔더니 그 시간인데도 어제보다 갑절이나 많은 사람들로 굿당 자리를 꽉 채우고 있었다. 재미없는 조전제에 아침부터 웬 사람들이 이리 많을까 싶었다. 조전제란 강릉의 기관단체장들이 차례로 초헌관, 아헌관, 종헌관을 맡으며 강릉 지역 일대의 풍년과 태평을 기원하는 유교식 제례다. 그래서 유교식 제복과 제모 등으로 정장을 하고 한 시간쯤 엄숙하게 치르는데 아마 강릉단오제가 조선시대 읍치성황제가 된 뒤에 도입된 유풍인 듯하다.

이 조전제가 끝나고 무당굿이 시작되었는데도 사람들이 줄기는 커녕 오히려 늘어났다. 어제보다 갑절 이상 관중이 늘어나 자리를 빈틈없이 채운 것은 조전제를 보기 위해서가 아니고 그날이 바로 단오절(음력 5월 5일)이었기 때문인 것 같다. 강릉의 단오굿 기간은 음력 4월 5일의 신주 빚기부터 음력 5월 8일의 송신제까지 꼬박 한 달 이상 지속된다. 그러나 전통 민중의 단오명절은 음력 5월 5일 단옷날 그날 하루뿐이었다. 단오굿 관객의 주축을 이루는 할머니들은 바로 이 단오명절날을 골라 창포물에 머리 감고 굿당에 마음먹고 단오굿 구경을 왔던 것이다.

국가주의자가 만든 내비게이션

마음 같아서는 나도 돌아갈 시간까지 단오굿당을 비롯해 줄지은 공연장이나 난장을 오르내리며 죽치고 싶었다. 그러나 강릉단오제는 남대천가에 정연하게 진열된 공연물들만 있는 게 아니다. 대관령의 상당 산신과 성황당을 비롯한 다섯 개의 서낭당에 기원을 올리는 제의와 그 제의를 위해 오가는 길놀이 등이 본 제의에 해당된다. 남대천가의 공연은 본 제의에서 연장 또는 파생된 놀이나 공연물에 지나지 않는다. 물론 올해의 성황제와 성황행차 등의 본 의례는 이미 끝나 내년이 아니면 다시 볼 수 없다. 그러나 이것을 뒤늦게라도 '현장'에서 느껴보면서 상상으로나마 재구성해 보고 싶었다. 그러자면 단오제 때 치성을 드리는 신당들과 유적지들을 둘러보는 것이 최선이다. 돌아갈 길은 먼데 2010년 강릉단오제 안내 책자가 소개하는 관련 유적지만도 칠사당, 대관령산신당, 대관령국사성황사, 대관령 옛길, 구산서낭당, 학산서낭당, 학산석천, 학바위, 굴산사지 당간지주, 대관령국사여서낭사, 강릉단오문화관 등 열 곳이었다. 이 중에서 내가 당일 꼭 밟아보기로 한 유적지는 단오제 때 직접 치제 대상이거나 관련이 있는 곳인 칠사당, 대관령 산신당과 성황사, 대관령 여성황사, 구산서낭당, 학산서낭당 등이었다.

홍보관 직원으로부터 찾아갈 유적지의 순서와 길 안내를 받기는 했으나 강릉이 초행인 나로서는 도저히 종잡을 수 없었다. 그래서 내가 타고간 자동차 안에 비치된 내비게이션이란 문명의 이기(?)에 길을 묻기로 했다. 그래서 대관령 가는 길가에 있다는 조선시대 관아 건물인 칠사당을 먼저 찍었더니 쉽게 안내해줬다. 칠사당은 어제 대구에서 강릉 시내에 들어오는 길에 좀 색다르게 내 눈길을 끌었던 바로 그 한옥 고가였었다.

그러나 다음 행선지로 잡은 강릉단오제의 핵심 행사장이자 유적지인 대관령산신당과 국사성황사는 내비게이션에 나타나지 않았다. 두 신당이 대관령 고개 위에 있다고 들었으니 사람들에게 물어서 가는 수밖에 없었다. 대관령 고개의 포장길을 한참 올라가다 지금 남아있는 '대관령 옛길'의 시작 지점에 무슨 기념탑이 '멋쩍게' 서 있는 곳까지 갔다. 거기서 대관령 산신당과 국사성황사의 위치를 어떤 행인에게 다시 물었더니 이미 한참 지나왔으니 도로 내려가 대관령박물관이 있는 뒤쪽 편에 가보라는 것이었다. 보아하니 대관령 구비를 많이 돌아 올라 대관령 정상이 얼마 남지 않은 지점인 것 같았다. 그냥 되돌아 내려가자니 아무래도 좀 섭섭하고 억울해서 같은 사람에게 그렇다면 대관령 양떼목장은 어디냐고 다시 물었다. 정상 위로 올라가라고 했다. 그래서 대관령의 정상에까지 올라가 양떼목장을 찾아가던 중에 뜻밖에도 대관령 산신당과 성황사가 바로 그 부근에 있다는 안내판을 발견했다. 우리에게 길을 가리켜 준 사람은 대관령산신당과 성황사의 길을 반대로 오도했지만, 텔레비전에 낭만주의로 그려진 양떼목장 길만은 바르게 알려줬기 때문에 결과적으로는 그 길도 맞게 가리켜 준 셈이다. 참으로 우연하게 조우한 대관령산신당은 오른쪽으로 조금 높은 곳에 있고 성황사가 왼쪽으로 조금 낮은 곳에 위치해 있긴 했지만 같은 장소에 함께 있다는 사실이 반가웠고 좀 뜻밖이었다. 같은 장소에 있는 대관령 산신당과 성황사의 같은 점은 무엇이고 다른 점은 무엇인지에 대한 대답은 나중에 다시 생각해 보자.

내려오는 길에는 대관령박물관 입구 직원에게 여성황사의 위치를 물었다. 시내의 무슨 동에 있다며 동사무소에 가서 물어보라 했었다. 동사무소 직원은 컴퓨터를 통해 약도를 출력해서 강릉 관광안내도까지 함께 손에 쥐어 주는 친절을 베풀었지만, 역시 강릉 지리에 너무 어두운 나는 여성황사를 쉽게 찾지 못해 한참 헤매다 중도 포기했다.

다음 목적지인 학산서낭당을 내비게이션에 입력했으나 그 역시 나오지 않았다. 아까 홍보관 직원으로부터 학산서낭당, 학산석천, 학바위, 굴산사지 당간지주 등이 모두 한 동네에 있다고 한 말이 떠올랐다. 차례로 입력했으나 그중에서 굴산사지 당간지주만 내비게이션에 떴다. 그 동네에 함께 있다니 일단 당간지주를 먼저 찾기로 했다. 당간지주는 동네의 들 가운데 우뚝 솟아 더 쉽게 찾을 수 있었다. 당간지주가 뭐하는 물건인지는 분명 들어서 알고 있었는데 동행이 그 용도를 물었을 때는 잊어먹고 영 떠오르지 않았다. 모른다거나 잊어먹었다고 하기는 자존심 상하는 일이라 아마 절 경계와 경내를 알려주는 경계석 또는 학교의 교문처럼 사찰문의 지주가 아닐까라고 얼버무렸다.

내 관심사는 당간지주가 아니라 학산서낭당이었다. 칠사당과 굴산사지 당간지주는 내비게이션에 나오는데 현재의 국가 무형문화재인 강릉단오제의 존재근거가 되는데도 왜 신이나 신화와 관련된 유적들은 나오지 않는 것일까? 그래서 강릉단오제의 유적지 안내서를 다시 찬찬히 보니 칠사당은 '강원도 유형문화재 제7호'였고, 굴산사지 당간지주는 '보물 제86호'였다. 그렇다면 권력기관(정부)이 인정한 유형문화재만 내비게이션에 나오는 것이 아닌가? 내비게이션마저 아니 내비게이션 콘텐츠 제작자마저 유물주의와 국가주의로부터 자유롭지 못하는구나 하는 탄식이 절로 나왔다. 내비게이션 콘텐츠 제작자도 역대 국가와 지방정부들의 지배와 수탈에 유용했던 가시적 유적지만을 골라 담는 국가주의자였던 것이다.

나는 문화재 특히 국가가 지정한 유형문화재에 대해 일방적 호감을 갖고 있지 않다. 문화재의 규모가 크면 클수록, 아름다우면 아름다울수록 그것의 제작을 위해 빼앗긴 민중들의 혈세와 피땀도 비례해서 커진다는 생각을 동시에 하지 않을 수 없기 때문이다. 그래서 나는 그런 문화재를 감식해서 바칠 수 있는 최대한의 헌사를 동원하는 미술 평론의 기술과 안목을 의도적으로 기르지 않는 문외한의 길을 택했다. 돈 되고 폼 나고 명예로운 벼슬자리와 가까운 그런 일은 나 아니고도 할 사람이 쌔고도 쌨다. 그렇다고 그 문화재의 보존 자체를 무조건 반대하는 것은 아니다. 그것은 한가롭고 여유 있는 탐미주의자들에게는 미적 체험의 대상인 동시에 나 같은 사람들에게는 그것의 소유자가 어떻게 민중을 수탈하고 지배했는지를 후대에 두고두고 전해주는 객관적 물증과 상징이 되어주기 때문이다.

그래서 굴산사지 당간지주도 그 동네가 학산서낭당이 있는 동네라는 사실을 확인해 준 것으로 용도 폐기하고, 다시 묻고 헤매다 찾은 곳이 학산서낭당이었다. 학산서낭당은 마을로 들어가는 길가 소나무 대여섯 그루와 그를 경계로 둘러친 예쁜 돌담장으로 내 눈길을 확 사로잡았다. 흔히 만났던 느티나무 당산이나 돌무더기 서낭당이 아니고 출입구를 제외하고 원형으로 둘러친 참 예쁜 돌담장 안의 소나무 서낭당이었다. 얼마나 정답고 반가웠던지 사진 찍기에 유달리 인색한 나지만 그래도 혹시나 하고 가방 속에 넣어둔 소형 카메라를 강릉에 와서 처음으로 꺼낼 만큼 친근했다. 국보인 당간지주는 마을 확인용으로 스쳐 지난 내가 왜 마을 서낭당에는 이런 친근감을 느낄 수 있었을까? 지금의 도시에서는 거의 사라져 가고 없으나 결코 그리 오래 지나지 않은 지난날에는 마을마다 고을마다에서 만날 수 있었던 민중에게 활짝 열린 친근한 신앙의 대상이었기 때문이 아닐까? 서낭당은 특정한 소수를 위해서가 아니고 모든 마을 사람을 위한 골맥이당 즉 마을과 고을 액운막이 수호신당이다.

자급 농업 경제 시대의 전통 민중에게 최대의 액운은 흉년이었고, 그 다음이 질병, 세 번째는 관료나 지주, 체제 종교 지배자 등의 외부 세력에 의한 수탈이었다. 그러나 가뭄이나 홍수로 인한 흉년과 원시적 가난으로 인한 질병은 당시의 자급 경제와 과학기술 수준으로서는 어쩔 수 없는 자연재해였다. 민중에게 정말 참기 어려운 고통은 인간의 힘으로 어쩔 수 없는 자연재해가 아니다. 자연 재앙들까지 수탈의 빌미로 삼는 간교한 인간들의 민중 지배였다.

권력 체제에 편승하지 않은 원시종교나 권력으로부터 버림받고 탄압받는 체제 밖의 종교들은 때로 민중과 한편이 되기도 한다. 그래서 질병 치료나 현세의 복락과 영가의 천도를 기약해주겠다는 종교들은 민중의 정서와 영혼에 깊이 관여함으로써 때로 현실의 고통과 불만을 잊게 해주거나 최소한 희석시켜주기도 한다. 그러나 권력 편에 선 체제 종교는 민중 위에 군림하는 수탈자와 지배자의 편이였지 민중의 편이 될 수는 없었다. 그래서 이런 체제 종교들은 민중 자신들은 도저히 남길 수 없는 그 많은 문화적, 예술적 유적들을 그렇게 풍성하게 남길 수 있었던 것이다. 오늘날 국가나 지방정부에 의해 지정된 종교적 문화 유적이나 예술 유적들은 모두가 민중으로부터 자발적이든 강제적이든 수탈해간 착취의 산물이자 그 수탈과 착취를 정당화하고 영속화 하기 위한 상징과 기념물(장치) 외에 아무것도 아니다. 그런데도 '우리 것(전통)은 좋은 것'이라는 전통문화 장사 놀음에 민중 스스로 자신을 선민이나 신민으로 착각한 채 잘도 속아 넘어가고 있다.

국가주의자와 시장 자본주의자의 이해는 같다.

내가 굴산사지 당간지주를 그냥 스쳐 다녀온 바로 그 다음 날 『조선일보』에 실린 유홍준의 「국보 순례(64)」[20] 연재 기사에는 공교롭게도 그 당간지주의 기사가 실렸다. 유홍준은 나에 비해 연배는 한참 아래지만 베스트셀러 작가이고, 특히 전국에서 유일하고도 규모가 작은 학과의 선후배 관계라는 인연만큼 그의 행적에 자연히 내 눈길이 끌린다. 하지만 앞에서 말했듯이 문화재에 대한 나와 그의 관점의 격차로 그의 글은 내게 거의 읽히지 않는다. 조중동으로 유명한 『조선일보』를 내가 무슨 이유가 있어 구독하고 있지만 그 당시 예순네 번째로 연재 중인 유홍준의 국보 순례기도 그것이 민중 수탈과 그 고통을 외면한 채 일방적으로 국가 지정 보물이나 국보를 미화하는 순례 여행기이기 때문에 대부분은 읽어본

20 2010년 6월 16일

기억이 없다.

그 글이 당간지주가 절집의 존재를 알리는 당(깃발)을 매다는 게양대의 받침대라는 사실을 다시 일깨워 준 것은 고맙지만 그에 대한 유홍준의 미학적 평가에 나는 감동할 수 없었다. 그것은 유홍준의 말대로 '논 가운데' 있는 것이 아니고 (농민들이 논 가운데 있다고 할 때는 지금 경작 중인 무논 가운데 그대로 서 있는 경우다) 정확히 들 가운데 있었다. 당간지주가 선 땅은 처음은 산기슭쯤이었다가 절터가 되었고 절이 없어진 뒤 현재는 그 옆의 논밭과는 달리 좁은 면적이지만 일정한 공한지를 차지한 채 서 있었다. 절이 사라진 지금의 당간지주가 '대지의 설치 미술'이 되어 있다는 것도, 그렇게 본 유홍준을 포함한 소수의 미적 향수자들의 관점일 것이다. 그리고 통일신라 때의 다른 당간지주들이 곱게 다듬어 윤곽선을 단정하게 새긴 데 비해 굴산사지의 그것은 우람한 자연석에 정으로 쫀 자국을 그대로 두어 돌의 질감을 살리고 최소한의 인공만을 더해 자연미를 살렸다는 것도 그와 같은 관점의 평가일 뿐이다. 그것이 세워져 있는 인근 논밭을 경작하는 농민에게는 그저 우람한 돌기둥이나 거추장스런 장애물로 보이기도 할 것이다. 나처럼 민중 수탈의 도구나 상징의 일종으로 보는 사람도 없지 않을 것이다.

나는 『조선일보』가 유홍준에게 국보순례 고정란을 만들어 제공한 지면을 처음 대했을 때 잠시 의아해한 적이 있었다. 노무현 정권의 문화재청장을 지낸 유홍준의 행적, 특히 노무현을 정조에 비유한 유홍준의 창덕궁에서의 아첨을 그토록 유별나게 비판했던 신문이 『조선일보』다. 정치적 입장이 그렇게 정말 다르다면 신문이 그런 지면을 안 주거나, 또 줘도 필자가 연재일을 거부하는 것이 순진한 상식인들의 감정이다. 그런데 신문은 이와 반대로 그에게 파격 대접을 했고 유홍준은 그런 신문의 이중적 처사에 순응했다. 그러나 나의 의아함도 잠시고 조선일보와 유홍준은 다 같이 국가주의자라는 점에서 동류다. 보수 신문과 진보학자라는 외피는 달라도 둘 다 국가주의자라는 점에서 본질적 차이가 없는 만큼 그 연재가 조금도 이상하거나 문제될 것은 없었다.

내가 굳이 『조선일보』를 돈 주고 지금도 보고 있는 이유는 이른바 정론 중립지나 진보를 자처하는 신문에 비해 국가공무원들의 비리나 국가의 예산 낭비, 증세 특히 부자 증세 등에 대해서는 상대적으로 엄격하게 비판적이면서도 타국 특히 일본과 관련한 문제에 대해서는 애국주의를 넘어 국수주의에 가까운 관점의 신문이기 때문이다. 그 대신 시장이나 자본에 대해서는 너그러운 정도가 아니라 거의 무조건 지지를 보내는 작은 정부, 큰 시장주의 신문의 대표격이다. 이에 비해 자칭 진보 신문들은 국가나 공무원들의 비리에 대해서는 관대하게 다루는 대신 주로 자본의 비리와 모순에 대해서는 상대적으로 더 비판적이다. 한마디로 말하면 『조선일보』가 시장 만능주의와 그와 모순인 국수주의를 동시에 추구하는 보수 신문이라면 후자의 신문들은 국가 만능주의적 중도 보수 신문들이다. 그래서 진보적 정론지라는 신문과 함께 아까운 돈 들여 『조선일보』를 구독한다.

자본주의와 국가주의는 얼핏 보면 상호 견제적이거나 제약적인 것처럼 보인다. 그러나 궁극적으로는 한통속이다. 아니 자본주의 이전의 제정미분(祭政未分)의 신정국가에서도 자본주의의 맹아인 대부(신용) 제도가 있었고 이것이 노예국가 제도와 함께 자본주의를 탄생시켰다는 주장도 있다. 국가 곧 자본의 탄생이었다. 둘 다 시장, 국가, 민족, 문화, 근대화, 산업주의, 부국강병주의, 스포츠 국가주의를 지향하고 그쪽에서 이해를 같이한다. 진보적 국가주의자로 자처하며 한때 100만 독자를 가졌던 유홍준이 국가가 지정한 보물에 최대의 헌사를 바치고 다니는 것은 그것에서 돈이나 벼슬자리가 나오기 때문이다. 시장 자본주의자 『조선일보』가 유홍준의 글로 돈을 만들 수만 있다면 그가 국가주의자나 진보 민주주의자면 어떻고 설사 사회주의자면 또 무슨 상관이겠는가? 실지로 『조선일보』도 일제시기 한때는 민족 독립에 이해를 함께 했던 일부 사회주의 경향의 기자를 포용한 적도 있었다.

강릉단오제는 농민 공동체가 주도한 적이 없었다

앞에서도 말했지만 강릉단오제도 상고시대 동예의 무천에 그 연원이 닿아있다고 한다. 동예의 무천의식에서 당대 민중의 자발적 자치 의식이 완전히 배제되었다고 할 수는 없겠지만 그것도 당시가 부족 연맹국 단계였으니까 그 연맹장 중심의 지배세력들이 주도한 농경 관리와 지배를 위한 제의 즉 '국중대회'이고 또 다른 말로는 '국풍'이었지 농민을 위한 제의는 아니었다. 음력 10월에 하는 무천이 추수 감사 의식인 데 비해 농번기인 5월에 하는 강릉단오제는 추수감사제도 아니고 보통 음력 12월과 정월에 하는 풍농기곡제와도 시기상의 차이가 크다. 일반적으로 전통 시대의 모든 축제는 풍농 의례로 규정한다. 그러나 설사 그게 풍농 의례라 해도 당시 지배자가 주도하는 농민 지배 의례였지 농민이 자신을 위해 주도하는 농민 자치 의례는 결코 아니었다.

이규대의 추론대로 강릉 지역에 고려시대의 국풍인 팔관회와 연등회와 별개로 국사성황제가 있었다 해도 그것 또한 강릉 지역 호족인 왕순식 일가가 주도한 또 하나의 국풍일 것이다. 국풍이 아니라 해도 지역 호족들의 농경 관리와 지배를 위한 의식이었지 농민 주도의 농경제의는 아니다. 고려 사회는 수전농업도 이미 도입했고 후기에 가서 수경이앙법도 도입하게 되나 아직은 화전농이 주류로, 경제를 전적으로 농업에 의존했던 농본 사회다. 그래서 당시의 국풍인 팔관회와 연등회가 농경 관리와 지배 의례였듯이 대관령 국사성황제도 그 지역의 호족과 향리들의 농경 관리권과 지배를 위한 의례였다. 앞에서 본 허균의 『성소부부고』 등의 문헌 기록은 오늘의 강릉단오제도 읍치성황제의 일종으로 조선시대부터 치제되어 온 것을 확실히 하고 있다.

갑오경장 이후 대부분의 읍치성황제는 중단되었으나 강릉단오제는 1909년부터 강릉 시내에 있는 중앙시장 상인들이 비용을 추렴하여 제사 지내고 무당을 불러 굿하는 것으로 그 맥을 이어왔다고 한다. 이때부터 단오제는 상인들이 주도하는 본격적인 상경제의로 거듭난다. 황루시 교수는 농경 관리 제의로서의 강릉단오제가 다른 어떤 지역보다 더 일찍부터 상경제의로 바뀐 것을 대관령 성황당을 믿고 재물을 얻은 머슴 전설을 통해서 보여줬다.

소처럼 열심히 논밭 갈며 농사짓던 머슴이 친구의 권유로 장삿길에 나선다. 처음의 생선 장수로는 돈을 벌지 못했다. 그런데 또 친구의 권유로 장삿길에 다시 나서며 대관령을 넘을 때는 장사 밑천의 절반을 나누어 지겟가지에다 매달아서 대관령 성황당에 맡기고 갔다. 길 가던 나그네가 그 돈을 가져갔다가 대관령 산신의 동티를 맞았는지 죽을병에 걸렸다. 굿을 하자 대관령산신당에서 가져온 돈의 갑절을 도로 가져다 놓으라는 말을 듣고 그리하자 병이 나았다. 또 다른 나그네가 그렇게 배로 불려진 돈을 가져갔다가 갑절을 갖다 두는 행위를 되풀이하자 성황당에 맡긴 돈은 기하급수적으로 불어나고 있었다. 원래의 돈 주인인 머슴 출신 상인이 몇 해 뒤 돌아오는 길에 맡긴 돈에서 여비나 좀 가져갈 양으로 성황당에 갔더니 그게 그렇게 큰돈이 되어 있어 큰 부자가 되었다는 전설이다.

농사 머슴 신세였던 사람이 대관령 성황신을 모시는 장사꾼이 되자 이렇게 큰 부자가 된 것이다. 황당하게 들리는 이 설화는 읍치성황제 중지 뒤 시내 중앙시장 상인들이 비용을 전담하여 단오제를 주도하기 훨씬 이전에도 이미 상인들이 대관령 산신을 믿고, 단오제를 접수하는 새로운 집단으로 등장해가는 과정을 암시해준다고 한다. 실제로 갑오경장 이후 강릉 중앙시장 상인들이 직접 나서기 이전의 강릉단오제에서도 일찍부터 상인들의 영향이 강했다. 조선 후기 단오제에서도 농경 관리 제의성보다 무당 일행이 대성황당, 약국성황, 소성황뿐만 아니라 성내의 시장, 전세(田稅), 사창 등을 돌며 장사 잘되게 굿을 치르는 상인 축제성이 더 강했다고 한다.

하긴 단옷날 자체도 농민과 특별한 관계가 있는 명절날이 아니다. 나는 내가 어렸을 때 남부 지방에서 보리나 밀 수확과 일모작 모내기 등의 힘든 일을 한참 하던 중에 노는 단옷날을 마치 요즘의 일요일이나 공휴일처럼 한 달에 하루쯤 실컷 먹고 쉬는 날쯤으로 알았었다. 왜냐하면 중부지방과는 달리 이곳 남부 지방에서는 단오 무렵에 일모작 모내기는 일부 끝냈지만, 보리와 밀 수확은 아직 끝나지 않았고 이모작 모내기는 아직 시작도 안한 무렵으로 최고로 바쁜 (죽은 송장도 벌떡 일어난다는) 농번기이기 때문이다. 이런 농번기에 농민들은 마을 당산나무 그늘 밑이나 아니면 야산 꼭대기의 큰 당나무 그늘 아래에 '치할'을 치고 밥과 국솥을 걸고 먹고 마시고 풍물 치고 춤추고 놀았다. 치할은 잔칫집이나 상가 마당에서 햇볕 가림이나 가벼운 비 가림용으로 쳤던 마을 공용의 두껍고 큰 천의 경상도 말인데 그 표준말은 알지 못한다. 지금의 텐트와는 물론 전혀 다르게 천장만 기둥을 세워 가리고 사방은 터진 말 그대로 하늘만 가린 천막 시설이었다. 지금은 이마저 마을 공용은 없어지고 전문 업체에서 접이식으로 만들어 임대 영업용화 한 지 오래다. 그 치할과 함께 농민들의 단오놀이가 사라진 지도 물론 오래다.

어쨌든 어린 시절의 그런 경험 때문에 나는 단옷날이 농민이 노는 농민 명절날로 알았다. 그래서 나이 좀 들어 굿과 축제에 대해 뭐 좀 안다고 시건방을 떨 때도 단오제 등이 단순한 농경의례인 줄 알았었다. 그러나 축제 공부를 다시 좀 더 하고서야 그것이 농경의례인 적이 있긴 있었지만, 농민이 자신을 위해 주도한 자치 농경의례인 적은 거의 없었고 농민과 농사를 관리하고 지배하기 위한 읍치 또는 국치 농경의례였음을 알았다.

단오의 유래도 농민이나 농경과는 무관하다. 단오의 유래는 고대 중국 초나라 회왕 때 충신 굴원이 간신의 모함으로 멱라수에 투신자살한 날이 5월 5일인데 그를 기려 제사 지낸 것이 기원이 되었다고 한다. 또 1년 중 양기가 가장 많은 5월 달에 역시 양기가 가장 많은 5일 날이 겹친 때라서 명절로 정했다는 등 잡설이 많지만 모두가 농민과는 아무 상관없는 얘기다. 달력이나 명절, 휴일을 정하는 사람은 당대의 최고 권력자였지 농민인 적은 결코 한 번도 없었다. 힘센 자들이 양기 좋은 그날을 명절로 정했다고 하니까 농민들도 덩달아 그날 하루쯤 쉬다 보니 그것이 관례와 관행이 되었을 것이다.

단오제의 신상도 농민과 상관없는 외래신이었다

단오제가 농민제의가 아니라는 또 하나의 근거는 농민을 대표·상징하는 신상이 한 번도 등장하지 않았다는 데 있다. 강릉단오제의 연원으로 알려진 무천은 알다시피 제천의식 즉 하느님이 주 신상이다. 황루시 교수는 지금의 대관령 산신과 성황신도 고대 제천의식의 천신과 관련된 신으로 본다. 전적으로 동의한다. 농경민의 신이 주로 땅과 관련된 여신인 데 비해 천신은 농경민의 땅과 수확물을 빼앗아 지배하기 위해 타지에서 굴러온 유목민들의 신, 가부장적 남성신, 건국의 신, 국가의 신들과 통한다. 풍요와 나눔의 농민신과는 반대다.

현재의 강릉단오제의 직계존속이 될 만한 제의가 언제부터 있었고 그 신상이 무엇인지에 대한 분명한 역사 기록이나 물증은 없다. 그럼에도 앞에서 비교적 자세하게 소개한 이규대의 추론에 근거하면 현재 강릉단오제의 전신 격으로 고려 건국 전부터 대관령 승사

(산신)제가 있었고 그 신상은 산신 또는 국사성황이다. 하긴 고려시대 대관령 성황제의 주신이 누구였던 간에 불교 국가인 고려에서 호족 왕순식이 주도하는 성황제에 농사와 농민이 관련된 신이 주신이 될 리는 없을 것이다. 앞에서 보았듯이 허균의 『성소부부고』에 의하면 조선 후기의 강릉단오제는 그 주신으로 김유신을 산신으로 모셨다고 한다. 김유신이나 최영, 강감찬, 을지문덕 등 우리 역사상에 등장했던 이름난 장군을 주신으로 받드는 산신제나 서낭제는 많다. 주로 별신굿에서 더 많았는데 무공이 혁혁한 장군이니까 마을이나 고을을 지켜줄 것이라는 기대감 때문이었다. 그렇다고 그들을 농민을 포함한 고을 사람 전부가 만장일치로 추대하거나 선출한 농민 대표로 신상에 올린 것은 물론 아니다. 상인이나 기타 굿을 주도하는 일부 힘 있는 계층의 이해관계에 따라 선정된 신상이다.

원래 자급 자치적인 농민들은 그들의 공동체 안에서 자생한 다양한 신상을 모시고 살았다. 변화무쌍한 자연현상 속에서 채집, 수렵, 농경 등으로 생업을 이어가던 민중은 생업과 연관된 거의 모든 자연현상의 배후에 그것을 지배하는 신이 있다고 믿었다. 이른바 다신교다. 바람의 신, 비의 신, 물의 신, 땅의 신, 나무 신, 호랑이 신, 곰의 신, 소의 신, 삼신(애기 낳게 하는 신), 조앙신(부엌 신) 등이 있다고 믿었다. 이렇게 의지할 데와 믿는 곳이 여러 곳으로 분산된 민중을 일방에서 통제 지배하기는 어렵다. 역대 지배자들은 거의 외부에서 침략해 왔고 따라서 그가 누구의 자손인지 원주민들은 그 족보를 모른다. 그래서 그들은 지상의 잡다한 신 따위를 믿는 토박이 선주민들과는 달리 최고로 높고 특별한 하늘신[天神]의 자손으로 자신을 위장한다. 그리고 모든 민중에게 자신의 조상신인 천신을 믿고 자신을 따르라고 강요한다. 그래서 조선시대의 읍치 성황제 이전에도 역사서에 기록된 팔관회, 연등회 등의 제의들은 거의 산신이나 천신을 믿는 향치 또는 국치성황제였다.

내 추측으로는 전통적 토템의 다신들이 산신이나 서낭신으로 대체된 것도 국가권력이 강요한 천신 또는 성황신앙에 맞서 민중이 효과적으로 대응하기 위한 정치적 타협의 산물이 아닐까 싶다. 하늘은 너무 높고 먼 곳에 있으며 추상적이다. 하늘처럼 국가를 믿으라고 강요하지만 스스로 믿어야 믿는 것이지 강요하는 믿음은 믿음이 아닌 복종과 폭력이다. 지상을 벗어나지 않으면서도 하늘과 가장 가깝게 통하는 민중의 신은 무엇일까? 하늘과 가까운 높은 산의 신을 믿는 산신 신앙은 천신 신앙을 강요하는 국가의 체면을 살려주는 동시에 민중 자신의 전통적 토템 신앙도 어느 정도 지킬 수 있는 타협 지점이 아니었을까? 하늘을 향해 높이 서 있는 마을의 당산나무와 솟대, 장승 등의 신앙도 높은 곳을 좋아하는 국가의 천신 신앙의 강요와 무관하지 않을 것이다.

산신이나 성황신이 장군신으로 대체되거나 별신으로 추가되는 것도 같은 이치다. 국가의 강요로 하늘신 대신 산신이나 성황신을 믿어봤지만 그들 역시 여전히 보이지 않는 추상적 존재다. 그래서 민중들은 국가도 공인해주는 역사적이고도 구체적인 장군신들이 마을을 수호해주는 산신이나 성황신으로 더 적합하다고 생각했을 것 같다. 아무리 하늘신의 적자로 위장한 왕이나 국가라 해도 한꺼번에 모든 것을 강요하다가는 민중 저항이라는 하늘의 벌을 자초한다. 국가도 민중도 만족스러운 것은 아니지만 더 이상의 방법이 없다면 이쯤에서 서로 묵인하자는 정치적 타협을 할 수밖에 없었던 것이 산신 신앙이나 서낭 신앙 또는 장군 신앙 등 별신 신앙이 아니었을까?

이 같은 정치적 관점에서의 추론과는 달리 마을굿의 수호신상과 형태를 산간형, 평야형, 도서형 등 지형별로 나눈 흥미로운 연구도 있다. 앞에 소개한 김월덕의 『한국 마을굿 연구』[21]에 의하면 전라북도의 경우 동부의 산간 지역 마을굿의 수호신은 '산신'과 '당산신'의 복합형이 주를 이루며 대부분의 마을에서 산신이 상위신 격이고 당산신(성황신)은 하위신 격으로 여긴다. 산신은 인근 뒷산의 바위나 나무에, 당산신은 마을 입구의 누석탑이나 누석단 또는 당나무에 깃든 것으로 여긴다. 그리고 이 굿의 주도자는 주로 여성과 무당이다.

이에 비해 서부의 평야 지역 마을굿 수호신은 산간과는 달리 주로 당산신 하나만 섬기는 단일형이다. 마을 수호신의 신체도 산이 없기 때문에 산신 대신 대부분 동구의 커다란 당산나무고, 간혹 석장승, 솟대 등 인공물들이 혼합된 경우도 있으나 모두 당산신으로 여긴다. 이 경우에도 할아버지당산, 할머니당산 또는 숫당산, 암당산 등으로 두 개 이상의 당산을 섬기는 경우가 있으나, 할아버지당산이 반드시 윗 당산은 아니고 동민들의 관습에 따라 윗당산이나 아랫당산으로 삼는다. 평야 지역 마을굿의 주도자들은 남성들이다. 도서형 마을굿의 수호신상은 '산신', '당산', '용왕'이 결합된 복합형이라는 점이 특이하다. 그러나 도서 지역에서의 '산신제'와 '당산제'는 형식적으로 간단히 치르고 '용왕제'만을 크게 치르는

21 지식산업사, 2006

것으로 보아 도서 지역의 주된 마을 수호신은 '용왕'이고 굿의 주도자는 여성인 것이 이 지역 마을굿의 특징이랄 수 있다.

세 지역이 이런 식의 특색을 가지게 된 이유를 김월덕 선생은 다음과 같이 설명한다. 동부 산간 지역에는 당연히 산이 많아 산비탈에 논밭이 붙어 있어 어느 곳보다 산의 영향을 크게 받을 수밖에 없다. 그래서 산신이 우선이다. 그런데 산신굿 중심의 산간 마을굿을 여성들이 주도했다는 주장은 처음 접했지만, 그가 제시한 이유를 보면 충분히 수긍이 간다. 산간에는 논농사보다 밭농사가 주고, 잔손질이 많이 가는 밭농사를 여성들이 주도한다는 주장은 지금도 사실이기 때문이다. 평야 지대의 마을굿이 규모가 크고 개방적이며 남성이 주도하는 것도 논농사가 주로 남성 주도고 경제권이 남성에게 있기 때문이다. 도서 지역에서 '용왕'이 마을의 주 수호신이 된 것은 그 지역 주민들이 바다에서 주로 생계를 유지하기 때문이다. 용왕굿을 여성이 주도하는 것도 여성들의 바다 경제활동이 남성들에 못지 않고, 특히 남성들의 잦은 배 사고로 과부가 많고 또 그렇게 될 확률이 높은 여성들의 종족 보존 능력이 그만큼 중시되었기 때문이라고 한다.

다시 강릉단오제의 신상 얘기로 돌아가자. 강릉의 향토지인 『임영지』가 1615~1786년 사이에 3회에 걸쳐 다섯 권이 출간되었으나 이 중 두 권은 없어지고 일제 때인 1933년에 『증수임영지』로 다시 발간되었다고 한다. 다시 발간된 『증수임영지』 중 풍속지의 강릉단오제 편에 다음과 같은 내용이 기록되어 있다. "매년 4월 15일(음력)에 호장이 무당패를 거느리고 대관령에 올라 신목을 통해 국사를 모셔 성황사에 안치하였다. 5월 5일에 무당들이 풍악을 울리고 광대들이 잡회하며 행진했다. 신목은 성황사에서 태웠다. 소홀히 하면 비바람에 곡식이 썩고 가축들이 피해를 입는다고 전한다."[22] 『증수임영지』에는 허균의 『성소부부고』의 기록과 달리 김유신 산신이 아니고 국사가 등장한다. 그러나 이규대는 어떤 자료들에 근거했는지 강릉단오제의 대관령 주신상이 허균의 기록처럼 산신 김유신이 아니고 국사성황신이었고 구체적으로는 선승 범일이었다고 기술한다.

대관령 신이 설사 고려시대부터 산신이 아니고 성황신 범일이었다고 해서 강릉단오제가 농민의 제의가 되는 것은 물론 아니다. 그리고 대관령 국사성황신이 범일이라는 것은 어디까지나 이규대의 추정일 뿐 『증수임영지』에도 그 국사를 범일로 특정한 기사는 없다. 이규대의 추정에 동의하기 어려운 근거는 많다. 먼저 범일은 신라 말에 두 차례나 국사로 초빙되기는 했으나 신라의 멸망을 예견했는지 이에 응하지 않았다. 범일이 실제로 국사가 아니었다는 말이다. 특히 이 내용을 수록해 복간한 『증수임영지』는 원래의 『임영지』가 아니고 1933년 그러니까 일제시대에 다시 쓰여졌다는 사실에도 유의할 필요가 있다.

국사성황이 강릉단오제와 관련된 신이라고 최초로 기록한 사람은 일본인 학자 아끼바이고, 때는 1928년이라고 한다. 그것도 범일을 국사성황이라고 기록한 것이 아니고 단오제 관련 12신 중의 한 신위로 국사성황을 기록했다. "국사를 범일이라고 지목해서 기록한 시기는 이보다 좀 더 늦은 1937년의 일이다."[23] 이런 이유로 이

22 황루시, 「현대의 공동체와 축제의 기능」, 『구비문학연구』 제22집, 2006, 5쪽
23 황루시, 「강릉단오제 설화연구」, 『구비문학연구』 제14집, 2002, 13쪽

규대와는 달리 국사성황신의 국사를 범일이라는 특정 인물과 연관시키지 않는 해석이 학계의 주류인데 황루시도 이에 동의한다.

지금까지 나는 내게 주어진 자료를 통해 강릉단오제의 형성과 그 역사적 전개를 살펴보았다. 다시 간단하게 요약하면 다음과 같다. 강릉단오제가 이규대 교수의 주장처럼 고려시대부터 시작되었다 해도 그 신체는 오악, 명산, 대천, 용신 등의 신과 함께 하늘의 천령을 섬겼던 팔관회 및 연등회와 비슷한 신상을 섬기는 강릉 호족들의 대 농민 관리와 지배 의례로 출발했을 것이다. 이처럼 명주 지방의 팔관회와 연등회였던 대관령 산신제도 고려시대에 들어온 송나라의 성황제와 특히 조선시대에 와서 제도적으로 도입된 읍치성황제의 영향을 크게 받지 않을 수 없었을 것이다. 그래서 산신 김유신 등을 모시던 대관령 산신제인 강릉단오제도 적어도 조선 후기부터는 읍내의 성황사에 성황신으로 모셔져서 향리가 주도하는 읍치성황제가 된 것 같다.

대관령 산신제로부터 시작된 강릉단오제가 치제 대상에 국사성황을 추가시킨 때는 빨라도 갑오경장 시기 읍치성황제가 없어지고 중앙시장 상인들이 중심이 된 민간단체가 단오제를 주도한 일제시대 이후인 것 같다. 특히 국사가 선승 범일이란 인격신으로 거론되기 시작한 때는 일제 후기인 1937년 이후부터인 것 같다. 그 이유는 대관령 신을 김유신 산신 대신 국사로 기록한 『증수임영지』도 1933년 일제 후기에 다시 쓰여졌고, 국사를 범일이란 인격신으로 특정해서 기록한 때도 1937년 일제 때이기 때문이다. 왜 그랬을지 추론의 근거는 충분하다. 일제가 볼 때 산신 김유신은 민족적 색채가 너무도 강한 인물이다. 더구나 김유신은 신라 통일 전쟁 당시

왜와 가까웠던 백제와 적대 관계에 있던 신라의 유명 장수다. 일본의 국수 민족주의자로서는 절대 호감이 가는 인물이 아니다. 범일도 한국인이지만 그는 신라의 국사 초빙을 거절했고, 왜와 직접 적대 관계에 있던 인물이 아니며 일본에서도 이미 받아들여지고 있었던 불교의 승려다. 보편적 세계 종교도 시작은 지역 종교였고 또 국가 민족적 색깔이 덧씌워지기 마련이지만 불교는 민족이나 국경을 근본으로 하는 국가주의처럼 직접적으로 배타적인 것은 아니다. 일제의 축제 통치 이데올로기로서는 신라 장군 김유신보다는 승려 범일이 성황신으로 훨씬 유리하지 않았을까? 일제의 치밀함으로 보아 그 통치 이데올로기가 강릉단오제의 신상에 전혀 영향을 끼치지 않았다고 말할 수는 없다.

어쨌든 일제시대 후기에 와서는 강릉단오제가 김유신과 함께 범일국사, 김이사부 장군, 창해역사, 초당리부인, 연화부인 등의 12지신을 동시에 치제해 왔다고 한다. 그렇게 다신화 해야 김유신의 신상을 격하시키거나 비중을 낮출 수가 있다. 일제 이후 이처럼 잡다한 여러 신들을 치제 대상으로 삼았던 강릉단오제가 어째서 지금은 대관령 산신과 범일국사성황신, 구산서낭, 범일의 부인신(국사여성황신), 범일의 태생 마을인 학산서낭 등 5신으로 정리되었을까? 그것은 강릉단오제를 무형문화재로 지정하기 위한 당국의 조사 당시 이해관계가 있는 사람들의 진술에 따른 것이라고 한다. 이 중에서 학산서낭당은 학산 마을이 국사범일의 태생지라는 이유로 1999년 엔가부터 치성굿을 드리는 신당으로 또다시 추가되었다고 한다.

황루시의 강릉단오제 설화와 공동체 분석

일제시대 이후 강릉단오제의 12지신 중에 초당리부인은 농사일을 가르쳐 준 신이라고 알려져 왔다. 그러나 이는 고대 중국 신화의 신농씨나 후직씨처럼 말 그대로 '농사일을 가르쳐 준' 지도자이지 농민과 함께 농사지으며 '농민의 권익'을 대변하고 지켜준 농민 공동체의 수호신으로 보기는 어렵다. 강릉단오제와 관련한 황루시의 설화 분석에서도 농사 머슴이 대관령 산신을 믿고 장사해서 크게 성공한 상인 얘기는 있어도 농민이나 그 공동체 관련 설화는 하나도 없었다. 아래는 황루시 교수의 글 「현대의 공동체와 축제의 기능」[24]을 필자의 관점에 따라 발췌 짜깁기한 글이다.

오늘날 강릉단오제의 주신 격이 된 실재 인물 범일의 신격화 설화는 지역 승려가 고구려 주몽 신화의 맥을 잇는 천부수모형(아버지는 하늘신이고 어머니는 물 관련 신)의 설화에 따라 국사성황신으로 자리 잡게 되는 과정을 보여준다. 이 같은 범일의 천생 관련 설화는 그의 신격화와 함께 범일 역시 전형적인 지배 수탈의 상징인 국가 신화와 맥을 같이하는 반농민적 인물이라는 반증이 되기도 한다.

1962년 철거된 대창리의 성황사에 모셨던 육성황(肉城隍)인 창해역사나 같은 대창리의 육성황과 함께 소성황에 모셨던 김시습도 농민과는 무관한 신격인 것 같다. 창해역사는 물에서 떠내려 온 알에서 나온 여씨 성의 장사로서, 진시황을 죽이려다 실패했다거나 호랑이를 맨 손으로 때려잡았다는 설화의 주인공이다. 범일이나

24 「구비문학연구」 제22집, 2006

다른 난생신화의 인물처럼 창해역사도 아버지 없이 어머니만으로 알에서 태어났다. 알은 천신 또는 태양계 출생을 의미한다. 범일의 어머니가 우물가에서 물을 마시고 임신했는데, 창해역사는 어머니 없이 할머니가 시냇가에 떠내려가는 고지박을 건진 알에서 나왔음으로 이들의 탄생 신화도 고주몽이나 박혁거세, 석탈해 등의 천부수모계 국조 신화와 맥이 닿아 있다. 범일의 신격화가 다른 육지부에서 강릉에 들어온 지배 세력과 그 이데올로기의 상징이라면 창해역사 설화는 경주 신라의 석탈해처럼 바다에 접한 강릉 지역에서 배를 타고 외부에서 들어온 해양 세력 집단의 입향(入鄕)을 상징하는 인물의 신격화 얘기로 볼 수 있다. 그러므로 창해역사의 설화 역시 굴러온 지배 세력을 합리화하는 신화일 뿐 토착 농민에 관한 신화는 아니다. 정씨가의 여성황의 호환 신화 역시 국사성황제를 주도했던 초계 정씨 향리들이 자기들의 입지를 지속적으로 강화하기 위해 자기 씨족인 여성황의 신체 옹립을 합리화하는 또 하나의 지배 이데올로기일 뿐이다.

국사성황을 모욕한 금부도사 이규의 폭사 설화는 치제 주체인 호장 중심의 이속들과 강릉 주민들의 자존심을 보여준 설화라고 한다. 이 설화는 내 고향 경남 영산 단오제에서 산신이나 성황신이 역사상의 이름 있는 사람이 아니고 읍치성황제를 주도한 향리의 우두머리인 문호장으로 되어 있는 설화와도 약간 상통한다. 옛 영산 고을에 도술을 부릴 줄 아는 문호장이 자기 집 앞을 지날 때는 어떤 사람이라도 말에서 내려 걸어가게 했다. 그러나 어떤 관찰사가 이 호장의 규칙을 어기고 말을 탄 채 지나가려다가 말발굽이 땅에 붙어 꼼짝하지 않았다. 호장의 소행인 줄 알고 그를 잡아다 족

친다. 그러나 도사인 호장이 이에 굴할 리 없다. 그래서 호장은 관찰사에게 자기가 스스로 죽어줄 터이니까 후사가 없는 자신의 제사를 해마다 이날(바로 5월 5일)에 지내달라는 일종의 타협안을 내놓는다. 그래서 관찰사는 호장의 목숨을 뺏는 대신 고을 수령으로 하여금 해마다 5월 단옷날에 그의 제사를 치르게 했다는 전설이다. 관찰사로부터 호장 자신이 단오제의 신상이 되는 허락을 받아낸 이 전설 역시 호장의 자존심뿐만 아니라 호장이 살았던 영산 주민의 자존심도 드높여주는 일이 아닌가? 하지만 호장도 중앙으로부터 지역에 소외된 중간 계급인지는 몰라도 농민을 지배 수탈하는 지배계급의 일원이었지 결코 농민의 대변자는 아니었다.

강릉단오제의 신상이나 전설뿐 아니라 그 단오제를 농민 공동체가 한 번이라도 주도해 본 적도 없었던 것 같다. 앞서 소개한 이규대의 글에서도 언급했지만 김순식 일가에 의해 주도된 고려시대 산신제의 물질적 사회적 토대는 당시 관동 지역 일대는 물론 내륙 강원도까지 광범위하게 조직된 '미타존불도'라는 향도회였다. '미타존불도'라는 향도회원 가운데는 물론 농민도 많았겠지만 그러나 그것은 농민 권익을 위한 단체가 아니었고 신불 단체였다. 다시 말해 그것은 고려시대의 지방 호족들에 의해 조직되어 대관령 산신제나 불교 의식을 빙자한 농민 관리와 지배 의식이었던 팔관회나 연등회를 통해 그 결속력을 공고히 했던 관변 단체였다. 조선조 말에 복원한 '미타계'도 고을의 향리가 주도적으로 만든 관변 신불 단체였다.

황루시의 「현대의 공동체와 축제의 기능」이라는 글에도 강릉단오제가 농민 공동체에 기반 하거나 새로운 농민 공동체를 조직했다는 말을 한 번도 언급한 적이 없었다. 중앙정부의 유교 이념과 강릉 관련 인물인 김유신, 범일 국사, 김순식 일가, 여성황이 된 초계 정씨 일가, 그 정씨의 집을 훗날에 매입한 강릉 토호 최씨 등의 성황신을 동시에 모시는 강릉단오제는 이들 집단의 정치적 타협을 통해 오히려 농민을 지배하는 광범한 수탈 공동체를 형성했다고 한다. 강릉단오제의 의례가 이속과 상인의 유교적 제사와 민중의 고통을 위로해주던 무당굿으로 짜여진 것도 이 같은 집단들의 정치적 타협 결과로 보았다.

대부분의 지역에서 갑오경장 이후 읍치성황제가 중단되었으나 강릉단오제는 그전부터 단오제에 관여했던 상인들 특히 남대천변의 중앙시장 상인들로 주재 집단이 바뀌면서 규모는 축소되었으나 민간 전통의 축제로 계승된다. 그러나 주재 집단이 상인으로 바뀌면서 자본주의 축제 경향도 더욱 강화되었다. 강릉단오제도 원래는 여러 성황사를 여기저기 돌면서 굿과 탈놀이를 하는 일종의 길놀이 굿이었다. 그런데 상인들이 본격적으로 주재한 일제 뒤부터 단오제는 지금과 같은 고정된 장소의 마당놀이로 변했다. 중앙시장 옆 남대천가라는 자리에서 굿도 하고 놀이도 하고 난장도 함께 벌였던 것이다. 조선시대 후기부터 큰 장이 서는 강이나 바닷가에서는 별신굿이나 탈놀이 마당을 벌여 손님을 모았는데 강릉단오제도 일찍부터 이와 유사한 상업 축제가 되어 있었다. 이런 상업주의적 축제 성격은 지금도 강릉상공회의소 소장, 강릉시장 번영회장, 중앙시장 번영회장, 화물차협회, 개인택시협회 회장 등이 단오제의 당연직 헌관을 맡는 것으로 전통화되었다.

단오제는 1967년의 행사 중에 제례, 관노가면극, 무당굿 등 세

분야가 국가에 의해 중요무형문화재 제13호로 지정되면서 또 다른 전기를 맞는다. 지정 이후의 단오제는 보유자 중심 단오제보존회와 시민 중심 단오제위원회가 중심이 되어 보존회가 국가 지정 행사를 맡고 위원회는 그 밖의 민속 행사나 경축 행사를 맡아왔다. 그러다가 1973년 강릉문화원이 단오제 진행을 담당하면서 민간(시민)단체가 주도하는 축제로 그 면모를 바꾸었다고 한다.

그러나 말이 좋아 시민(민간) 주도이지 단오제 행사 내용은 문화전문가들에 의해 기획, 운영되고 특히 1970년대 이후에는 행사 종목의 양적 팽창으로 주관자와 일반 시민 사이의 거리는 더욱 멀어져 가고 있다고 한다. 1974년의 열두 개 행사 종목은 2003년에는 시민들의 다양한 요구를 반영한다는 명분으로 여섯 개 분야 51개로 늘어났는데 그 상당수가 공연물이었다. 그 결과 전통문화의 특성대로 주민의 능동적인 참여가 요구되는 행사였던 단오제가 주민이 관람객으로 소외되는 전형적 상업 문화제가 된다. 시민 주도가 아니라 전 시민의 관객화로 변모한 것이다. 이런 추세는 비단 강릉단오제에만 국한된 것이 아니다. 지구촌들의 전통 축제라는 것들도 쏟아지는 물량주의에 휩쓸려 더욱 '스펙터클'하고 '컬러풀' 한 볼거리로 만들었고, 연기자와 관람자, 주관자와 일반 시민 사이를 더욱 분명하게 구분 짓는 주객분리의 상업 축제로 나아가고 있다.

행사 종목의 다양화와 함께 늘어나는 난장이 축제 공연장을 포위해가자 시 당국은 2002년 굿당과 공연장 주변의 일정 구역에서는 난장을 금지시키고 대신 모든 난장을 남대천 건너편(중앙시장쪽)으로 몰아내 축제장과 난장을 완전히 분리했다. 전문적인(?) 용역 회사에 이 일을 맡겨 단오행사장은 질서정연해졌으나 축제 특유의 떠들썩한 난장 분위기는 가라앉고 시민을 더욱 객체화 하는 공연장으로 만들었다는 것이다. 축제장은 원래 현실 일탈이나 전도가 벌어지는 난장인데 그 축제장에 일상적인 규율과 질서, 명령이 강요되면 그건 이미 축제가 아니다.

읍치성황제에서 유네스코로, 공동체와 더 멀어지는 단오제

이런 추세는 한국을 대표하는 축제로서 강릉단오제를 세계의 축제로 문화 관광 자원화 하겠다는 정부 정책에 따라 더욱 가속화된다. 강릉단오제는 2005년 11월에 유네스코 인류 구전 무형문화유산으로 등재되면서 또 다른 변신을 거듭한다. 2004년부터 도입된 국제 관광 민속제는 다분히 이 유네스코 문화유산 선정을 기대 의식한 행사라고 한다. 이제 강릉단오제는 1996년부터 시작한 국내외의 타 지역 무형문화재의 대거 초청공연 이후 세계의 중요 관광용 민속 공연을 강릉 한곳에서 동시에 관람하는 세계 규모의 축제를 꿈꾼다.

하지만 이건 축제의 본질과는 반대다. 축제 특히 전통 축제는 그 지역성과 자급적 정체성이 생명인데 전통 축제마저 물량주의와 지역 없는 세계시장 논리를 도입하면 그건 이미 본래적 의미의 축제가 아니다. 강릉 주민들이 주도적으로 참여하는 강릉단오제가 아니라 국내 다른 지역의 공연용 중요무형문화재와 세계 각국의 중요무형문화재를 모두 보여주겠으니 강릉에 오라면 그건 강릉단오제의 자기 부정이다. 무형문화재든 축제든 그것이 발생한 지역에 가서 직접 관람을 하든지 동참을 하든지 아니면 구경이라도 해야 그 분위기를 제대로 맛볼 수 있다. 하회탈놀이는 낙동강 구비 도는 소나무 숲에 둘러싸인 하회마을에 가서 보아야 그 맛이지 강릉 남대천변 무대의 그것은 하회탈놀이도 강릉단오놀이도 아니다.

우리는 지나친 서울 집중을 못마땅해 하고 지역 분해를 가속시키는 세계화 광풍에 거부감을 느낀다. 그런데 강릉이란 지역에서 만일 국내의 타 지역 축제와 세계 여러 축제를 모두 압축해서 다 보고 말면 다른 지역은 뭐 먹고 살란 것인가? 이런 축제는 강릉 기득권자들의 이익이나 축제의 기획과 운영자의 밥자리는 군혀줄지 모르지만, 이제까지 행사를 주도해 온 현지 시장 소상인도 다시 소외시키고 지난날의 읍치성황제보다 더 중앙집권화된 관치 국풍으로 끝을 맺을 것이다. 축제의 대규모화가 만들어 갈 공동체는 관료 공동체뿐이고 이미 수동화된 지역의 민간 공동체는 더욱 수동화되면서 마침내 완전히 해체되고 말 것이다.

마을 서낭굿이나 별신굿의 제주는 원래 부정한 일이 없고 청렴하고 집안 원만하고, 덕 있는 토박이 어른 가운데서 그때마다 선출하는 것이 원칙이다. 그런데 지금 강릉단오제의 제주는 원천적으로 깨끗하기 어려운 벼슬아치들이나 유력 기업가가 계급 순서대로 초헌, 아헌, 종헌을 당연히 맡는 것으로 정해져 있다. 그중에는 선출직 공직자도 물론 있겠지만 축제를 위해 선정된 것이 아니다. 공직 급수에 따라 이미 결정된 헌관들은 공동체의 정신적 지주인 지역 어른 제주와는 그 성격이 전혀 다르다. 공직이란 일정 기간 동안 한 지역에 임시적으로 주어진 임무이기 때문에 해당 기관의 대표성만 한시적으로 갖지, 개인이 갖는 상징성이나 지역을 대표하는 상징성은 전혀 없다. 그래서 그들이 하는 의례는 지역공동체 주민의 지지가 전혀 없는 그들만의 과시 자축 잔치로 끝낸다. 그래서 그들은 자기들이 주도하는 제례가 끝나자마자 그들을 수행한 수하들과 함께 모두 자리를 떠난다. 그리고 굿당에는 할머니들만 남는다. 이것이 의미하는 바는 자명하다. 그들 공직자들끼리의 제례는 일시적 관료 공동체는 이룰지는 모르나 지역 주민들과는 어떤 공동체적 관계도 연대도 끝내 이루지 못한다.

제례에 참석했던 공직자들이 떠난 굿당에 꼼짝 않고 남은 70대 전후의 할머니들은 2010년 단옷날에 내가 관측한 바에 의하면 농악 경연장 다음으로 많은 400명 내외였다. 그렇다고 이들이 무슨 할머니 공동체를 이루고 있는 것일까? 아니라고 한다. 그들도 한 지역에서 삶과 이해를 함께 기원하는 공동체 구성원이 아니다. 할머니들은 각기 떨어진 먼 지역에서 각 집안의 종교적 대표자로 굿판을 찾아와 자식들과 손자 놈들의 안녕과 건강, 재수, 출세 등의 개인적, 가정적 소원을 빌 뿐이다. 이러니 단오제의 어디에서도 진정한 공동체는 남아 있지 않고 새로 만들어질 가능성도 없다. 이것은 강릉단오제의 목적인 지역의 안녕과 생업의 번창을 기원하는 강릉 지역 공동체와 이를 대표하는 주인이 없기 때문이라고 한다.

요즘에는 제나 굿을 통해 소원이 이루어진다고 믿는 사람은 거의 없다. 설사 소원 성취를 믿는 사람일지라도 개인 경쟁 시대의 소원은 나한테만 이뤄져야만 좋은 것이지 공동체에 그 혜택이 골고루 돌아간다면 그건 있으나 마나한 혜택이다. 공동체 전체의 혜택이 없는 쪽이 개인에게는 훨씬 낫다. 수입이든 지역 생산이든 식량이 남아 썩어가는 판에 모두의 풍년을 기원하면 농민 모두가 망한다는 역설의 경쟁 시장 세상에 우리는 살고 있다. 그러니 진정한 공동체 축제는 이미 사라진 꿈이다. 그래서 무당굿조차 본래의 지역공동체적 기원을 떠나 관객이자 손님인 개별 할머니들의 개인 기원이나 빌어주는 또 하나의 '무대공연'에 불과해졌다는 것이다.

황루시에 따르면 대표적인 공연물인 관노가면극의 연출 공연에서도 그런 공동체 분해 현상이 나타나고 있다고 한다. 가면극의 생명과 재미는 권위와 지배 세력에 대한 풍자와 해학에 있다. 그런데 서구의 카니발과 달리 우리 전통 탈놀이에는 양반이나 중에 대한 풍자나 공격은 약간 보여도 가장 오래되고 강력한 지배계급인 국왕이나 현직 관료에 대한 풍자나 공격은 전혀 보이지 않는다. 하긴 조선시대 후기의 향리가 주도한 탈놀이에 그것까지 바란다면 무리다. 국가권력에 대한 풍자 공격은 고사하고 최근의 관노가면극은 양반에 대한 전통적 풍자조차 사라지고 없다고 한다.

원래의 관노가면극에서 양반의 수염에 목을 맨 각시의 자살은 양반을 혼내주려고 꾸민 가짜 자살로 이 사실을 양반만 모르고 관객은 알고 있다. 그래서 양반이 당황하는 모습에 통쾌함을 느끼는 각시와 관람객은 한 편이 되어 양반을 골려먹는 하나의 극중 공동체를 만든다. 그런데 요즘의 관노가면극 연출 공연에서 관중은 각시의 거짓 죽음이 갖는 처절한 항의의 목소리를 전혀 감지할 수 없다. 관중은 양반과 똑같이 각시의 죽음을 처음에는 반신반의하다가 결국은 정말 죽었다고 생각하게 연출한다. 그래서 관중은 각시가 아니라 양반과 한편이 되어 성황신에게 각시의 소생을 빌고 그 신통력으로 각시를 살려낸다는 것이다. 이리하여 관노가면극은 원래 탈놀이가 갖고 있던 양반에 대한 풍자와 소극적 저항성마저도 내버리고 양반과 함께 자신들도 전혀 믿지 않는 제의적 신비로 죽은 생명을 되살린다는 황당굿을 만들고 있다고 한다.

물론 가면극 내용의 이러한 연출 변화는 놀이 주체와 관객 집단의 성격이 달라지면서 이제 계층 갈등을 심각한 극적 요소로 받아들이지 않는 시대 현실의 반영일 수도 있다. 그러나 아무리 관노가면극이 국가 중요무형문화재로 지정되어 국가 돈 받고 하는 탈놀이라 해도, 오늘날의 경제적 계급 격차가 전통 시대의 양반과 상놈의 장벽보다 훨씬 높고 견고한 체제로 굳어지고 있는 상황에서 그 원형이 가지고 있던 풍자성과 저항성까지도 스스로 포기해 버린다면 탈놀이의 자기 부정일 뿐이다. 현실적으로 경제적, 정치적 거대 장벽에 가로막힌 적대계급들이 축제를 통해 화해해서 하나의 공동체로 거듭난다는 것은 있을 수 없는 거짓이다. 축제는 계급 화해의 장이 아니라 계급 전도의 장이자 지배자의 수탈과 민중들의 자급자치가 서로 주도권의 장악을 위해 불꽃 튀기는 계급 갈등을 벌이는 계급투쟁의 장이다. 그런 투쟁을 통한 계급 전도 없이 계급 화해는 없다.

강릉단오제는 일찍부터 농경 '굿'도 아니었지만, 한때 관노가면극 속의 양반 계급과의 갈등을 통해 지방의 하급 관리와 소상인 공동체의 이데올로기를 확대 재생산하고자 했던 '제'를 포기한 지도 오래다. 지금은 소수의 지역 유력자들에 의해 기획되는 하나의 관광 상품에 지나지 않는다. 땅에서 하늘로, 다시 높고 큰 산으로, 한때 읍성 안의 성황사로 호명당했던 대관령 산신은 이제 '문화'의 미명으로 또다시 세계시장의 일개 상품으로 호출당하고 있다. 스스로 말할 수 없는 '대관령 산신'은 오직 호명자를 통해서만 말한다. "나는 언제나 나를 호명하는 자들의 편일 뿐이다" 라고.

탐라국 입춘굿놀이 - 되살린 읍치성황제

1960년대 이후 1980년대까지는 대학생들의 전통문화에 대한 관심이나 복원 자체가 군사 개발 독재정권에 대한 하나의 저항이 되었다. 군사정권 또한 그것을 매우 위험한 사상인 양 불온시 했었다. 구관이 명관이라더니 지금 와서 되돌아보면 군사정권도 이른바 민주정권이란 이름으로 신자유주의에 쉽게 편승한 정권들에 비하면 순진했던 측면도 없지 않았다. 전통문화 운동이 단순한 전통문화 상품의 복원에 그치지 않고 그것을 통해 전통의 토대가 되는 자급 농촌공동체 경제까지 복원할 수 있다면 그것은 당시의 군사체제뿐만 아니라 오히려 현재의 신자유주의 가짜 민주 체제에 큰 위협이 될 것이다. 그렇다면 불온시 당할 충분한 이유가 된다. 그러나 전통문화 운동을 하는 학생들이 그것까지 생각했을 것 같지는 않았다. 설사 그랬다 해도 흘러간 물로 물레방아를 돌릴 수 없듯이 낡은 이데올로기만으로 한 번 붕괴된 토대를 원상 그대로 복원할 수가 없는 법이다. 단지 토대 붕괴에도 불구하고 복고를 꿈꾸는 이데올로기의 타성으로, 특히 일제(日帝)와 서세(西勢)라는 타의에 의해 일시에 강제적으로 단절 파괴된 우리 전통문화의 특수성이 군사독재라는 상황을 만나 관념적 복고를 더욱 충동질했을 것이다. 그래서 그것조차 독재자들의 눈에는 불온한 사상운동으로 보였을 것이다.

30년 만에 물리친 군사독재정권 대신 새로 등장한 이른바 민주정권은 신자유주의 시민정권으로 확실히 군사정권보다는 세련되고 영리했다. 전통이 불온시 당할 때가 언제인데 전통은 말할 것도 없고, 전통 아닌 것도 전통문화라는 이름 아래 철저하게 시장 상품화하기 시작한 것이다. 1960년대 이후의 전통 복고주의 시대를 거쳐 2000년대에 접어들자 전설이나 신화까지 철저하게 상품으로 카피하기 시작했다. 그래서 1970~1980년대 동안은 불온한 반정부 인사로 핍박받던 전통문화 운동가들에게도 1970년대 초 송대관의 히트곡처럼 '쨍하고 해 뜰 날'이 마침내 찾아왔던 것이다. 그들은 1990년대 중반 이후 재개업한 제도 지방자치체들이 경쟁적으로 벌이고 있는 상업 축제들의 기획이나 연출을 담당하거나 사라진 전통 축제를 복원하는 등으로 모두 제 살길을 찾아가기 바빴다. 벼슬자리는 제한되어 있고 장사처럼 밑천만 들고 결과는 도박인 농사도 아무나 할 수 있는 일이 아니다. 배운 도적질이 문화 운동뿐인데 문화 상업주의 시대에 문화 장사 해먹고 사는 것에 누가 뭐라 하겠나?

이 요란한 문화 상품 시대에 제주도 민중 문화 운동의 맏형 격인 문무병 선생이 탐라국 입춘굿놀이라는 전통 굿을 복원했다는 소식을 바람결에 날려 보냈다. 문무병 선생에게는 회심의 복원작이겠지만, 내 고향 영산의 쇠머리대기와 줄굿의 문화제 종목화와 중요무형문화재의 지정을 통해 전통문화의 상품화와 권력화 현상을 일찍부터 아프게 지켜봐 왔던 나로서는 그것이 썩 탐탁하게 받아들여지지 않았다. 그럼에도 불구하고 내 고향 영산의 줄당기기와 나무소싸움놀이에 거의 지속적으로 참관하고 있는 왕년의 문화운동 동지인 문무병 선생의 면을 봐서라도 그것을 한 번쯤이라도 참관함이 도리라고 진작부터 벼르고 있었다. 그러나 나는 개인적인 사정으로 자꾸 미루기만 하다가 가까운 후배 덕택에 지난 2010년 2월의 탐라국 입춘굿놀이를 보게 되었고, 난생 처음으로 제주도를 갔다 올 수 있었다.

썰렁했던 탐라국 입춘굿놀이

나는 탐라국 입춘굿놀이의 전신이고 원형 격인 '제주 춘경제의'에 대한 약간의 예비지식을 갖고 있었다. 그것은 조선조의 공식적인 농경제의였던 사직제와는 다르지만 어쨌든 제주 관아가 주최한 또 하나의 읍치성황제였다. 읍치성황제란 한마디로 조선왕조가 강제한 통치용 제의다. 알다시피 조선시대의 통치 이념은 유교다. 그래서 조선은 고려에서 행했던 연등회와 팔관회의 국풍은 물론 민간에서 전승해오던 모든 제의와 심지어 고려가요까지 모든 고려문화를 음사로 규정하고 폐기의 대상으로 삼았다. 그 대신 모주성황지신(某州城隍之神) 또는 모군성황지신(某郡城隍之神), 제주목성황지신(濟州牧城隍之神) 등으로 신체를 통일한 수령 주도의 관제성황제를 지내게 하거나 아니면 신농씨나 후직씨를 제사하는 사직제만 허용하고 권장시켰다. 이 같은 조선왕조의 통치용 의례를 읍치성황제라고 한다.

문무병 선생으로부터 받은 『제주도 입춘굿놀이 자료집』[25]에 의하면 탐라국 입춘굿놀이는 제주 목사 이원조(李源祚)가 1814년(헌종 7년)에 부임지 제주에서 쓴 『탐라록(耽羅錄)』과 김석익(金錫翼)의 『심제록(心齊錄)』, 김두봉(金斗奉)의 『제주도실기』 등의 조선조 말의 춘경제의 기록에 근거해서 복원한 것 같다. 이 기록들에 의하면 제주의 춘경제의는 조선조의 공식적인 농경제의인 사직제나 선농제와는 물론 다르다. 그러나 이 행사를 제주 관아가 주최하고 제주 주사(州司)에서 행했다고 하는데 그렇다면 이 또한 읍치성황제가 분명하다. 그러므로 이것을 복원한 탐라국 입춘굿놀이의 주최자가 제주시가 되는 것은 당연한 것처럼 보인다. 탐라국 입춘굿놀이에 대한 이 같은 약간의 예비지식을 갖고 있긴 했으나 막상 제주공항에 도착하여 곧바로 제주 시청으로 읍치성황제를 보러가는 기분은 아무래도 좀 묘했다.

2010년 2월 5일, 탐라국 입춘굿놀이의 열림굿의 시작 마당인 제주 시청에 도착한 시간은 오후 세 시경이었다. 시청 현관에 오늘 행사인 '낭쉐몰이'의 주인공 '낭쉐'는 모셔져 있었지만 사람들은 아직 아무도 보이지 않았다. 낭쉐란 입춘굿놀이의 서막굿이자 거리굿의 주인공인 나무쇠[木牛]의 제주도 지방 말이다. 낭쉐몰이는

25 제주전통문화연구소

옛 국왕들이 신농과 후직의 창농(創農) 업적을 기리고 농사의 중요성을 알리기 위해 궁궐 소유의 밭에서 몸소 소로 쟁기질을 하던 이른바 적전친경 의식을 의례화한 놀이다.

늦은 점심을 해결하려고 인근 식당에 들러 바닷가 음식의 특징인 붉은 고추가 안 들어간 시원한 갈치국으로 먹은 점심밥은 그런대로 먹을 만했다. 식당 주인과 손님들에게 오늘 시청에서 무슨 행사가 있다는데 혹시 알고 있느냐고 물었으나 모른다고 했다.

점심 뒤 시청으로 돌아오자 오후 4시 30분에 시작하는 제장울림굿에 참가할 마을 풍물패들이 속속 도착하고 있었다. 시에서 주최를 하니까 제주시에 있는 마을 풍물패는 아마 거의 다 동원(?)한 것 같았다. 구경꾼보다 오히려 많은 마을 풍물패들이 시청 마당을 거의 메우다시피 했다. 그 터울림 또한 귀청에 무리가 갈 만큼, 소음에 가까울 정도로 제장을 압도했다. 탐라국 입춘굿놀이가 시청 주최의 관치성황제임에도 불구하고 영산 3.1민속문화제처럼 관리와 정치꾼들의 얼굴 전시장인 무슨 본부석이란 데서 서막식이라는 것을 하지 않고 바로 본 행사를 진행하는 것은 천만다행으로 반가운 일이었다. 그래서 제주 시장이 낭쉐고사를 주재하는 것쯤은 차라리 애교로 받아들이고 싶은 심정이었다.

전통 축제에서의 핵심 행사는 물론 '제'나 '굿'으로 하는 '풍농의례'다. 그러나 그에 못지않게 중요한 행사가 민중이 참여하는 대동놀이굿이다. 탐라국 입춘굿놀이에서 대표적 대동놀이굿은 굿 시작 날 오후 여섯 시부터 일곱 시까지 진행하는 낭쉐몰이 거리굿이다. 그것은 풍물 치고 춤추며 걷는 길놀이자 그 지역의 악귀를 쫓는 거리굿이기도 했다. 그러나 다른 해는 몰라도 내가 참가했던

2010년의 낭쉐몰이에 시민들의 반응은 거의 냉담에 가까웠다. 복원 주체인 문화패들만의 잔치로 보였다. 내게는 참으로 썰렁하기만 했고 따라서 시청에서 옛 제주목 관아까지 낭쉐몰이의 거리가 아주 지루하고 멀게만 느껴졌다. 그래서 제주전통문화연구소의 고영자 박사에게 그 길의 성격과 거리를 좀 알려 달랬더니 그 길은 제주시에서 가장 번화한 간선도로이고 제주 시청에서 구 제주목 관아까지 가는 직선 길로 그 거리는 2.1킬로미터라고 했다. 고작 2.1킬로미터 거리가 왜 그렇게 멀게만 느껴졌느냐고 했더니 아마 처음 길이고, 여러 번 쉬어가다 보니 가는 시간이 오래 걸렸기 때문일 거라고 했다.

그러나 내가 생각하기에는 그때가 깜깜한 밤 시간이었고 일몰과 함께 찾아온 추위도 하나의 원인이었을 것이다. 무엇보다 큰 원인은 낭쉐몰이가 다수 시민들의 동참 없이 풍물패만 같이하는 말 그대로 낭쉐몰이로 일관하는 그 재미없음에 있을 것이다. 추워서 더 썰렁하게 느꼈던 것은 내가 추위에 유독 약한 말라깽이 노인이라서 그렇다 치자. 부분적인 통제가 있었다고 하는데도 차량들은 경적 소리도 시끄럽게 쌩쌩 지나갔고 깜깜하고 추운 밤 시간이라서 그런지 오가는 행인은 거의 보이지 않았다. 단조로운 장단만 되풀이 치는 풍물패와 낭쉐를 끄는 소수의 참가자들이 시끄러운 찻길 한편에 낭쉐를 세우고 소주나 마시며 지루함을 달래는 낭쉐몰이가 재미가 없다는 객관적 증거는 주관 측 외의 시민 반응이나 동참이 거의 없었다는 데서 드러난다. 이보다 재미있는 낭쉐놀이 거리굿을 만들 수는 없을까? 이 문제는 나중에 다시 생각해 보기로 하고, 탐라국 입춘굿놀이의 복원자들은 왜 굳이 지나간 시대의 재미없는 읍치성황제를 복원하려 했는가? 복원의 이념과 당위성은 무엇인가? 그것부터 먼저 생각해 볼 필요가 있을 것 같다.

누구를 위한 적전친경이었던가

『제주도 입춘굿놀이 자료집』에 의하면 전통 탐라 입춘제의는 옛 탐라국왕의 '친경적전 의례'에서 유래하고 있다는 점을 유난히 강조하고 있다. 복원한 측이 탐라국왕의 친경적전을 강조한 이유는 물론 짐작된다. 그것은 제주도가 지금처럼 육지 국가에 예속된 한갓 도서 지역이 아니라 고려시대까지는 당당한 주권을 가진 자치독립 국가였으니까 이 놀이의 이념도 거기에 있다는 것을 강조하기 위해서다. 그러나 친경적전의 의례가 태어난 배경과 전파된 경위를 이해하면 그것의 의미를 강조하면 할수록 그 자치성이 강조되기보다 오히려 훼손되지 않을까? 국왕들의 친경적전이 내세우는 명분은 농업의 중요성을 백성들에 알리고 농민들의 노고에도 감사하는 제의라지만, 그 속셈과 결과는 그와 정반대라는 사실을 굳이 외면한 것 같다. 제주전통문화연구소에서 발행한 『제주도 입춘굿놀이 자료집』에서도 얘기하고 있듯이 친경적전은 탐라국왕의 독창물도 아니고 한반도에서 멀리 떨어져있는 고대 중국에 뿌리를 두고 전승된 통치의례였다.

『서경(書經)』의 「주서 · 소고(周書 · 召誥)」에 이런 기록이 보인다. "사흘이 지난 정사(丁巳)일에 짐승을 잡아 교제(郊祭)를 올렸는데 소 두 마리를 바쳤다. 이튿날 무오(戊午)일에 새 고을에서 사제

(社祭)를 거행했는데 소 한 마리와 양 한 마리, 돼지 한 마리를 올렸다." 지금부터 3000여 년 전 주의 성왕(기원전 1025년~기원전 1005년) 때의 기록이다. 교제는 하늘에 제사하는 제천의식이고, 사제는 땅에 풍농을 기원하는 제지의식(祭地儀式)이다. 춘추전국시대까지는 교제를 제후가 행한 경우도 있었으나 진의 중앙집권적인 중국 통일 이후부터 교제는 천자만의 독점 의례가 되었고 사제도 천자가 함께 지내기도 했었다. 그러나 이후부터 제후는 제지의식인 사직제만 올릴 수 있었다고 한다.

한나라 때의 교제는 하늘의 명을 받아 천하의 지배자의 자리에 오른 천자가 수도의 남쪽 교외에 원구(圓丘)를 쌓고 밤에 섶에 불을 태워, 거기서 일어나는 연기로 하늘에다 자기 치적의 실적을 고하는 의식으로 삼았던 것으로 추정한다. 한나라 이후부터 이것은 상례가 되었다. 1421년 명나라 영락제(1402~1424년)는 수도 베이징의 남쪽 교외에 면적 280헥타르의 대형 천단(天壇)을 모은 뒤 교제를 행했다. 청나라의 건륭제는 1752년 이것을 개축하여 3층의 장려한 원형 천단으로 만들었다.

우리 땅에서도 이런 제천의식은 단군의 개국 초부터 있었던 것으로 추정한다. 그것을 기록으로 처음 확인시켜 준 것은 유감스럽게도 중국 사람들이 쓴 사서들이다. 『삼국지(三國志)』「위서(魏書) 동이전」에 다음과 같은 기사들이 실려 있다. "부여는 은 정월이면 하늘에 제사 지내는 국중대회를 치렀는데, 연일 음식을 즐겨먹고 노래하며 춤췄다. 이를 영고라 했다." "(고구려에서는) 10월이면 하늘에 제사 지내는 국중대회를 열었는데, 이를 동맹(東盟)이라 했다." "마한에서는 해마다 5월이 되어 씨를 뿌리고 나면 귀신에게 제사를 올린다. 이때는 모든 사람들이 모여서 노래하고 춤추며 술을 마시고 놀았는데, 밤낮을 쉬지 않았다. (중략) 10월에 농사일이 끝나면 역시 이렇게 논다." 『후한서(後漢書)』 「예조(濊條)」에도 이런 기록이 보인다. "해마다 10월이면 하늘에 제사 지내고 밤낮으로 술 마시고 춤추며 노래했다. 이를 무천(舞天)이라 했다."

이처럼 국가 단위의 국풍(국중대회)이 있기 훨씬 이전에도 사람이 모여 사는 곳이면(작은 마을 규모에서도) 의례(축제)는 있었다. 인간은 축제하는 인간이기 때문이다. 그런데도 축제의 주재자들 스스로가 그것을 기록하지 않은 것은 공동체에 문자가 없어서일 수도 있고, 외지인들에게는 기록 충동이 일 만큼 신기했지만 당사자들에게는 기록의 필요성을 못 느낄 만큼 일상적 연례행사로 익숙한 것이었기 때문일 수도 있다. 예컨대 내 고향 영산에도 2~3개의 오랜 전통 축제가 있었지만 그것이 1961년에 시작된 3.1문화제 행사 종목이 되기 이전에는 기록된 적이 한 번도 없었다.

이 땅의 공식 사서에 국가 주도의 제천의식이 최초로 기록된 곳은 아마 『삼국사기』 「백제 본기 시조 온조왕조」인 것 같다. "20년 봄 2월에 왕은 큰 단을 설치하고 친히 천지신명께 제사 지냈는데 기이한 새 다섯 마리가 날아왔다."

『고려사』 「성종 2년 정월조」에는 "왕이 원구(圜丘)에서 기곡제(祈穀祭)를 올리고 몸소 적전을 경작하였다"는 적전친경 기록도 처음 나타난다. 이는 고려도 중국처럼 오방(五方)의 방위천신(方位天神)과 천체 위에 군림하는 황천상제(皇天上帝)에게 제사를 드리는 원구제와 함께 적전친경의 기곡제를 도입한 천자국이 되었다는 최초의 기록이다. 그러나 고려 말에 와서 우왕이 그 11년(1385년)에 고려의 국가적인 의례는 제후의 의례에 따라야 한다는 친명파의 압력에 굴복함으로써 이 원구제는 폐지되고 왕이 손수 친경적전하는 선농단제(先農壇祭)만 지냈다.

조선조 초기에는 제천의식(원구단 기곡천제)을 천자가 아닌 제후국으로서 행하는 것이 합당하지 않다는 명분론과 이와 달리 농업국으로서 필요한 기우제 등을 이미 왕이 지내왔다는 현실론이 엇갈려 실행과 중지를 되풀이했었다. 그러다 세조 10년(1464년)의 원구제를 마지막으로 중단했었다.

중국의 제후국임을 자처하고 중국 황제가 지내던 원구제를 제후국이 감히 지낼 수 없다며 스스로 포기한 조선이 한참 후에 도입한 중화주의 의례는 명나라 황제에게 '큰 은혜를 갚는다'는 뜻의 대보단(大報壇)을 세우고 임금이 친히 대보단제를 올리는 것이었다. 대보단은 임진왜란 때 군대를 보내준 명나라 만력제의 은덕을 기린다는 뜻에서 1705년 숙종이 처음 세웠다. '오랑캐의 나라 청'이 명을 무너뜨리고 새 책봉국이 되었지만, 조선 지배층의 의식 속에는 여전히 명이 자신의 종주국이었다. 왕실로서는 이 같은 존명의리의 이데올로기를 복구할 상징이 필요했던 것이다.

대보단 의례는 후대로 갈수록 오히려 강화되었다. 영조는 명나라를 세운 홍무제와 조선의 조정이 남한산성에서 위기에 처하고 있을 때 구원병을 보내준 숭정제를 제례 대상에 추가하여 애초의 만력제와 함께 명의 삼황을 대보단에 모셨다. 중국에서도 지내지 않는 명의 삼황 제사를 자칭 제후국 조선이 모시는 아이러니다. 개혁 군주로 잘못 알려진 정조는 존명에 관한 한 한술 더 떴다. 그는 임진왜란 이후 200주년이 되던 해에 대보단 제례 후 이렇게 전교

했다고 한다. "오늘은 바로 동방이 다시 지음 받은[再造] 날이다. 아! 황제의 은혜는 잊을 수가 없다." 그래서 정조의 대보단 제례 친행은 24년의 재위기간 중 스물세 번으로 역대 왕 중 최다였다고 한다. 나라가 기울며 서구 열강과 내키지 않는 수교가 강제된 조선조 말에 위기의식을 느낀 고종의 대보단 친행도 매우 잦았다. 이 제례는 1894~1895년의 갑오개혁 이후에야 중단된다.[26]

그러나 조선의 존명의리 이념은 조선의 자주독립선언과도 같은 1897년 10월의 대한제국의 선포 이후에도 다른 형태로 이어진다. 대보단 제례는 중단했지만, 중국의 천자만이 지낼 자격이 있다는 이유로 1464년 세조 때 스스로 중단했던 원구단(또는 환구단) 천제의 부활이 그것이다. 고종 34년(1897년) 조선이 대한제국으로, 고종 임금이 고종 황제로 바뀌면서 복원시킨 것이다. 이는 중국의 천자와 조선의 황제가 동격이라는 외피를 쓰고 있지만 사실은 사라진 중국의 명 왕조를 대신하여 자신들이 원구단 천제 등의 명의 문화 전통을 계승하겠다는 내면화된 소중화주의의 의례적 표현에 다름 아니다.

그러나 원구단 천제도 곧 이은 일제의 합병으로 단명하게 다시 중단되었다. 1911년부터 원구단의 건물과 터는 조선총독부가 관리하다가 1913년에 원구단을 헐고 그 자리에 건평 580여 평의 철도 호텔을 지었는데, 그것이 지금의 조선호텔이라고 한다. 이로써 고조선 이후부터 존폐를 되풀이해온 이 땅의 제천의식은 조선호텔 한구석 터에 황궁우(皇穹宇)와 돌로 만든 석고(石鼓) 세 개만 흔적

26 「'근대 조선' 발목 잡은 대보단(大報壇)을 아시나요」, 『조선일보』, 2011년 7월 13일 참조

으로 남긴 채 영영 사라지고 말았다.

이른바 천자들만이 치제한 원구제와는 별도로 제후나 왕이 주재한 선농단제도 앞에서 본 대로 최소한 주나라 이전부터 있었다. 이는 사람들에게 농사짓는 법을 가르쳤다고 하는 고대 중국의 전설 속의 제왕인 신농씨와 후직씨를 모시고 제사를 지내는 것이다. 이 땅의 선농제는 신라 때부터 도입되었다고 하나 신농과 후직을 제향하고 적전친경을 했다는 기록은 고려 성종 7년(988년)부터다. 이때 이양(李陽)이 주례(周禮)에 따라 기곡(祈穀), 적전(籍田)에 관한 의식을 행사할 것을 상소하자 이를 성종이 받아들여 '헌종지사(獻種之事)는 예관에게 의논하여 정하고, 적전은 길일을 택하여 아뢰라'고 한 뒤부터 그 의식이 이 땅에 정착된 것으로 보인다. 이처럼 적전친경도 빠르면 신라 때부터 늦어도 고려 성종 7년(988년)부터 도입된 중국의 제도라는 것이다.

농본 민생 정책을 표방한 조선시대에는 고려시대의 유교식 선농제도를 그대로 답습했다. 전대보다 더 빈번하게 행하며 지방 고을에까지도 이를 권장했다. 태조 때에 이미 적전령(籍田令), 적전승(籍田承)을 두어 왕의 농경 시범과 치제의 의례를 전담케 했다. 당시의 서적전(西籍田)은 개성부 동쪽 20리 지점에 있었으며, 동적전은 한성부 동교 10리에 있었다. 이를 전농(典農)이라고 했고 지금 동대문구 전농동의 유래다. 태종 6년(1406년)에는 적전단(籍田壇)을 보수하고 수호하는 인정(人丁)을 둔 바도 있다. 유득공의 아들 유본예(柳本藝)가 쓴 것으로 추정되는 조선시대 한성의 역사와 모습을 기록한 한성부지(漢城府誌)인 『한경지략(漢京識略)』에는 "동대문 밖 선농단은 성종 7년(1476년)에 쌓았으며 임금이 친히 경작하여 그 수확으로 신농씨와 후직씨를 제사 지내던 토지인 적전을 마련했다. 경칩 뒤인 첫 번째 해일(亥日)에 제사를 지낸 뒤 왕이 친히 쟁기를 잡고 밭을 갈아 보임으로써 농사의 중함을 만백성에게 알리는 의식을 행했다."고 기록돼 있다.

이처럼 왕이 직접 밭을 가는 시늉을 내는 친경적전 제도는 대한제국 말기까지 계속돼 왔다. 순종 융희 2년(1908년) 7월에 양잠을 권장하는 선잠단(先蠶壇)과 같이 신농과 후직을 모신 선농단의 신위를 사직단(社稷壇)에 배향하고, 선농단 터를 국가 소유로 했다. 그러나 일제가 동양척식주식회사를 설립하면서 정부 출자란 명목으로 이를 빼앗아간 뒤, 현재 이곳에는 사방 4미터의 돌기단만이 그 흔적으로 남아있다. 이 선농단 제사 때 모여든 많은 사람들의 점심을 대접하기 위해 쇠뼈로 고은 국물에 밥을 말아 낸 선농탕(先農湯)이 오늘날의 설렁탕의 유래인 것은 모두가 다 아는 대로다.

역사는 지배자의 시각에서 보고 쓰기 마련이니까 마치 임금의 적전친경이 온 백성들에게 농사의 중요성을 널리 알리고, 농민들의 노고를 위로하고 풍농을 기원하는 의식인 양 선전되고 기록된다. 그것이 농사의 중요성을 알리고 풍농을 기원하는 것은 틀림없는 것 같으나 그게 과연 농민을 위한 의례였을까? 그것은 농민에게 감사하는 제사가 아니라 농민에게 농사를 가르쳤다는 전설 속의 중국 황제인 신농씨와 후직씨에게 감사하고 풍년을 비는 제사다. 농사 관련 조세 외에 다른 국가 재정수입이 거의 없던 농본 시대의 적전친경 의식은 겉으로는 농업과 농민을 위하는 척했다. 그러나 신농과 후직의 법통을 이어받은 천신의 후손이 다름 아닌 국왕 자신이라는 이데올로기를 재생산하고, 자신이 이제까지 누리고 있는 농사 관리권과 지배권을 더욱 강화시켜 계승하기 위한 수단, 다시 말해 농민 지배와 착취를 정당화하기 위한 국가 의례(국풍)에 다름 아니었다. 만일 그렇지 않다면 왕실 및 그 일가친척과 양반 관료들이 각종 핑계로 독점하고 있던 농경지부터 토지가 없거나 적은 농민들에게 되돌려 주는 토지 분배 의식을 적전친경의 선농제 대신 해마다 거행했어야 그 진정성이 입증될 것이다.

고려시대까지의 탐라국은 명색은 하나의 독립국이었다. 그러나 동여진, 서여진, 천리국 등과 같이 고려의 팔관회 등에 음악과 물자 등의 공물을 진상하는 사실상의 속국이었다. 그래서 탐라국 춘경제의의 적전친경도 고려시대에 팔관회 및 연등회에 참가했던 탐라 사신들이나 공연 참가자들에 의해 단편적으로 민간에 전승되던 팔관회 및 연등회의 잡기들과 결합하여 전래되었을 것이다. 그것이 고려시대와 조선시대까지 계속되다가 조선 말기에 제주도 식의 춘경제의로 변형, 부활된 것이지 제주만의 독창물은 결코 아니라는 것이다. 조선 말기의 탈놀이와 춘경제의 등은 고려 팔관회 및 연등회의 부분적 계승과 부활이라는 것이 최근 학계의 통설이다.

제주 춘경제의가 중국의 고대 국가에서 고려에 전래된 비자주적인 천제와 적전친경과는 별도로 탐라왕국에서 자생한 제도였다해도 그것이 곧 자동으로 탐라국민을 위한 관민 화합의 자치 의식이라 할 수는 없다. 그 역시 탐라국민을 관리하고 지배하기 위한 탐라국왕의 국가 의례 즉 그 땅의 국풍임에는 변함이 없다. 중요한 것은 민중의 자치성이지 지방이든 중앙이든 권력의 자치성이 아니다. 그런데도 입춘굿놀이의 복원자들은 이 굿이 관민 합동으로 치러졌다는 사실을 과대 포장하여 관민 화합을 유난히 강조하는데 그것은 본인들만의 희망사항이 아닐까? 관과 민이 엄연히 다른 계급으로 존재하는 한 관민 화합은 있을 수 없다. 계급 화해는 계급투쟁을 통한 계급의 해체 없이는 불가능하다. 관민 합동으로 하는 축제 기간 동안에 일시적인 관민 합동이나 계급 화해는 가능할지 모르지만 관민이 엄존하고, 그 계급이 없어지지 않는 한 진정하고 항구적인 관민 합동과 화합이 가당키나 하겠는가?

심방의 우두머리인 도황수와 고을 수령 이하의 관원들이 춘경제의 때만 한 자리에 앉아 설사 맞담배질을 한다고 해도 두 계급이 근본적으로는 화해할 수 없고 따라서 진정한 관민 합동도 이루어질 수 없다. 관과 민은 화합하기보다 갈등하는 것이 오히려 정상이다. 축제는 관민 화합을 이루기 위해 하는 것이 아니다. 축제는 국가관료 및 지배계급의 권력과 민중들의 자치적 권력 간에 상존하는 잠재적, 현실적 갈등을 오히려 공개적으로 드러냄으로서 각자가 카타르시스를 체험하게 하는 데 그 본질이 있다. 읍치성황제 시절의 제주 춘경제의야 그 시대의 제약 아래서는 어쩔 수 없어 그랬다 치자. 그러나 탐라국 입춘굿놀이는 문화 운동가들에 의해 의도적으로 복원된 기획 작품이다. 민중의 고무적인 자치 이념을 불어넣으려는 고뇌 대신 별다른 근거도 제시하지 않고 단지 겉으로 나타난 관민 합동제의라는 현상만 보고 관민 화합이라는 국가주의 이념에 너무 쉽게 투항해 버렸다는 아쉬움을 지울 수가 없다.

민중 축제는 두레굿처럼 일과 놀이를 통일하고, 계급을 전도하며 민중들의 자급 자치를 고무하는 이념을 지향하거나 적어도 그것을 그리워해야 하는 현실 일탈과 전복의 혁명이다. 그래서 그것은 국가주의와 맞서는 새로운 자치적 공동체를 창업하는 문화적 일대 역사(役事)이기도 하다. 이처럼 국가와 맞서야 가능한 새 공동체 창업의 역사는 외면한 채 처음부터 국가와 타협한 관민 화합을 내세우면 그것은 진정한 민중 해방 축제가 될 수 없다. 그 또한 이 시대의 수많은 읍치성황제 곧 오늘날 모든 지방정부들끼리 경쟁적으로 벌이고 있는 1,000개가 넘는 지역의 상업주의 국풍들 중 하나로 귀결되고 말 것이다.

제주 춘경제의도 제주목의 읍치성황제였다

팔관회와 연등회는 고려시대의 읍치성황제 곧 국풍이었다. 정권이 이씨의 조선조로 바뀌자 이 고려시대의 국풍은 물론 모든 고려의 유제들을 폐지하고 선농제나 사직제로 대체했다. 그러므로 조선시대의 공식적인 춘경제의는 고을 수령이 직접 주재하는 읍치성황제와 사직제였다. 관덕정 뒤뜰에 남아있는 용도 미확인의 제단도 선농제나 사직제의 옛터로 추정하기도 한다.[27] 그런데 현재까지 기록으로 남아 탐라국 입춘굿놀이의 복원 근거가 된 춘경제의는 유교식 사직제와는 분명히 다른 전통이다. 탐라국 입춘굿놀이의 복원 근거가 된 제주의 춘경제의와 관련한 몇 가지 자료 중에서 그 내용이 가장 상세한 것은 김두봉의 『제주도실기』의 「권농하는 춘경풍속」이다. 번거롭지만 다음 글의 전개를 위해 필요한 자료라서 여기에 다시 인용한다.

27 『제주도 입춘굿놀이 자료집』, 216쪽

춘경은 옛날 탐라왕 때에 친경적전 하던 유풍이라, 예전부터 이를 주사(州司)에서 주도하여 매년 입춘 전일에 제주 전역의 무격을 주사(州司)에 집합하고 나무쇠를 조성하여서 제사하며, 이튿날 아침에 호장이 머리에 계수나무관을 쓰고 몸에는 흑단령 예복을 입고, 출동하야 목우에 농기계를 갖추고 무격배는 홍단령 채복을 입고 무격이 목우를 끌고 앞길에는 육율(六律)을 갖추고 뒤에는 동기로 호위, 따르게 하며, 징, 꽝매기, 무악기 등을 울리며 호장을 호위하야 관덕정(觀德亭)에 이르면, 호장이 무격배를 여염집에 보내어 쌓아둔 곡식단을 뽑아오게 하고, 뽑아든 곡식의 충실 여부를 보아서 신년의 흉풍을 징험하며, 또 그 모양으로 객사에 이르러 호장과 무격이 현신하고 동헌(東軒)에 이르러 호장이 쟁기와 따비를 잡고 와서 밭을 갈면, 한 사람은 적색가면에 긴 수염을 달아 농부로 꾸미고 오곡을 뿌리며, 또 한 사람은 색깔 있는 깃[色羽]으로 새와 같이 꾸미고 곡식을 주워 먹는 형상을 하면 또 한 사람은 사냥꾼으로 꾸미어 색조(色鳥)를 쏘는 것과 같이 하고, 또 두 사람은 가면하여 여우(女優)로 꾸미고 처첩이 서로 싸우는 형상을 하며, 또 한 사람은 가면하여 남우로 꾸미고 처첩이 서로 투기하는 것을 조정하는 모양을 하면, 목사는 좌상에 앉아서 술안주와 연초를 많이 주며, 여민동락의 풍을 보인다. 관광자는 다 웃고 또 본관에 이르러서도 그와 같이 하면 가식한 사람들은 영웅호걸같이 보인다. 호장은 물러가고 무격배는 집합일대(集合一隊)로 조적창에 들어 뛰놀며 어지러이 춤추고 맑디맑은 목소리로 풍년의 축문을 외우며 태평을 즐기고 산회한다.

근년에는 폐지되었고 한 20년 전까지 있었던 풍속이다.

(무격이 소리 내어 읽는 주문은 아래와 같다)

'모년 모월 모일

공신(恭神), 강신(降神) 우으로 하나님을 위하고 나려서면 디부왕을 위하고, 물을 위하며, 사직을 위하고, 천지개벽지후(天地開闢之後)에 낸 규칙(規則)으로 위함니다. 금년은 오곡이 풍부하야 이 사창에 넘도록 하여 주소서.'

이 말을 하며 어지러이 돌아다니며 춤을 춘다. 참 장관스런 구경입니다.[28]

이것은 고려시대의 국풍이었던 팔관회와 연등회의 전통을 이어받은 춘경제의다. 수령이 직접 제주가 되는 읍치성황제나 사직제와는 달리 조선 후기에 와서 향리가 직접 주도했거나 호장으로 분장한 무당 주도의 춘경제의들에서는 오랜 민간 전통인 나희적(儺戲的) 연희가 되살아나고 있다. 이것을 비교적 오랫동안 보존하고 있던 춘경제의가 제주 춘경제의였다. 제주전통문화연구소에서 낸 『제주도 입춘굿놀이 자료집』에서도 궁중이나 관가의 전통인 나례(儺禮)와 민간 전통인 나희가 결합한 이상적(?) 관민 합동제의가 제주 춘경제의라고 주장하고 있다. 그러나 "나례는 음력 섣달 그믐날 밤에 궁중이나 관가에서 악귀를 쫓기 위해 베풀던 의식으로, 고려 정종 이후에 행해졌던 국행사전(國行祀典)이었다."[29]는 말대로 탐라국의 독창물은 아니었다.

마을 공동체의 주관으로 악귀를 쫓는 거리굿이자 당굿인 나희 또한 한반도뿐만 아니라 온 세계의 고대사회에서 공유했던 벽사의

28 이태진, 『의술과 인구 그리고 농업기술』 41~42쪽 및 제주전통문화연구소, 『제주도 입춘굿놀이 자료집』 8~9쪽에서 재인용

29 『제주도 입춘굿놀이 자료집』, 16쪽

식이었다. 그런데 같은 자료집에서는 확실한 근거 자료의 제시도 없이 이 두 가지 전통이 마치 제주의 춘경제의에서 독창적으로 결합하여 관민 합동, 관민 화합의 풍농나희로 변모, 발전한 것인 양 기술하고 있다.[30] 관민 합동의 풍농나희로 발전한 것은 사실이지만 이것을 곧 관민화합으로 보는 것은 지나친 비약이자 아전인수식 낙관론이다. 적전친경 나례가 설사 탐라왕국 때부터 자생적으로 시작되었다 해도 그것은 이미 육지에서 이전부터 (중국의 주나라 시대와 신라에서도) 존재했던 의례다. 궁중의식인 나례 전통에 토속 민간 전통인 나희를 결합시킨 의례도 다름 아닌 신라시대부터의 팔관회였다.

조선 후기의 제주도 춘경제의는 수령과 향리들이 무당 우두머리인 도황수와 동석하고 있다고는 하나 그 행사장이 관아이고, 관아의 재정 지원으로 관아가 주최하는 또 하나의 읍치성황제인 것이 분명하다. 다만 그 제의 양식이 유교식 사직제가 아니고 팔관회와 연등회의 일부 전통이라는 점이 다를 뿐이다. 조선조 후기에 접어들고부터는 초기에 비해 중앙집권력이 점차 떨어지자 각 지방에서 수령 대신 향리나 민간이 주도하는 각종 제의가 되살아난다. 제주도는 특히 중앙과 멀리 떨어진 도서 지역이라 이런 탈중심화 영향이 더 두드러졌을 것이다. 그래서 제주 춘경제의는 수령 주도에서 호장 주도로, 다시 호장과 민간(무당)의 합동 주도로 변모한 것 같다.

물론 호장과 무당이 공동 주도한 춘경제의가 제주도에만 있었던 것은 아니다. 허균의 『성소부부고』에 의하면 갑오경장 이전의 조

30 앞의 책, 16~18쪽

선시대 강릉단오제도 호장과 무당들의 공동 주도였다. 하지만 강릉단오제에서 호장이 목우를 끌었다는 기록은 전혀 보이지 않는다. 이처럼 제주도 아닌 다른 지역에서 행해진 춘경제의 기록도 간혹 남아 있는데 이를 통해 제주도 춘경제의의 차별성을 확인할 수 있다. 조선 후기 사대부들은 관직의 부임지나 유배지 등지에서 주민들이 행하던 세시풍습이나 농경제의를 보고 글을 남겼다. 1936년에 나온 김두봉의 『제주도실기』나 1841년에 쓴 이원조의 『탐라록』보다 훨씬 앞서 김해로 유배를 간 이학규의 「입춘춘경제」의 글도 그중 하나다.

> "그 법은 원래 『예기』 월령중의 동교(東郊)에서 봄을 맞이한다는 뜻으로부터 비롯된 것이다. 일찍이 김해의 입춘일을 보니, 주사(州司)에서는 나무로 소를 만들고 호장은 공복을 갖추어 입은 다음 징을 울리며 앞에서 인도하여 동쪽 성문 밖으로 나아간다. 그리고 영춘장(迎春場) 내에서 신농씨에게 제사 지내는 것을 끝낸 후 나무소를 밀면서 땅을 경작하는 시늉을 하는 것이다."[31]

김해 지역의 춘경제의도 제주도처럼 실재의 호장 즉 향리의 우두머리가 목우를 직접 끌며 춘경제의를 주도했다고 기록되어 있으나 호장이 무당과 공동으로 춘경제의를 주도했다는 기록은 누락인지 보이지 않는다. 이런 부분적인 차이는 있으나 『의술과 인구 그리고 농업기술』의 저자 이태진은 이 춘경제의가 조선시대 수령 주

31 이태진, 『의술과 인구 그리고 농업기술』, 태학사, 2002, 40쪽

도의 공식적인 춘경제의인 사직제와 별개로 고려시대의 팔관회와 연등회의 전통을 계승한 별제로 보았다. 그러나 제주도의 춘경제의도 고을에서 재정을 부담하고 수령의 지원으로 호장과 무당(민간)이 함께 주도하고 있는 한 또 하나의 관민 합동의 읍치성황제가 분명하다. 기록상에 남은 김해의 춘경제의도 수령의 지원 아래 호장이 전적으로 주도한 또 다른 형태의 조선조 말 읍치성황제로 보인다. 그것의 주관자와 제나 굿의 방식은 지역마다 약간씩 다르게 전승되거나 분화 · 변형되어 갔을지라도 관민 또는 관이 주도하던 또 하나의 읍치성황제가 된 것은 분명하다.

특히 육지부에서의 춘경제들은 외부의 영향에 일찍부터 노출되어 여러 형태로 분화, 변모, 생략이 더 빨리 진행되어 갔을 것이다. 이에 비해 도서 지역이란 유리한(?) 조건 때문에 제주의 춘경제의는 관민 합동의 읍치성황제의 유제를 비교적 온전하게 그리고 오래 보전할 수 있었다고 하는 것이 그에 대한 정답이 될 것이다. 그래서 제주 춘경제의가 다른 지역의 읍치성황제와 달리 관민 합동이란 특수성을 오래 갖고 있을 수 있다. 하지만 다른 지역과 이념 및 양식 면에서 근본적인 차별성이 있다고는 말할 수 없다. 김두봉의 『제주도실기』의 「권농하는 춘경풍속」을 처음 읽은 나는 그중에서 내 고향 영산의 문호장단오굿과 너무도 닮은 부분이 있어 깜짝 놀란 적이 있었다. 1960년대까지 구전으로 전하던 영산 문호장단오굿의 내용을 기록한 조성국 님의 글에 의하면 당시까지 전설로 전해지는 영산 문호장단오굿과 제주 춘경제의가 꼭 닮은 부분은 제주 춘경제의의 중간 부분에 나오는 잡색극 중 처첩(妻妾)의 갈등 장면이다.

호장의 '목우의례'를 농민의 '목우전'으로

그렇다면 김두봉이 지적한 제주 춘경제의에서 하고 있던 그 많은 나머지 연희들이 다른 지역의 춘경제의에서는 어디로 갔나? 다른 지역의 춘경제의에서도 그런 다양한 연희들이 처음부터 없었던 것이 아니고 일찍이 분화되어 다른 살림을 꾸려 독립해 나갔던 것이 아닐까?

김두봉의 『제주도실기』에는 전해에 거둬 쌓아둔 곡식 낱알의 충실도로 신년의 흉풍을 점치는 장면, 농부탈과 새탈(농사의 재앙)의 대결에서 엽부탈(사냥꾼탈)에 의한 새탈의 제압, 처첩 갈등 등의 전통 잡색굿의 소재들이 거의 망라되어 있다. 복구한 탐라국 입춘굿놀이도 이것을 재구성한 탈춤 극을 입춘굿놀이의 마지막 마당으로 공연한다.

내 고향인 영산 지역 고로들의 말로는 영산 소재지에서 약 2킬로미터 떨어져 역촌(지금의 계성면 명리)이 있었는데 거기에 조선시대 말까지 오광대가 있었다고 한다. 이 영산 오광대는 어디서부터 와서 무엇을 했을까?

영산 지방의 오광대도 원래는 마을굿 등 영산 춘경제에서 놀았던 잡색굿패였을 것이다. 이들이 이 지역에 역마촌이란 큰 시장이 생기자 살림을 따로 내 탐라국 입춘굿놀이의 탈춤 극과 비슷한 오광대 극을 만들었을 것이다. 평소에는 역마촌의 유숙객을 상대로 놀다가 영산 지역의 춘경제가 벌어질 때는 이에 동참했을 가능성은 충분하다.

옛 탐라국왕의 친경적전을 상징, 의례화했다는 낭쉐몰이 거리굿은 탐라국 입춘굿놀이의 핵심 의례다. 물론 이 의례도 김두봉의 같은 기록에 근거하여 재연한 것으로 지금은 탐라국 입춘굿놀이에서만 유일하게 연출된다. 그러나 앞에 인용한 이학규의 글에서 보았듯이 그것은 김해 지방에도 있었고 다른 지방에도 있었을 것이다.

영산 지역에서는 제주식의 낭쉐몰이 거리굿 대신 언제부터인지 연원을 알 수 없는 낭쉐싸움(현지에서는 나무소싸움, 쇠머리대기) 놀이가 전승되고 있다. 다른 지역에서는 호장이 주도하던 나무쇠몰이 거리굿이 왜 영산에서는 사라지고 대신 주민들이 즐기는 나무소싸움의 상원놀이로 전승되고 있을까? 영산 춘경제의에서도 호장이 나무소를 끌며 그것을 주도했던 때가 당연히 있었을 것이다. 이 같은 호장 주도의 춘경제가 언제부턴가 호장 자신이 영축산 산신과 서낭으로, 즉 치제의 주체에서 치제의 대상이 되는 이변이 생겼다. 다시 말해 호장이 죽어(읍치성황제가 끝나) 나무소를 더 이상 끌 수 없게 되자 주민들은 이것을 호장처럼 끄는 대신 춘경제의에서 이를 분리해서 호장을 기리고 자신들은 즐기는 나무소싸움 놀이로 만든 것이 아닐까? 요컨대 호장 주도의 영산 춘경제를 호장의 신격화를 통해 그를 춘경제의에서 오히려 배제하고 민중 자신들이 주도하고 즐기는 춘경제를 위해 소수밖에 참가 못하는 낭쉐몰이 대신 다수 참가의 낭쉐싸움 놀이를 만든 것은 아닐까?

이 같은 나의 쇠머리대기 유래의 추정에 반하는 전설도 있다. 영산에는 그 지역을 상징하는 양대 산이 있다. 영축산과 함박산이 그것인데 이 두 산의 형세가 서로 대립적이라서 그랬는지 지역 사람들은 산살이 세다고 말한다. 사실 이 두 개의 산은 서로의 생명을 끌어안고 영산마을도 함께 품는 넉넉함보다는 금슬이 나쁜 부부처럼 한쪽 산이 다른 산에게 옆모습을 보이고 비스듬하게 돌아앉은 형국이다. 쇠머리대기는 이 양대 산 간의 산살을 풀어 고을의 재앙을 방지하기 위해 영산 관아가 주도해서 만든 읍치성황제라는 전설이 그것이다. 그러나 이건 뭐든 관에 연유시켜야 권위가 서는 식자들이 아전인수 식으로 퍼트린 전설이거나 또 그래야만 마음이 편해지도록 길들여진 순진한 백성들의 인심으로 받아들여진 관민 합작품일 가능성도 있다.

만일 이 전설이 사실이라면 이 의식의 이름이 목우전이 아니라 산신싸움이나 서낭싸움이 되어야 옳을 것이다. 하기는 이 목우전의 전 놀이로 서낭대 싸움이 있었다고 하여 쇠머리대기의 문화재 지정 이후 그것을 복원하기도 했었다. 하긴 이 두 개의 목우 자체가 영축산과 함박산 산신의 형상화 즉 서낭의 상징일지도 모른다. 이와 같은 전언들과 현상들을 종합해 볼 때 영산의 쇠머리대기는 영산 읍치성황제의 한 연희 종목인 목우끌기로부터 이 목우를 분리시켜 그 놀이를 자기들이 주도적으로 참여하는 독자적인 집단놀이로 만들기를 원하는 농민들의 요구에 대해 산살설로 목우놀이를 허용한 고을 수령과의 관민 합작품일 가능성이 매우 높다. 다시 말해 제주에서 목우끌기의 춘경제의가 관민 합작품으로 전승되었다면 영산에서는 관 주도의 공식적인 춘경제의와 함께 그로부터 분리시켜 상원에 노는 농민들의 목우싸움놀이라는 또 하나의 관민 합동의 춘경제의가 있었다고 추정된다.

제주 춘경제의가 고려시대의 팔관회와 연등회의 연희 전통의 일부를 관민 합동으로 비교적 충실하게 계승하고 있는 데 비해 다른 지역에서는 그 전통을 이어가면서도 나름대로 분화 변형의 길을 앞서간 것으로 보인다. 강릉단오제의 관노가면극이나 하회별신굿의 하회탈놀이 등도 팔관회와 연등회의 백희잡기 부분을 복원 또는 계승한 조선 후기의 읍치성황제로부터 당대의 지역 요구에 따라 변형한 마당극일 것이다. 이처럼 읍치성황제는 지역과 시대에 따라 분화되면서 부분적 차별성을 보였지만 그 이념이나 양식 면에서 본질적 차이는 거의 없는 것 같다.

복원된 낭쉐몰이의 문제점

제주의 전통 춘경제의를 되살린 탐라국 입춘굿놀이가 정체성과 생명력을 동시에 갖기 위해서는 그 양식은 존중하되 내용은 좀 더 다양하게 바꿀 필요가 있을 것 같다. 이것은 축제 종목의 다양화가 아니라 그 내용의 다양화를 뜻한다. 관덕정과 제주목 관아의 건물들과 관련 장소에서 하는 본굿과 부대놀이 등의 행사 종목을 더 다양화해서는 오히려 이것도 저것도 아닌 잡화점이 될 것이다. 이 종목을 기본 토대로 내용만 더 충실하게 채우는 것으로 충분할 것 같았다. 그러나 열림굿인 낭쉐몰이는 본굿 못지 않는 제의적 축제성과 제주도만의 독창성도 있다. 이것을 보다 다양한 내용으로 채워 넣는다면 본굿을 훨씬 능가하는 대동거리굿의 가능성이 얼마든지 있는 것으로 보였다. 잘만 하면 제주의 입춘굿놀이는 충분한 정체성과 독자성과 생명성까지 재생산해 갈 것 같다. 이제는 탐라국 입춘굿놀이에서 가장 큰 비중을 차지하는 낭쉐몰이의 문제점과 그 개선점 등도 말해보고자 한다.

현재와 같은 낭쉐몰이를 복원한 근거는 김두봉의 『제주도실기』 중의 다음 구절이다. "이튿날 아침에 호장이 머리에 계수나무 관을 쓰고 몸에는 흑단령 예복을 입고, 출동하야 목우에 농기계를 갖추고, 무격배는 흑단령 예복을 입고, 무격이 목우를 끌고 앞길에는 육율(六律)을 갖추고, 뒤에는 동기로 호위, 따르게 하며 징, 꽹매기, 무악기 등을 울리며 호장을 호위하여 관덕정에 이르면……"

이 낭쉐몰이는 옛날 탐라왕 때 친경적전 하던 제의성의 유풍을 상징한다고 했다. 그래서 읍치성황제 시절의 춘경제의 때에도 이 낭쉐몰이의 비중은 위와 같이 매우 컸을지 모른다. 거리의 낭쉐몰이가 끝나고 동원에 도착하고서도 호장이 쟁기와 따비를 잡고 밭갈이 시늉을 하는 것은 낭쉐몰이의 연장이다. 농부가 씨 뿌리고 새로 분장한 사람이 곡식을 주어먹으며 사냥꾼으로 분장한 사람이 새를 쏘는 시늉을 하는 등의 무언극도 낭쉐몰이 중에 벌어진다. 그러므로 제주 춘경굿에서 낭쉐몰이는 가장 비중도 크고 굿의 전 과정을 관통하는 핵심 굿이라 할 수 있다. 그렇다면 이것을 탐라국 입춘굿놀이로 복원할 때 열림굿의 한마당으로 복원할 것이 아니라 오히려 가장 핵심적인 본굿으로 복원했어야 옳지 않았을까?

그런데 복원한 낭쉐몰이는 한마디로 너무나 춥고 썰렁한 변방의 열림굿이었다. 말이 입춘이지 한겨울 오후 여섯 시에 시작하는 낭쉐몰이는 깜깜한 밤에 아무도 보지 않는 큰 찻길 가 쪽을 동원된 문화패들만이 쫓기듯이 목우와 함께 걷는 쓸쓸한 목우 행진에 불과했다. 낭쉐몰이 시작 시간을 너무 늦게 잡은 것이 문제였다.

원래의 제주 춘경제의에서 낭쉐몰이를 주도했던 호장은 시장, 무격은 민예총제주지회장 등으로 복원한 것은 무난했다. 그러나 문제는 왜 동기(童妓)와 육율 등의 부대놀이를 모두 생략하고 농악대 일색만 동원했느냐는 것이다. 물론 탐라국 입춘굿놀이를 원형대로 복원하여 무형문화재로 지정받으라는 뜻은 아니다. 원형 복원이 마땅치 않다면 오늘의 축제 양식에 맞게 얼마든지 창조적으로 복원할 수 있었을 터인데 왜 그 중요한 거리굿의 요소들을 생략하고 목우만 끄는 놀이 아닌 행진만 복원했느냐는 것이다. 물론 여기에도 이유는 많을 것이다. 무엇보다 시에서 지원받는 재정의 한계가 가장 큰 이유일 것이고, 그런 기능을 가진 사람이 없다거나 그것을 지지할 공동체가 사라지고 없다는 등등.

농본 시대의 전통 제의들은 길굿(거리굿) 아니면 들굿이었다. 읍치성황제도 주로 길굿이었고, 줄굿, 쇠머리싸움 등 민중굿은 길굿을 겸한 들굿이었다. 탈춤은 농본 시대가 저물면서 새로 등장하는 시장 상인들이 주도함으로써 탄생한 근대적 마당굿 장르다. 강릉단오제도 읍치성황제 때까지는 거리굿이었는데 갑오경장 이후 중앙시장의 상인들이 본격적으로 주도하면서 시장 옆의 남대천변에 마당굿으로 정착되었다고 한다. 영산의 읍치성황제였던 문호장단오굿도 원래는 1~2킬로미터 이상 떨어진 네 개의 문호장 관련 사당을 오가는 장대한 거리굿이자 들굿이었는데 농촌공동체의 소멸로 문호장 본당 앞에서만 그것도 시늉만 내는 마당굿이 되었다.

그렇지만 탐라국 입춘굿놀이는 이미 농촌공동체의 파괴라는 전제 위에서 제주시의 재정 지원 아래 인위적으로 복원하여 새로운 도시굿을 지향한다. 그렇다면 오늘의 도시굿에 적합하게 거리굿과 그 부대 놀이도 인위적으로 복원 못할 아무런 이유가 없지 않는가? 읍치성황제를 시치성황제로 복원했으니까 시청에서 낭쉐고사를 지내고 옛 제주목 관아로 낭쉐를 몰이해 가는 길굿은 꼭 필요할 뿐만 아니라 오히려 핵심 본굿으로 확대 재편할 필요성이 있다고 이미 말했다. 그렇다고 해서 그 길이 꼭 지금의 길처럼 직선 간선도로일 필요는 없다. 처음으로 제주에 가서 입춘굿놀이에 단 한번 참가한 사람으로서 매우 성급하고 건방진 판단인지는 몰라도 그 길이 번화가는 결코 아닌 것 같았다. 번화가는 차들만 쌩쌩 내달리는 큰 길이 아니라 걷는 사람들이 많은 상가 밀집 지역의 길이 아닐까?

축제는 특히 현대 축제는 유감스럽지만 그 공동체성과 제의성보다는 사람을 얼마나 많이 모으느냐에 그 성패를 건다. 오랜 세월 면전에서 사라져서 제주 토박이들의 기억에서도 사라져간 윱치성황제의 부활에 스스로 찾아오는 사람들이 많을 리 없다. 그 고충을 해결하기 위해 입춘굿놀이지만 굳이 입춘날을 고수하지 않고 입춘이 든 주간의 금 · 토요일로 축제 기간을 변경하는 것으로 알고 있다. 그러나 그것만으로 소기의 목적을 이룰 수 없는 것은 내가 직접 참가해서 확인했다. 현대의 축제는 사람들로 하여금 찾아오게 하는 것이 아니라 사람들 속으로 찾아가는 축제로 만들어야 하는 것이 아닐까?

낭쉐몰이 거리굿을 살리기 위한 제안

먼저 '탐라국 입춘굿놀이'라는 굿 이름부터 다르게 바꿀 것을 제안한다. 이 이름은 크게 두 가지 면에서 스스로를 속박한다. 가장 큰 속박은 국가주의를 자초하는 속박이다. 앞에서도 지적했듯이 육지로부터 독립적이었던 탐라 시절의 자치성을 강조하면서 굳이 탐라에다 국(國)을 붙여 민중의 자치 아닌 왕국 또는 국가주의적 국풍을 왜 자초했느냐는 것이다. 다시 말해 굿 이름에 굳이 탐라 '국'을 써서 국가주의적 국풍 이미지를 풍기기보다는 제주라는 지역의 자급 자치공동체를 지향하는 축제 명으로 하는 것이 축제의 본래 이념에도 훨씬 적합하지 않느냐는 것이다. 그리고 또 하나는 입춘굿놀이로 못 박아서 그것을 꼭 입춘절에 속박시킬 필요가 있느냐는 것이다. 말이 입춘이지 바람 많은 제주의 입춘은 육지의 한겨울 이상으로 춥다. 읍치성황제로서의 제주 춘경제의는 물론 입춘날에 행한 것으로 기록되어 있다. 하지만 앞서도 말했지만 그것을 원형대로 복원하여 전통무형문화재로 지정받을 의도가 없었다면 그냥 '제주 춘경굿놀이' 정도로 '춘경'을 강조하는 이름으로 바꾸어 말 그대로 춘경 파종기인 양력 4월 전후의 따뜻한 봄날로 굿 기간을 옮길 필요가 있다. 그것은 빠를수록 좋을 것 같다.

영산의 나무소싸움과 줄굿도 원래 상원(정월대보름)놀이였는데, 3.1민속문화제의 한 종목이 되면서 매년 양력 3월 1일과 3일로 옮겨 그것을 또 하나의 전통으로 만들었다. 영산줄굿 날짜를 3월 3일로 못 박은 것도 지금 세상 형편에서는 그날이 공휴일이 아닌 신학기 입학식 시기라서 젊은 층들은 물론 자녀들에게 전부를 걸고 있는 요즘 부모들의 참여에도 큰 제약이 따르는 등 문제가 많다. 이제는 다른 날로 옮기려 해도 다른 문화재 종목과의 이해관계 때문에 그러기도 거의 불가능해졌다. 그러니까 영산줄굿의 본래 날인 음력 보름날을 다른 날(양력 3월 3일)로 옮긴 것이 잘했다는 것이 아니다. 얼마든지 옮길 수도 있다는 뜻이다. 그리고 그것도 빨리 옮기지 않으면 그것 자체가 빼도 박도 못하는 또 하나의 전통과 이해 관계가 된다는 사실에서 교훈을 얻기를 바라서다.

영산줄은 옛날처럼 정월대보름 때나 지금처럼 3월 3일에 당겨도 대다수 사람들이 구경꾼이 아니라 온몸으로 동참하는 두레 노동 대동굿이기 때문에 날씨가 다소 쌀쌀해도 땀이 나고 따라서 막걸리가 당기는 축제 판을 만드는 데 별 문제가 없다. 그러나 제주도 입춘굿은 그와 같은 민중들의 동참으로 이루어지는 것이 아니다. 솔직히 그것은 고을 수령의 지원 아래 호장과 무당이라는 특수 직업인들만이 주도하던 농경 관리와 민중 지배를 본질로 하는 훈민적(訓民的) 관람용 읍치성황제였다. 다시 말해 그것은 민중의 직접 참여가 배제되고 처음부터 끝까지 구경 위주의 소수 기예능자들의 굿이다. 지금 복원된 낭쉐몰이도 소수의 목우 끄는 사람과 풍물패를 제외하고 목우를 따라 걷는 것 말고 몸을 쓰는 신나는 노동이 없으니까 더 춥게 느껴지고 변화 없는 목우 행진은 지루해져서 굿 분위기를 고조시킬 수가 없다. 그러므로 그것이 또 하나의 관성으로 굳어지기 전에 굿 이름부터 '탐라 춘경굿놀이' 또는 '제주 춘경굿놀이' 정도로 바꾸고 날짜도 따뜻한 4월 파종기 전후로 하는 것이 바람직할 것 같다.

다음으로는 낭쉐몰이 시작 시간을 이미 어두운 밤 시간인 오후 6시가 아닌 오후 2시 전후의 낮 시간으로 바꾸자는 제안이다. 시청 주최니까 시청 공무원들은 물론 그 밖의 다른 참가자들의 일과 시간을 배려한 결정임을 짐작하지 못하는 것은 아니다. 그 점이 걸린다면 날짜를 금요일 아닌 토요일로 바꾸는 것은 어떨까? 물론 토요일과 일요일은 현대인들이 누리는 사생활로 또 다른 바쁜 계획이 있다는 것까지 고민한 결정일 것이다. 그러나 그런 것까지 모두 배려할 양이면 그것 아니라도 볼거리와 놀거리 풍년인 현대에 굳이 한물간 전통 굿놀이를 복원하여 바쁜 현대인들에게 또 하나의 부담스런 볼거리를 만들어 낼 필요가 있을까? 양보할 것, 배려할 것, 버릴 것도 무슨 원칙이 확고해야지 모든 것을 배려하다가는 결국에 아무것도 남지 않는 빈털터리가 되고 말 것이다.

그 다음으로는 낭쉐몰이 길을 차만 많이 다니는 지금의 간선도로가 아니라 사람들이 많이 북적대는 상가 길로 바꿀 수는 없겠느냐는 제안이다. 그리고 낭쉐가 지나가는 길거리는 적당한 시간 동안 차량 통행을 전면적으로 금지하고 다른 길로 우회시킬 필요가 있다. 교통 체증으로 주변 상인들과 일부 시민들의 불만과 반대가 있을 수 있다. 그러나 축제의 본질은 제의성 못지않게 일상의 일탈과 전복에 있다. 제주시에서 주최하는 축제가 벌어지고 있는데도 모든 차량들이 평소처럼 아무 지장 없이 통행하고 행렬이 지나가는 길가의 주민 생활에 아무 불편 없이 장사만 잘 되기를 바란다면 그런 일은 불가능하기 때문에 차라리 축제를 그만두는 쪽이 낫다.

'2005년 가야세계문화축전'이라는 이름의 축전 집행위원장으로 초빙된 임진택 연출가가 나를 이 축전 행사의 고문으로 위촉한 적이 있었다. 김해의 가야 축전에는 김해에서 처음으로 영산줄당기기를 행사 종목으로 채택하고 있었다. 이에 대한 자문이 필요해서 내게 그 고문을 위촉했던 것 같다.

줄에 관한 축제 집행부의 당초 기획은 김해시립박물관이 있는 한적한 공원에서 줄을 만들고 그 바로 앞쪽의 무슨 고등학교 운동장에 줄을 옮겨 마치 선수들끼리 시합하듯이 줄을 당기고 말겠다는 것이었다. 이 기획안을 전해들은 나는 펄쩍 뛰었다. 줄당기기가 무슨 범죄행위 아니면 음모라도 꾸미는 비밀결사체 모임이냐? 적지 않는 시민의 세금을 들여 하는 축제의 중요 행사인데 어떻게 그걸 아까워서 몰래 숨어서 하듯 살짝 해치우고 말겠다는 것이냐? 그렇게는 안 된다. 줄 만드는 장소는 이미 한적한 공지에 시작해 버렸으니 하는 수 없이 그대로 만들라. 그러나 줄을 당기는 날은 사람들의 왕래가 많은 시내 번화가의 일정 구간에서 차량 통행을 막고 줄을 사람 어깨에 매지 못하면 영산처럼 수레와 차량에 싣고서라도 시가지 일주를 해라. 그래야만 김해 시민들이 그런 큰 행사가 그날 있는 줄을 알고 또 줄이 어떻게 생긴 것인지 구경이라도 할 것 아니냐? 이보다 더 효과적인 줄 홍보와 축제 홍보가 어디 있겠느냐? 그리고 줄을 당기는 장소도 학교 운동장 대신 김해시에서 가장 넓은 간선도로를 적당한 길이로 차단하여 차량 통행을 모두 우회시키고서 거기서 당겨야 한다. 그래야 뭔가 일상과 다른 사건이 일어나고 있다는 것을 시민들에게 널리 알릴 수 있고 또 그래야 사람들이 호기심이 생겨서 더 몰려온다. 만일 이 같은 내 의견을 안 들어주면 나는 축전 고문직을 당장 그만 둘란다고 했었다. 축제기획위 측은 즉각 김해시장에게 건의했고 시장도 두말없이 수용했다. 그로 인해 돈이 더 들어가는 것도 아니고 기왕 들어가는 시의 돈으로 사람들을 많이 모아 표 얻는데 도움 되는 일을 반대할 시장이 어디 있겠는가? 그리하여 김해시에서 처음 시도한 큰 줄굿에 영산 본거지에서보다 더 많은 참가자들을 불러 모아 대 성황리에 끝낼 수 있었다.

앞의 제안을 수용할 경우에는 오후 2시 전후에 시작해서 오후 7시

무렵에 끝낼 긴 시간 동안 낭쉐몰이의 내용을 무엇으로 어떻게 채울 것인가 하는 중요한 문제가 남는다. 우선 낭쉐몰이가 통과할 길은 사람들이 많이 모일 수 있는 길로 먼저 정한다. 그 줄이 통과하는 길 중에 특히 사람이 많은 지점의 서너 군데를 낭쉐가 머물 곳으로 정하고 낭쉐 앞에서 할 수 있는 공연물들을 그만큼 기획해야 한다. 기획된 지점마다 낭쉐를 세우고 준비된 마당극 또는 기타 공연물을 한두 시간 전후의 길이로 공연하는 것이다. 예컨대 육율을 복원, 확대하여 연주 시간을 갖는 방법도 있고, 오늘날 사라지고 없는 동기(童妓) 대신 어떤 현대 무용단이나 고전무용의 한 토막을 공연할 수도 있을 것이다. 또 춘경제의 자료에 나오는 탈굿들을 오늘의 현실에 빗댄 마당극으로 꾸며서 공연할 수도 있다. 그 다음 날 본굿에서 한 마지막 공연물인 입춘탈굿놀이를 원래대로 낭쉐몰이의 길마당놀이로 공연할 수도 있다. 또 무당굿 중의 재미있는 대목을 적당한 길이로 잘라 공연하는 방법도 있다. 이밖에 가장 바람직한 것으로는 제주도 전역의 마을에서 명멸해간 놀이나 전설, 신화 등을 가능한 많이 찾아내서 현대적 공연 양식으로 복원하는 것이다.

시민들이 찾아오는 공연이 아니라 이처럼 시민 속으로 파고 들어가는 새로운 기획을 통해 이에 무관심한 제주 시민들에게도 오늘 이곳에서 뭔가를 하고 있다는 관심을 억지로라도 불러낼 필요가 있다. 설사 이런 거리굿에 익숙하지 않은 시민들로부터 불평이나 부정적 비난을 받는다 해도 그것 자체도 축제가 감수하고 극복해 갈 과제이기도 하다. 실용적 이해관계에 매몰된 현대인들의 부정적 비판이나 불평도 비판적으로 극복하여 시민들에게 적극적으로 한 발짝씩이라도 다가가, 현실의 허구성과 타성적 일상성을 일깨워주는 전복성이야말로 현대 시민 축제가 지향해야 할 또 하나의 과제가 아닐까? 요컨대 다른 지역과 차별되는 기획이 돋보이지 않는 탐라국 입춘굿놀이의 어정쩡한 복원은 지나간 왕조시대에 생명을 다한 읍치성황제의 단순한 복제에만 그치고 말 것이다. 그렇게 두면 탐라국 입춘굿놀이 또한 무의미한 이 시대의 수많은 관치성 축제들 중의 하나로 연명할 것이다.

제3부

잃어버린 자치 축제를 찾아서

별신굿이 된 영산 문호장단오굿

별신굿 - 읍치성황제 아닌 마을굿

별신굿이란 말을 사전에서 찾아보면 통일된 정의 없이 몇 개의 설로 갈리어 있다. 하나는 어떤 신을 특별히 모신 특별신사(特別神祀)의 준말이라는 설이다. 다른 하나는 천연두신을 별상 · 별신 · 손님마마라고 부르는데 거기로부터 유래한 말이라는 것이다. 또 다른 하나는 일반적인 마을의 수호신인 산신이나 서낭신(성황신), 당산신 대신 이름이 특정된 신 즉 이름난 장군이나 도력 등이 뛰어난 특정인의 신체(神體) 또는 신상(神像)을 모시는 굿을 뜻한다는 설이다.

다 일리 있고 그럴듯한 말이기는 하지만 다음과 같은 문제도 있다. 첫째 설은 '별신'이란 말은 많이 들어보았지만 특별신들의 거주지란 뜻의 '특별신사'는 전혀 들어본 적이 없는 생소한 말이다.

두 번째 설도 별신굿으로 부르는 모든 굿이 천연두신을 모시는 굿이 아닌데 천연두 손님마마 신의 이름을 아무 굿에나 갖다 붙인다는 것도 전혀 설득력이 없다. 앞의 가설들 중에서 가장 설득력이 높은 것은 마을굿의 신상을 산신과 서낭신(성황신) 또는 당산신이란 보통명사로 부르지 않고 특정 이름이 붙은 신체를 모시는 제나 굿을 별신제 또는 별신굿으로 불렀다는 세 번째 가설이다.

은산별신제는 상당서낭(산신당)과 하당서낭(장승과 솟대)을 모시는 전형적인 동제이면서 이들 신상 외에도 언제부터인지 많은 장군신들을 별신으로 모시고 왔다고 한다. 이 별신제의 장군신들은 20세기 초반인 1936년의 별신제축문에 의하면 96명이나 되었는데 이들 중 89명이 춘추전국시대부터 명대에 이르는 중국의 장군들이였다. 조선의 장군으로는 임경업, 이순신, 류승룡, 김덕영, 곽재우, 이완, 장봉익 등 7명만 축문 끝에 명기되어 있었다. 그러나 1956년 별신제의 축문에서는 89명의 중국 장군들은 모두 삭제되고 조선 장군은 1936년의 7명의 명단을 그대로 취하면서 을지문덕, 김유신, 김응서, 강홍립 등 4명을 추가하여 11명으로 늘렸다. 중국 역대, 고구려, 신라, 조선시대까지의 장군들을 별신으로 망라한 이때까지의 은산별신제는 그 성격이 무엇인지 특정되지 않은 상태였다. 그러다가 20세기의 중후반(1961년)에 와서야 은산별신제는 지역주의와 백제 국가주의의 색채를 강화시키면서 이런 장군들은 모두 배제하고 전에 없던 후백제 부흥전쟁 때의 복신 장군과 승려 도침(토진대사)만을 전통적 주신인 산신(서낭신)과 함께 별신으로 모시는 서낭제가 되어 오늘에 이르렀다. 하회마을의 별신굿도 상당, 중당, 하당의 전형적인 마을 수호신상을 갖고 있다. 그러나 하회마을 수호서낭의 이름은 상당이 서낭각시당, 하당이 허도령당, 중당이 시어머니당 등으로 구체적으로 특정되어 다른 마을 서낭과 차별성이 있다. 그래서 하회별신굿이라 부르는 것일까?

내가 젊은 시절까지 보아왔던 경남 영산 인근 지방의 보통 마을의 수호신은 상당(산신당)과 중당(성황당 또는 서낭당), 하당(장승, 솟대)의 구별 없이 여름철의 마을 쉼터이자 공론장인 느티나무를 당산신목으로 주로 모시고 있었다. 산신(상당신)과 장승신(하당신)을 부인한 것이 아니라 작은 마을의 재정 형편상 따로 모시지 않고 중당인 당산에 상당과 하당을 합사하여 하나의 서낭신을 모신 것으로 이해된다. 그러나 언제부터 그랬는지는 모르지만 영산면 소재지처럼 고을(현 또는 군 소재지) 규모의 큰 마을에는 상당, 중당, 하당의 3당 또는 그 이상의 서낭신을 섬기고 있었다. 이로 미루어보아 마을 서낭신의 신상은 상당(산신), 중당(성황 또는 서낭), 하당(솟대 또는 장승)의 3당의 신이 그 표준인 것은 분명하다. 그런데 보통 두 개 이상의 마을신을 모시는 경우에는 그 이름이 산신이나 서낭신 외에 특정 인격신을 함께 모시는 경우가 대부분이다. 앞에서 본 대로 은산별신제와 하회별신굿의 서낭신들도 본래의 서낭신 외에 구체적이고 특정한 이름의 장군신들을 함께 모신다. 그렇더라도 이들의 신상 역시 마을의 3당 서낭 신앙의 범주에 속하는 것이지 그 예외는 결코 아니다. 다시 말해 이들 별신제도 산신과 마을 서낭신 등을 포함해서 다른 별신을 섬기는 것이며, 그 별신도 마을 서낭의 다른 이름(별칭) 이라는 것이다. 이처럼 장군신 등 별신과 함께 산신이나 마을 서낭신도 함께 섬기는 전형적인 마을 당산제나 굿도 별신제 또는 별신굿으로 부르는 것으로 보아 세 번째 가설도 정답이라고 단정하기는 아직 이른 것 같다.

지금 별신굿 또는 별신제로 부르는 마을굿 또는 공동체 의례들은 보통 3년, 4년, 5년, 10년에 한 번씩 해를 정해 무당굿으로 치른다. 그 시기와 규모, 방법 등은 굿을 주최하는 각 마을과 집단의 경제력, 마을의 사건, 사고, 신앙심 등에 따라 정해진다. 주로 세습무들이 마을이나 계 등의 특정 공동체로부터 의뢰를 받아 10~50명의 무당굿패가 마을의 평안과 번영, 무병장수, 풍농·풍어 등을 기원한다. 이 굿의 내용도 공동체의 역량이나 성격, 무패들의 기예 능력에 따라 차이가 크다. 그러나 일반적인 순서는 ① 신을 맞이하는 강신마당, ② 신을 즐겁게 해드리는 오신 행사(하회별신굿에서는 하회탈놀이로 함), ③ 유교식 제사, ④ 신을 보내는 거리굿인 영신마당의 순으로 전개된다. 별신굿은 중부와 남부 지방에 주로 분포되어 있다. 특히 남해안과 동해안의 풍어별신굿들이 유명하다. 내륙 지방에서 널리 알려진 별신굿으로는 앞에서 말한 대로 충남 은산의 별신제와 경북 하회의 별신굿인데 이는 거의 풍농굿이나 당굿, 또는 난장굿, 놀이굿 등으로 마을 서낭굿과 거의 같은 내용이다.

현재 별신굿으로 불리는 민간 제의들은 마을 공동체나 무슨 계 등 민간 집단이 재정적인 주도는 하되 실제로 굿을 하는 주인공들은 무당들이 하는 경우가 많다. 그래서 무당 주도의 굿이 별신굿이 아닌가 하는 가설도 성립할 수 있지만, 무당이 주도해도 영산 문호장굿, 강릉단오제, 탐라 입춘굿놀이 등과 같이 별신굿으로 부르지 않는 읍치성황제였던 굿들도 많으니 무당굿이 별신굿의 기준이 된 것은 아닌 것 같다. 그러나 동남해안과 내륙의 양대(은산과 하회) 별신굿들을 거의 무당이 주도하는 것으로 보아 별신굿과 무당굿은 가까운 관계인 것이 분명하다.

별신굿은 보통 몇 년 걸러서 한 번씩 했고 해마다 하는 마을굿에 비해 규모가 크다. 그래서 해마다 치르는 서낭굿 말고 3년, 4년, 5년, 10년 거리로 치르는 대규모 마을 서낭굿을 별신굿으로 불렀을 가능성도 생각해볼 수 있다. 그러나 이 굿을 주재하는 마을 주민이나 무당들은 이 굿을 큰굿이라고 했으면 했지 유식하게 한자말로 별신(別神)굿이라고 했을 리가 없다. 별신굿이라는 말은 별신굿의 주재자들로부터 자생한 말이 아니라 아무래도 외부의 식자로부터 주어진 외래어일 것이다. 모든 사물의 이름은 자기 기준에서 짓지 남의 기준에서 짓지 않는다. 그러므로 별신굿의 이름도 식자들에 의해 자기 기준에 맞추어 지었을 것이다. 식자들의 기준에서 자기들이 섬기는 읍치성황제의 '모군성황지신'과 다른 신체(身體)에 대한 의례는 무엇이라고 불렀을까?

앞에서 말한 별신굿의 특징들을 종합하여 나는 별신굿에 대한 또 하나의 새로운 가설을 내놓는다. 그것은 '모군성황지신' 또는 '모주성황지신'을 섬기는 관 주도의 읍치성황제에 따르지 않고, 주민들이 전통적으로 섬겨온 다양한 신상을 대상으로 주민 스스로가 주도하던 모든 마을굿을 관청이나 유교 교육을 받은 식자들이 별신굿으로 명명했을 것이라는 가설이다. 주민들이 주도하는 산신굿과 전통적 마을 당산굿의 장군신 등은 읍치성황제를 주도하는 관료나 유교 교육을 받은 식자들에게는 자신의 '모주성황지신'과는 분명히 다른 별신임에 틀림없다. 이와 같은 관점에서 글을 전개하기로 한 나는 최근 학계의 주된 견해가 궁금했다. 그래서 주로 동해안 별신굿 공부로 경북대에서 학위를 받은 이균옥 박사에게 자문을 구했다. 그러나 그 역시 학계의 어떤 통일된 견해는 아직 없고 여전히 기존의 가설들을 되풀이하고 있을 뿐이라고 했다. 그러나 이균옥을 통해 내가 접한 한 가지 새로운 정보가 있다. 그에 의하면 별신굿을 하고 있는 마을의 한 최고령자가 별신은 모르겠고 자기들이 소원을 비는 신이라는 뜻으로 '빌신'이라 부르기는 했다는 것이다. 그래서 '빌신'을 차음해서 지은 '별신(別神)' 대신 그것을 의역해서 '도신(禱神)'이라는 새로운 표현을 써야 한다는 학자도 있다고 했다.

별신이 만일 '비는 신'이란 우리말에서 유래해서 오늘날의 별신(別神)이란 한자말로 정착된 말이라면 '빌신'이라는 말에서 나왔을 것이라는 견해가 가장 타당성이 높다. 굿의 실제 주도자들이 썼던 '빌신'이란 말을 한자를 쓰지 않고 못 배기는 지배계급이나 그 주변의 식자들이 그와 가장 근사한 음인 '별신'으로 표기했을 가능성은 없지 않다. 그러나 나는 어쩐지 별신이 마을 주민들이 썼던 우리말에서 유래한 것이 아니라 처음부터 한문 식자들에 의해 특정 굿에 대해 붙여진 한자말로 이해된다. 별신굿을 주도하는 생명 생산 민중들은 자기들이 비는 신상의 이름을 강감찬 장군, 최영 장군, 김유신 장군, 용신, 산신, 목신, 도령신, 각시신 등의 구체적 사람의 이름이나 사물 이름으로 부르고 있지 그것을 두루뭉수리로 일반화 또는 추상화해서 보통명사나 추상명사로 짓는 데는 매우 서툴다. 그것은 아메리카 인디언들이 예컨대 같은 12월의 달명을 수우족과 북부 아라파호족은 '나무껍질이 갈라지는 달', 아라바카족은 '큰 뱀 코의 달', 위네바고족은 '큰 곰의 달', 샤이엔족은 '늑대가 달리는 달' 등으로 너무나 사실적으로 짓는 것과 같다. 인디언들은 수

많은 부족이나 또는 마을마다 자기들의 구체적 경험에 토대하여 사물의 이름을 각기 다르게 그리고 다른 사물 이름을 동원하여 아주 사실적으로 짓는다. 그러므로 별신이란 추상적 한자말은 그 굿 주체인 생산 농민들이나 어민들이 지은 말은 결코 아닐 것이다.

신라시대부터 있었던 개성 지방의 농경 관리권 제의인 팔관회와 연등회가 왕건의 집권으로 고려시대부터는 전 국가적 농경 관리 제의로 격상되었다. 그러나 이 씨가 집권한 조선조에서는 전 정권의 팔관회와 연등회는 물론 민간에서 자발적으로 행해지던 모든 지역 서낭제의를 '음사'라는 이유로 없애고 '모주성황지신'의 읍치성황제로 획일화시키거나 유교식의 사직제 등을 통해 중앙집권의 강화에 활용했다.

이같이 일단 권력을 잡은 자는 자기가 요구하거나 지시하지 않는 기존의 모든 제의나 종교, 문화행사 등은 모두 이단시한다. 비제도적 지역 종교였던 기독교가 로마 국교로 공인된 뒤 점차 유럽을 제패하자 기독교 외의 모든 토착 전통 종교는 '이단'시 되고 그것을 믿는 모든 사람을 통틀어 '이교도'로 이름 지어 박해했다. 한국의 별신굿도 이처럼 왕이나 고을 수령이 주도했던 '사직제'나 '모주성황지신'의 위패를 모신 읍치성황제가 아닌 모든 전통적이고 자생적인 민간 제의를, 국가가 지정하거나 허용한 본신(本神)과 다르다는 뜻에서 '이신(異神)' 즉 별신(別神)으로 명명한 것이 아니었을까? 요컨대 별신굿이나 제는 '모주성황지신'을 대상으로 하는 읍치성황제 외의 수많은 마을굿과 설사 한때 읍치성황제였다 해도 당시에 '모주성황지신'과 다른 신상을 섬기는 민간인들이 동참 또는 주도하는 굿들의 총칭이 아닐까?

이렇게 말하면 국가 주도의 성황제가 아닌 기타 민간 주도의 굿들을 모두 별신굿이라 부르지 않고 그냥 마을 대동굿, 당산굿, 단오제, 문호장굿 등 각기 다른 이름으로 부르는데 그건 무엇으로 설명할 것이냐는 반문이 있을 법하다. 그러나 그것은 국가가 인증한 공식(?) 제의 외의 모든 민간 제의를 내용상 별신으로 규정했다는 것이고 별신굿이 민간굿이나 마을굿의 고유명은 아니기 때문에 민간이 자기 굿에 별신을 꼭 갖다 붙일 리도 없고, 또 붙이고 안 붙이고는 그들의 자유였다. 강릉단오제도 읍치성황제가 되고서도 '명주성황지신'과 다른 대관령 산신 격인 김유신 등을 성황사에 모시고 함께 치제하여 왔기 때문에 내용상 별제로 규정하지만 아무도 강릉단오별신제라고 부르지는 않는다. 영산 문호장단오굿도 영축산 산신 대신 문호장과 그 가족들의 별신을 섬기는 굿이지만 별신굿으로 부르지 않는다. 물론 마을굿에 별신을 갖다 붙인 것도 있다. 앞에서 말한 은산별신제와 하회별신탈놀이굿도 다름 아닌 마을굿이었다. 이 또한 식자들이 기록할 때 비로소 갖다 붙인 이름일 것이다. 이런 나의 주장에 자문한 별신굿 전공 이균옥 박사는 아주 흥미 있는 관점이라며 적극적 관심을 표명해 주기도 했다. 그래서 나는 일단 나의 가설을 정설로 전제하고 다음 얘기를 계속해 나가기로 한다.

영산 문호장굿과 나와의 인연

지금 전승하고 있는 경남 영산의 문호장단오굿은 전통 문호장굿과는 거리가 멀다고 한다. 전통 문호장굿은 문호당 본당인 영축산 상봉당에서 영산 시장 샘가의 두룽각시왕신당, 삼시랑의 애기당, 남산믹이의 지성국당 등 상당한 거리를 두고 떨어져 있는 문호장 관련 네 개의 당을 말 달리며 벌이던 장대한 거리굿과 들굿이었다고 한다. 하지만 그게 언제 사라졌는지 정확히 기억하는 사람은 없이 그저 전설로만 전해온다. 지금은 5월 5일 단옷날에 단지 영축산록의 문호장 본당 앞에서 약식 굿을 하거나 외부에서 초빙한 무당굿의 일부만 선보이는 굿 시늉만으로 그날이 문호장단오굿날임을 상기하게 할 뿐이다.

이마저 제대로 구경을 해오지 못한 나이지만, 이 굿에 내가 관심을 갖게 된 지는 한참 오래다. 비록 규모는 보잘 것 없지만, 이 굿은 언제부터인지 순수한 민간단체가 주최해 오고 있다. 그것도 주로 나이든 여성들이 주축이 되는 문호장 계원들로 유지해왔었고, 지금도 영명사의 주지 스님과 그 친지들인 민간인들이 주최, 주관해 가고 있다. 지자체의 지원으로 지역 특산품 판매와 관광지 선전과 같은 목적의 직접적 이해관계 없이 개인과 지역공동체의 무탈을 비는 이런 굿 본연의 기원굿을 이토록 명목만이라도 계속 이어 가는 민간굿은 지정문화재가 되어야 할 만큼 희귀 존재가 되었다.

영산 문호장굿과 내가 처음 만난 때는 1960년대 후반 영산 3.1문화제 때인 것 같다. 영산의 3.1문화제는 당시 진주의 개천 예술제를 보고 영산에도 영산 특색의 문화행사를 정기적으로 가져야겠다고 생각한 선배들로부터 발의되었다. 그 대표적인 분들이 영산중학교에서 교편을 잡고 계셨던 지산(芝山) 하봉주 님과 일봉(逸奉) 조성국 님 그리고 소생당 약방의 김형권 님이셨다. 영산 3.1문화제는 1961년 3.1절 때 처음 시작했는데, 나도 그때 그게 뒷날 뭐가 될

지 생각해볼 식견도 없이 그저 어른들이 하자고 하니까 그 시작을 위한 준비 모임에 몇 차례 참가한 적이 있었다.

1960년은 내가 예술대학 문예창작과 졸업 학년 때였다. 지금과는 달리 가난했던 당시는 초급대학(요즘의 2년제 전문대학)생이었던 나도 영산 전체의 대학생이 다섯 손가락 안에 꼽힐 만큼 소수라서 당당한 대학생으로 대접받을 만큼 대학생이 희귀한 존재였던 시절이다. 1960년이 기울어가던 어느 날 당시 영산중학교에 계셨던 하봉주 선생과 조성국 선생께서 영산초등학교에서 교편을 잡고 있던 이순경 선배와 나를 포함한 대학생 서너 명을 하봉주 선생 당신의 사랑방으로 부르셨다. 지금 생각하니 그게 문화제 행사 창립과 그 준비를 위한 발기 모임이 아니었던가 싶다. 그 뒤로부터 몇 차례나 계속 모여 문화제 행사 종목을 정하고 재정 확보 방법 등을 의논하는 자리에 불려 나갔었다.

그러나 나는 그때 마음이 콩밭에 가 있어서 그 모임 때마다 모두 참가하지는 못했다. 왜냐하면 나는 당시 예술대학 졸업 후 타 대학 출신에게는 편입이 허용 안 되는 4년제 대학의 1학년에 다시 입시를 보려고 시험 준비에 열중일 때였기 때문이다. 그래도 집에 있을 때까지는 열심히 문화제 준비 모임에는 참가했었다. 그러나 아쉽게도 3.1문화제 행사 준비모임에 끝까지 참가하지는 못하고 중간에 대학입시를 보러 서울로 가야 했다. 시험 후 다시 내려 왔다가도 또 입학식 때문에 문화제를 코앞에 두고 참 아쉬운 마음으로 또 서울로 되돌아갔다. 그 뒤부터는 요즘 말로는 알바지만 당시로서는 고학(苦學)이란 말이 실감날 정도로 힘든 남의 집살이인 '입주 가정교사'로 학비를 벌어 공부하느라고 나도 기획에 동참했던 문화제를 마음 놓고 볼 기회가 전혀 없었다. 그것을 제대로 보고 동참한 것은 대학 졸업 뒤인 1965년부터다.

영산 문호장굿은 단옷날에 하는 단오굿인데, 3월 1일부터 3일까지 하는 영산 3.1문화제에도 참가한다. 이 참가는 물론 문화제 정식 종목의 하나로 굿을 하는 것은 아니고 문호장굿 복색을 흉내 낸 가장행렬로 문화제 개막식장에 참가하는 다른 풍물패 등과 같이 중요 행사가 벌어질 때만 전시용으로 참가하는 것이다. 이 현상은 흐르는 세월의 역설이 불러온 주객전도다. 지금의 영산 3.1민속문화제 중요종목들 중의 한 종목이 된 서낭대싸움, 쇠머리대기, 줄당기기 등은 원래 영축산 산신을 모시는 마을(고을) 대동굿인 문호장굿들 중의 한 종목이었을 것이다. 당시의 종합 문화제 격이었던 문호장굿이 이제는 거꾸로 문화 상품 시장화된 영산문화제의 한 종목에도 끼지 못하고 참가 단체의 하나로 그 처지가 전도되고 만 것이다. 그래서 내가 문호장굿의 가장행렬이나마 처음 보게 된 때가 5월 5일 단오굿 때가 아니고 1960년대 후반 3.1문화제 행사 때였던 것이다. 물론 1961년 문화제 행사를 시작하기 전에도 전통의 문호장굿은 이미 사라지고 없었지만 아주 약식화된 형태로 단오 때마다 놀았다고 한다. 그러나 우리 집은 영산 시장 소재지가 아닌 시골이고 또 우리 집이 문호장서낭님 신도가 아니라서 영산 소재지에서 단옷날에 하는 문호장굿을 학교 아니면 시골집에 갇혀(?) 살던 어린 학생인 내가 만날 기회는 좀처럼 없었던 것이다.

그래서 대학을 졸업한 뒤에야 문화제 행사장에 참가한 문호장굿의 가장행렬을 보긴 했지만, 관심 없이 그냥 스쳐 지나간 것이고, 그것을 좀 진지하게 바라볼 수밖에 없었던 계기는 1968년 3.1문화제 행사장에서 조우한 대학 친구인 김광언이 만들어주었다. 김광언은 서울대 사범대학을 마치고 당시 문리대 고고인류학과 3학년에 학사 편입을 해서 나와 함께 미학 특강이나 한국 미술사 등의 강의를 가끔 함께 듣던 친구다. 내가 학부를 졸업하고 귀농한 뒤 그는 그 사이 대학원 석사과정에서 민속학을 전공하고 당시의 문화재관리국의 문화재전문위원이란 감투를 얻어 쓰고는 민속학의 대가 임석재 선생을 모시고 3.1문화제 행사 중의 하나로 연희되던 줄당기기와 나무소싸움의 조사 보고서를 쓰는 일로 영산에 출장 왔던 것이다.

주목적은 그러했지만 개 눈에는 똥만 보인다고 민속학도의 눈에는 당시 박정희의 근대화 정책으로 파괴, 소멸 직전에 있던 전통 농촌의 거의 모든 것들이 민속학의 대상이었다. 줄과 쇠머리 만들기와 놀이 과정을 조사하는 틈틈이 다른 민속 조사도 부지런히 벌렸다. 인솔자 임석재 선생은 나이든 사람들을 상대로 주로 영산 지방의 음담패설 중심의 전래 설화들을 채록했었다. 얼마나 묻혀있는 얘기가 많았고, 또 얼마나 열심히 캐냈길래 임석재 선생은 훗날 엮은 임석재 전집 『한국구전설화』 12권 중 11권째를 영산에서 채록한 얘기만으로 꾸렸다. 함께 온 당시 경기대 장주근 교수는 세시풍습으로 집안과 주변에 모시는 전통 신상(神像)들의 역할과 지역명을 조사했다. 뜻밖에 나를 만나 우리 집에 나와 함께 기거하기도 했던 친구 김광언은 당시 우리 집에 거의 고스란히 남아있던 전통 농기구와 영산의 문호장단오굿에도 군침을 흘렸다.

김광언은 문화제 기간에 그런 조사를 다 끝낼 수 없으니까 체류를 며칠 연장하기도 했었다, 그래도 어림없으니까 몇 차례 영산을 거듭 방문하여 내 집을 비롯한 인근 마을의 농기구까지 몽땅 조사를 다해 가기도 했다. 개똥소쿠리, 똥장군, 똥바가지까지 흰 보자기에 고이 모셔두고 사진을 찍고 치수와 무게까지 재었다. 이런 농기구 조사 당시 치질과 탈항의 악화로 죽을 고생하던 내게 그는 조수 역할을 강요했는데, 지금 생각해도 치가 떨리도록(?) 얄밉다. 이와 함께 관심을 보였던 문호장굿은 농기구 조사를 대충 끝내자 본격적으로 조사를 했다. 그 조사가 끝나자 또 영산 인근의 전통 가옥 조사를 시작했다. 당시 무명의 민속학도였던 그는 그런 자료 조사와 연구 업적을 착실히 쌓아가며 일본에서 학위를 얻은 뒤에 국립 민속박물관장과 대학교수를 역임하며 체제 안에서 포시럽게 잘 살고 있다. 그런데 무보수 현지 조수 역할을 강요받았던 나는 끈 떨어진 망석중이처럼, 아니 끈 떨어진 개똥소쿠리처럼 바람 부는 이 들판에 내버려진 채 지금도 나뒹굴고 있다. 그러나 그 친구 덕택에 영산의 양대 농민 놀이였던 줄굿과 쇠머리굿이 문화재로 지정되어 지금까지 보존되고 있고 문호장굿에 대한 관심을 일깨워주고 갔으니 고맙다 해야할지 미워해야할지 잘 모르겠다.

탁기탄 가야였던 영산은 서기 529년경 신라에 합병당한 뒤부터 오랜 세월 동안 밀양군의 속현이었다. 고려 원종 15년(1274년)이 되어서야 영산현에 감무를 두게 된다. 조선시대 말인 1895년의 8도제 폐지 뒤에 23부제의 실시로 영산현이 잠시 동안 영산군이 된 적도 있었다. 그러나 불과 19년 만인 1914년에 일제에 의한 지방행정체제 대개편 때 창녕군에 합병당했다. 이처럼 단명한 비운의 군 소재지였던 영산이 창녕군에 합병될 때 폐기해서 그런지 영산의 전통문화와 그 유래에 대한 관청의 기록은 거의 남아있지 않고 민간 전설로만 전한다. 이들에 대한 최초의 기록은 『경화(耕和)』라는 계간 잡지 1966년 여름호에 조성국 님이 남겼다. 당시 영산 3.1문화제의 중요 종목이 되어 있던 나무쇠싸움, 줄당기기를 주제로 쓴 「3.1문화제-민속놀이를 중심으로」라는 글을 통해서였다. 그러나 이 글은 제 고장 문화에 대한 일방적 애정으로 자기 미화가 심한 주관적 성격의 글이다.

이에 비해 외부에서 비교적 객관적으로 보고 쓴 최초의 기록은 김광언과 장주근 교수가 1968년에 문화재관리국을 통해 낸 「영산 쇠머리대기와 줄다리기」라는 보고서다. 이를 계기로 두 개의 영산 전통 놀이가 무형문화재로 지정을 받았다. 그러나 이보다 김광언에 정말 고마워해야 할 일은, 우리가 받은 잘못된 학교교육으로 미신시 했거나 무관심하게 보아왔던 영산의 문호장단오굿을 제대로 볼 수 있는 시각 교정을 해준 것이다. 그는 식자들의 외면 속에 당시까지 전해지던 문호장굿의 전설과 전승 상태를 꼼꼼하게 조사하여 1969년 『한국문화 인류학』 제2호에 「문호장(文戶長)굿」이란 제목의 객관적 기록을 최초로 남겨준 사람이다. 한때 읍치성황제였던 적이 있었던 것 같고 문화재 지정은 못 받았지만, 문호장굿은 지금 문화재로 지정받은 '쇠머리대기'와 '줄다리기'를 파생시킨 영산의 모태 서낭굿임에 틀림없다. 뿐만 아니라 그것은 우리 전통의 민중 신앙인 서낭 신앙의 영산 지역화, 곧 영산 정체성의 뿌리와 그 자체이기도 하다. 이것을 일깨워 준 것이 김광언의 문호장굿에 관한 보고서 글이다.

김광언의 조사 보고서 이후 조성국 님과 내가 그 원형 복원의 가능성에 대해 한동안 여러 번 토론하고 고민했지만 다음과 같은 이유로 포기할 수밖에 없었다. 사재를 털어 넣거나 외부에서 자금을 끌어올 수 있는 능력 있는 민속학자들이나 전문가가 당시에는 영산에 없었다. 만일 그런 사람이 한 사람이라도 있어 그 일에 매달려 복원을 시도했다면 불가능한 일은 아니었을 것이다. 그보다 더 흔적 없이 사라지고 없던 민속 문화를 대학 교수님들이 원형과 별개로 자기식의 시나리오와 연출로 창작 재현하여 무형문화재로 지정했던 사례는 허다하다. 그런데 영산 문호장굿은 약식화된 형태로나마 계속 해오고 있었다. 두 번째 이유는 재창조이든 원형에 가깝든 그것을 복원해서 계속 유지하자면 문화재 지정 없이 재정 마련이 불가능하기 때문이었다. 그러나 우리는 그럴 능력이 전혀 없었고, 원형과 동떨어진 엉터리 복원으로 문화재 지정을 바란다면 이는 양심에 어긋나는 일이라고 생각했다. 또 면 소재지인 조그마한 영산 지방에 이미 국가 지정 무형문화재가 두 개(쇠머리대기와 줄다리기)나 있는데 그것까지 문화재 지정을 요구한다는 것은 타 지역과의 형평성 면에서도 너무 염치없는 행위이고 불가능한 일이기도 했다. 그래서 그 복원과 재현을 포기할 수밖에 없었지만 아쉬움은 여전히 남았다.

극적으로 배치된 영산 문호장단오굿 당집들

비록 그 본래의 모습을 잃고 복원을 포기할 수밖에 없었지만 전설로 남아있는 옛 모습의 영산 문호장단오굿에는 독특한 측면이 참 많다. 강릉단오제를 비롯하여, 경산 자인의 단오제, 전남 법성

포의 단오제, 전주단오제 등 몇 군데에서 단오제가 계승되고 있지만, 영산의 문호장단오굿은 다른 지역 단오제 이상으로 특수하다. 가장 먼저 눈에 띄는 특수성은 문호장굿 당집의 배치다. 문호장굿 관련 당집은 문호장에게 딸린 식구 모두에게 하나씩 모두 네 개다. 원래는 영축산 상봉에 있던 산신당을 지금부터 약 80년 전에 영축산 아래 자락으로 옮기고서도 여전히 '상봉당'으로 부르는 문호장 자신의 본당이 있다. 문호장의 본당과 가장 가까운 거리인 시장통 우물가에는 문호장의 본처 사당이 아니라, 딸 사랑이 유별났던 모양인지 '두룽각시왕신당'이란 딸 사당이 있다. 본처 사당인 삼시랑애기당은 본당에서 서쪽으로 1킬로미터 이상 떨어진 삼시랑 언덕에 있다. 본당에서 2킬로미터 이상으로 뚝 떨어진 남산믹이 언덕 위에는 호장의 첩 사당이라는 '남산믹이지성국당'이 자기 처지를 반영하듯 김광언이 자료 조사를 하던 당시에는 한쪽으로 비스듬히 기울어진 채 외롭게 비바람을 맞고 있었다(지금은 비록 수입 목재겠지만 새 목재에다 단단한 시멘트 벽으로 단정하게 복원되어 있다).

이 같은 문호장 당집의 배치는 고을 서낭당집의 배치와 거의 일치한다. 고을 최고 수호신인 상당(산신당)은 영축산 문호장 본당이고 주로 샘가에 있는 중당서낭으로는 실제로 시장 옆 샘가에 있는 딸 사당인 두룽각시왕신당이고, 고을 입구에 서 있는 솟대 장승인 하당으로는 본처 사당인 삼시랑애기당과 첩 사당인 남산믹이지성국당으로 각각 배치되고 있는 것이다. 물론 이 당집들은 문호장굿 때 치성을 드리는 문호장 가족의 당집이기도 하지만 문호장굿 이전부터 그것이 서 있는 각 마을에서 문호장굿과 별개로 치성을 드리기도 하는 마을의 산신당 구실도 해왔을 것이다.

전통적 문호장 큰굿이 사라진 지금도 네 곳의 당집에 모신 당산신을 마을 주민 또는 집단들이 무당굿 또는 유교식 제사로 각각 모시고 있다. 문호장 계원들에 의해 연명해오던 영축산록의 문호장 본당굿은 영명사 주지 지종 스님과 그의 아우가 문호장계를 확대 개편하여 1987년 설립한 약 90명에 달했던 영산 문호장굿보존회에서 해마다 무당굿으로 모신다. 남산믹이지성국당은 죽전의 모든 동민들에 의해 예부터 동네 서낭으로 모셔오고 있다. 삼시랑애기당은 성내리와 서리의 마을 부녀회 등이 모셔왔고 두룽각시왕신당은 2010년부터 영산사적보존회라는 단체에서 유교식으로 치제를 맡아오고 있다고 한다. 옛날부터 네 개의 문호장 관련 당은 이런 식으로 각기 독립된 마을 서낭당으로도 치제되어왔을 것이다.

그러나 영산 고을 단위의 문호장굿을 시작한 이후부터 영산 고을의 각 마을 서낭들은 영산의 주산이자 마을 공유림이었을 영축산의 산신당이 영산을 대표하는 '호장공문선생신위'의 상당서낭으로, 영산 시장의 샘가에 있는 두룽각시왕신당은 중당, 삼시랑애기당과 남산믹이지성국당은 각각 하당으로 되었을 것이다. 이렇게 말하면 신의 세계에도 상중하의 계급이 있느냐고 묻는 사람이 있겠지만 유감스럽게도 그 세계에도 계급이 있었다. 국가 성립 이후 인간 사회에 계급이 생겼듯이 신의 세계에도 동시에 계급이 생긴 것이다. 아니 국가가 신을 섬기는 인간 집단의 계급에 따라 그 신에게도 사람과 같은 계급을 부여했던 것이다. 제일 계급이 높은 신은 당연히 국가를 세운 왕족 집단이 섬기는 제천의식의 하늘신[天神] 즉 국가신이다. 그 다음이 하늘과 가까운 곳에 있는 신인 높은 산의 산신인데 읍치성황제 도입 이후 고을 수령이 치제했던 그 지역 읍성안으로 새로 지은 성황당(상당)이 된다. 그 다음은 마을 주민들이 주로 섬기고 있는 마을의 서낭신(중당)과 마을 어귀나 가장자리에 모신 솟대나 장승신(하당) 등의 3~4개로 그 계급이 분화되어 있었다.

그러나 읍치성황제가 영산처럼 문호장굿 등으로 민간 주도의 별신굿화되고부터는 엄격한 계급 관계가 가부장적 가족 관계로 바뀌면서 그 계급성도 희석되었지만, 그 가부장적 서열 관계는 여전히 남아있다. 영산의 주산인 영축산 산신을 모신 상봉당은 문호장 본당으로, 중당은 딸 사당인 두룽당으로, 하당은 삼시랑애기당과 남산믹이지성국당으로 각각 바뀐 것이다. 보통 가족 관계로 구성된 신위일 경우 남편당이 상당이면, 부인당이 중당이 되거나 그 반대일 경우가 많은데, 영산 문호장 관련당의 경우 부인당이 하당으로 딸 사당이 중당이 된 것이 우리 상식을 벗어나 있다. 그러나 이것은 문호장의 본부인이 딸 하나밖에 아들 후사를 두지 못한 이른바 칠거지악의 하나를 범해 문호장으로 하여금 첩을 두게 하는 등으로 제 구실을 하지 못했다고 보는 가부장적 관점의 산물일 것이다.

그야 어쨌든 영산의 주산인 영축산의 산신당 즉 상봉당이 문호장 본당인 것은 움직일 수 없는 사실이다. 다른 어떤 지역의 마을굿이나 별신굿의 신상을 보아도 산신당이 그 마을 서낭당 중의 상당이 되지 산신당을 두고 정자나무나 샘가의 중당, 마을 밖의 솟대와 장승이 상당이 되는 법은 없다. 그런데 영산의 일부 사람들이 시장가에 있는 두룽각시왕신당에 상봉당과 같이 '호장공문선생신위'의 위패가 쓰여 있고 또 옛날에는 그곳에서 현감이 제사를 지냈다는 설을 근거로 그게 딸 사당이 아니라 문호장의 본당 즉 상당이라고 주장하고 있다고 한다. 영산사적보존회가 다른 문호장당은 그만두고 굳이 이곳에만 치제하는 이유도 바로 여기에 있는 것 같다. 시장가에 있기 때문에 주로 시장 상인들의 수호신으로 치제되어왔을 두룽각시왕신당을 문호장 본당이라고 주장하는 사람들의 심정이야 이해 못할 바 아니다. 그러나 전통적 자연 신앙의 주신으로서 영축산 산신님의 별칭인 문서낭님을 주민들이 영축산 높은 곳이나 그 자락에 있는 상봉당에 모시지 않고 굳이 시장통 우물가까지 끌어내려와 자리 잡게 했을 리는 결코 없다.

물론 고을 수령이 시장 우물가의 두룽각시왕신당 자리에 영산고을 성황사를 새로 설치했거나 기왕 있던 마을 서낭당에 읍치성황신을 합사하여 치제했을 가능성은 있다. 그렇다 하더라도 읍치성황제가 끝나면 각 고을의 성황신은 마을의 원래 당산에게 그 자리를 내주고 밀려나는 수밖에 없다. 왜냐하면 읍치성황제를 위해 수령이 읍성 안에 세운 성황사는 엄밀히 말해 토속적 산신을 모신 산신사가 아니고 중국 송나라에서 수입한 성황신을 모신 성황사다. 그래서 읍치성황제가 끝나 각 마을 단위로 서낭굿을 치르거나 여러 마을들이 연합해서 고을 단위의 대규모 연합 축제를 새로 벌일 경우에는 당집 간의 서열 관계도 읍치성황제 이전인 원래의 서열 상태로 되돌리거나 새로운 서열 관계로 재정립할 수밖에 없다. 이런 신격의 위상 변화 과정에서 당집의 관계나 지위 문제를 두고 서로 다른 주장이 있는 것은 영산 문호장굿에서만이 아니다. 강릉단오제나 은산 및 하회별신굿의 형성 설화에서도 서로 다른 주장들이 있다. 강릉단오제도 대관령 산신당과 국사성황당, 구산서낭당, 학산서낭당, 여성황사 등의 다섯 군데 서낭의 서열관계가 분명하지 않고 은산이나 하회마을 등에도 상당, 중당, 하당 등의 관계가 분명하게 고정된 것은 아니다.

이처럼 서로 다른 주장이 있는 전설 속의 영산의 문호장 당집의 관계에서 그 당집 중의 하나가 첩의 사당이라는 점은 특별히 흥미롭다. 이것은 전통 탈춤이나 가면극 등의 갈등 구조에서 약방의 감초로 등장하는 첩(각시)이라는 갈등 요소의 도입을 전제한 배치이기도 하겠지만, 그것만으로 끝나는 것도 아니다. 이것은 문호장굿의 무대를 영산 고을 소재지 전체로 삼아 그것을 '거리굿'과 '들굿'으로 만들겠다는 당시 사람들의 치밀한 연출 계획과 의도에 따른 극적 배치일 것이다. 무당굿은 보통 집 마당이나 대청 또는 당집 앞에서 벌인다. 영산의 문호장굿도 앞에서 말한 각 당집 앞에서도 벌이지만, 네 개의 당집을 오가며 소재지 전체와 큰 들 일대가 모두 문호장굿의 무대로 삼는 '길굿'인 동시에 '들무당굿'이었다.

관계자들의 구술을 채록, 종합한 일봉 조성국 님의 글[32]에 의하면 원래의 문호장단오굿은 위와 같이 당집이 배치된 영산 큰들을 무대로 대충 아래와 같은 들굿으로 전개되었다고 한다. 이 굿에 등장하는 배역은 호장(戶長), 수노(首奴), 암무이와 무부(巫夫) 들이다. 호장과 수노는 이 지역 남자들 중에서 해마다 선임하고, 암무이는 이 지방의 무당 중에서 골라 시켰다. 그 밖에도 이들을 따르는 수십 명의 무당과 무부 들로도 모자라 창녕, 청도, 밀양 등 인근 고을과 멀리 통영이나 경산에서까지 동원했다고 한다. 호장, 수노, 암무이는 푸른 철욕[衣]을 입고, 수노와 호장은 호장관을 쓰고 암무

32 「3.1문화제-민속놀이를 중심으로」, 『원다리 만년교는 님의 기개요』 전망, 2004, 89쪽

이는 자지감투를 쓴다. 이들이 각 당을 오갈 때는 각기 말에 타는데 이들이 타는 세 마리 말 외에도 가마 비슷한 호장의 신여(神輿)를 태우는 귀신말[神馬]이 한 마리 더 있었다.

5월 1일에는 먼저 영축산 상봉당에서 마당굿을 친 뒤 인근의 말재죽터(문호장의 유적)에서 다시 마당굿을 치고 두룽각시왕신당에 내려와서는 두룽굿을 친다. 마당굿과 두룽굿이란 서낭 앞에서 제물상을 차려 놓고 호장 일행 수십 명이 모두 한자리에서 거창하게 치는 대동굿이다.

5월 3일이 되면 죽전의 첩 사당인 '남산믹이지성국당'에 본처 사당인 '삼시랑애기당'보다 먼저 가서 마당굿을 친다. 본처 몰래 첩의 사당에 먼저 가기 때문에 죽전의 '남산믹이지성국당'으로 내려 갈 때는 모든 풍악 소리를 끊어버린다. 호장과 그 일행인 수노와 암무이가 타는 말에는 일부러 안장도 박차도 얹지 않는데, 이도 몰래 가는 행차에 소리를 죽이기 위해서라고 한다. 그러나 큰들 길을 지날 때에는 미리 보리밭에 숨어 있던 굿의 관객이자 조연 배우이기도 한 마을 주민들이 갑자기 튀어나와 호장 일행이 탄 안장 없는 말의 궁둥이를 회초리로 사정없이 내리친다. 첩질 하는 문호장을 응징하는 뜻에서 또 몰래 가는 길인데 빨리 갔다 오라는 뜻에서다. 그런데도 안장 없는 말에 탄 호장 일행은 채찍을 맞고 내달리는 말 등에서 떨어지지 않고 호쾌한 호장 춤을 잘도 추는 뛰어난 기예의 무당들이었다고 한다. 다시 복원할 수 없어 안타깝고, 영영 잃어버린 내 고향의 풍물이라 그립지만, 드넓은 큰들까지 포함한 영산현 일대에서 벌어지던 문호장 들굿을 상상하는 것만으로도 얼마만큼은 위안이 된다.

첩 사당에 먼저 갔던 문호장 일행이 본처당인 삼시랑애기당에 가서 마당굿을 치고 나면 또 하나의 '마당극'이 연출된다. 무당 전원이 본처와 첩의 양편으로 갈린 뒤 상대에게 서로 지독한 욕을 한참 퍼붓는다. 그런 뒤에는 본처 편의 무당 한 사람이 머리를 산발하고 꺼벅꺼벅 기겁하다 졸도한다. 이는 첩 사당에 먼저 갔다 온 문호장에게 본처가 샘을 내는 장면의 무언극화인 것이다. 이렇게 되면 본처 편 무당이 첩 편의 무당 한 사람을 잡아다 꿇어놓고 장강굴림(정강이 꿇림의 영산 토속어)을 먹이는 등의 각종 즉석 시늉들을 옛날에는 정말 신들린 듯이 잘도 했다고 한다. 남산믹이 첩 사당과 삼시랑의 본처 사당을 오가며 하는 이런 굿놀이들은 5월 3일부터 5월 5일 단옷날 오전까지 3일간을 반복한다.

5월 5일 오후에는 이 굿의 마지막 놀이인 '열네 바퀴 돌기'를 한다. 이것은 호장 일행이 탄 네 마리 말을 두룽당(딸 사당)으로부터 영산의 지세껄까지 700~800미터를 열네 번이나 왕복으로 달리게 하는 길놀이다. 물론 이때도 구경꾼들은 옷소매에 숨긴 회초리로 말 엉덩이를 사정없이 휘갈겨서 호장 일행이 활개를 편 채 추는 호장 춤을 계속 추게 했다고 한다.

이상이 영산 지방에 1960년대까지 구전으로 전해온 문호장(서낭) 단호굿의 내용과 절차다. 이것만으로도 한 마을의 대동굿으로서, 거리굿이자 들굿으로서 어디에 내놓아도 손색이 없다. 그러나 영산 문호장굿의 내용이 과연 이 무당굿 한 가지뿐이었을까? 영산은 지금이야 일개 면 소재지에 불과하지만 앞에서 보았듯이 상당 한 개, 중당 한 개, 하당 두 개로 모두 네 개의 전형적인 서낭당을 갖춘 현과 군의 소재지가 있던 유서 깊은 고을이다.

영산 고을의 유래

옛 영산현·군 지역에 속했던 영산면 죽사리와 신제리, 장마면 유리, 계성면 광계리, 부곡면 부곡리와 청암리, 도천면 도천리 등지에는 청동기 유적인 지석묘군이 있다. 계성면 사리와 계성리, 영산면 죽사리와 성내리와 동리, 도천면 우강리 등지에는 신라와 가야 시대의 고분군들도 있었다. 김태식의 『미완의 문명 7백년 가야사 2』[33]에 의하면 『일본서기』에 옛 영산 지역에 가야 연맹의 소국 중의 하나인 탁기탄국(啄己呑國)에 대한 기록이 있다고 한다. 그러나 『일본서기』는 탁기탄국의 중심지가 위의 고분군 소재지 중 어디인지는 밝히고 있지 않다.

계성면 사리와 계성리의 고분군은 탁기탄국이 신라에 멸망당한 6세기 후반기 이후에 축조된 신라 유적에 속한다고 한다. 영산면 교리와 죽사리 등의 고분군은 일제 때부터 계속된 도굴과 심한 훼손으로 유물은 완전히 사라졌으나, 석곽·석실의 묘제로 보아 가야 고분군에 속하는 것으로 보고 있다. 『일본서기』 계체기 8년조에 기록된 반파국(고령의 대가야)이 신라의 공격에 대비해 성을 쌓았다는 마수비(麻須比)는 영산면 교리의 영축산성(靈鷲山城)과 계성면 신당리의 신당산성(新堂山城) 중의 하나로 추정한다. 이러한 고분군과 산성 그리고 탁기탄국이 포함된 가야 연맹국을 합병한 신라가 합병지를 자기 행정구역에 편입할 때부터 조선시대까지 계속 현의 소재지로 삼았던 점으로 미루어 영산이 탁기탄국의 중심

33 푸른역사, 2002

지였을 가능성이 제일 크다.

탁기탄국은 고령의 대가야와 신라 사이의 결혼동맹이 파탄 나면서 분쟁을 일으킨 결과 탁기탄의 함파한기(函跛旱岐) 때인 529년경에 가야 연맹 중에서 가장 먼저 신라에 복속당한 것으로 본다. 신라에 복속당한 뒤에는 탁기탄에서 서화현(西火縣)으로 개명되어 미리미 동국이었다가 일찍이 신라에 병합된 추화군(추화군→밀성군→밀양군→밀양시)의 영현이 되었다. 신라의 경덕왕이 서화현을 상약현(尙藥縣)으로 바꾸었다.

고려시대에 와서 지금과 같이 영산현(靈山縣)으로 바꾸고 추화군의 바뀐 이름인 밀성군의 속현으로 편입시켰다. 고려 원종 15년(1274년)에는 영산현에 감무를 두면서 독립된 현이 된다. 감무란 당시 사회불안으로 양산되기 시작한 유망민(流亡民)을 위로하기 위해 고려 예종 1년(1106년), 현감이 없던 작은 규모의 속현에 임시로 둔 현의 우두머리였는데, 조선시대에는 현감으로 바뀐다.

조선 태조 3년(1394년)에는 영산현에 계성현을 합병했다. 조선 인조 9년(1631년)에는 지도(至道)의 역변(逆變)으로 창녕현이 혁파강등되어 영산현에 합병된 적도 있었다. 그러나 6년 뒤인 인조 15년(1637년)에 창녕현이 복현되어 영산현으로부터 다시 분리되었다. 조선은 지방 통치 조직으로 태종 13년(1413년)에 8도제를 도입했다. 전국을 8도로 나누고 여덟 명의 관찰사를, 여섯 개 지역에는 부와 부윤(종2품)을, 모두 20곳에는 목과 목사(정3품)를, 그리고 수 미상의 군과 현에는 군수(종4품)와 현령(정5품) 또는 현감(종6품)을 두었다. 세조 때(1466년)는 지군사(知郡事)를 군수로 고쳐 불렀으나 조선 말 고종 33년(1896년)에 부사, 목사, 현감제를 폐지하고 13도

제를 실시한 뒤부터야 비로소 이들을 모두 군과 군수로 통일해 불렀다.

고종 32년(1895년)에는 8도제를 폐지하고 23부제를 실시함에 따라 영산현이 영산군이 되어 밀양군, 창녕군과 함께 대구부에 속한 적도 있었다. 그러나 그 다음 해인 고종 33년(1896년)에 부사 · 목사 · 현감제가 폐지되고 13도제가 실시될 때 영산군은 창녕군과 밀양군과 함께 대구부에서 다시 경상남도로 복귀시켰다. 그러나 1914년 일제가 다시 부, 군, 면의 폐지와 분합을 단행했던 대규모 지방행정 조직개편으로 영산군의 일부가 함안군에, 나머지 6개 면이 창녕군에 분할 합병될 때 영산군 읍내면은 영산면으로 개칭되어 현재에 이르렀다.

현행의 면리제(面里制)는 그 뿌리가 깊다. 고려시대에는 군 · 현의 말단 조직으로 몇 개의 자연촌을 묶어 행정촌으로 관리하였는데 조선시대의 면리제는 고려의 행정촌을 격상하여 면으로 삼고 자연촌을 리로 삼았던 것 같다. 조선 태종에서 세조 때까지 지방관이 파견되지 않은 군현이 대규모로 없어지는 등 군현제가 정비되면서 면리제가 채택되었고 『경국대전』에 법으로 구체화되어 있다. 그러나 조선 전기에는 면, 리, 동 등의 명칭의 용례가 분명하지 않았고, 시기와 지역에 따라 여러 가지로 혼용되었다. 18세기에 이르러서야 군 · 현→면→리제로 체계화되었는데 이는 효과적 조세 수취의 필요에 의해서다. 면이 리 안의 조세원을 파악하여 리 단위로 분배하면, 리는 조세액을 호별로 나누고 거두는데 이런 행정을 감독하는 최소 단위가 면이었다. 중앙집권력의 강화를 위한 행정제도 개혁으로 영산현도 이처럼 자치성 없는 말단 행정기관인 면 소재지로 전락했지만 삼한과 가야 시대까지는 독립 부족국이었다가 신라에 합병된 이후로도 계속 현이나 군 소재지였던 유서 깊은 큰 고을이었다.

이런 고을이라면 고려의 지역 팔관회와 연등회 같은 규모나 이에 버금가는 춘경제의가 없지는 않았을 것이다. 그런 춘경제의라면 팔관회와 연등회에서 공연되었던 백희잡기 중의 일부인 놀이와 탈춤 등이 당연히 공연되었을 것이다. 실제로 조선시대까지는 지금의 계성면 명리에 오광대가 있었다는 고로들의 증언이 있었다. 영산 지역에서 하고 있는 단옷날의 문호장굿과 정월대보름의 풍농 기원굿인 줄당기기 그리고 영축산과 함박산의 산살을 풀고 화재예방을 위한다는 나무소싸움도 영산 고을 서낭굿인 춘경제에서 순차적으로 연행한 기원 의례 종목이었는지도 모른다. 그랬던 이 고을 대동굿이 언제부턴가 무당 주도의 문서낭굿은 단옷날에 단오굿으로, 농민 주도의 줄굿과 나무소싸움은 정월대보름에 상원놀이로 분리되어 마치 별개의 의례인 듯 따로 떨어져 연행되어 온 것 같다. 그러다가 1961년부터 시작된 영산 민속문화제 행사를 통해 놀이성과 전시성이 강한 줄당기기와 나무소싸움의 두 굿 종목이 다시 하나의 문화제 행사 속에 물리적으로 결합되었다. 그러나 이 결합은 서낭굿 본래의 제의성과 기원성에 의한 내적 결합이 아니다. 전시성과 상업성을 지향하는 상업주의 문화제를 위한 정략적이고 형식적인 타협의 결과일 뿐이다.

읍치성황제를 주도한 호장 자신이 서낭신이 된 영산 문호장굿

영산 문호장단오굿의 또 하나의 특별성은 그 신상의 특수성이다. 다른 지역 단오굿의 수호신상은 산신 김유신 장군과 성황신 범일(강릉단오제), 한장군(경산한장군놀이) 등의 역사적 인물이었다. 그런데 영산 문호장단오굿의 신상은 읍치성황제를 주도하던 고을 수령을 보좌하다가 조선 후기에 와서는 스스로 그것을 주관했던 호장 자신이다. 특별하다 못해 특이한 일이 아닌가? 그런데도 주로 돈이 안 되기 때문이겠지만, 아무도 이에 대한 관심이나 연구가 없다. 그래서 문외한인 나라도 문제를 제기해서 학계의 관심이 혹시라도 환기되기를 기대해본다.

집안의 조상 제사도 아닌 고을 서낭제에 어찌하여 제를 지내던 자가 제를 받아먹는 서낭신이 되는 이런 희한한 이변이 벌어지게 되었는지 알아보기 위해 이 굿의 유래에 대한 전설을 다시 상기해 보자. 약 300년 전에 영산 고을에는 문무를 겸비한데다 도술과 마술에도 능통하며 나들이 때는 호랑이를 타고 다니는 문씨 호장이 살았다. 어느 해 관찰사가 지방 고을을 순시할 때 영산의 문호장 집 앞을 지나자 뜻밖에도 말의 발굽이 땅에 들러붙어 떨어지지 않았다. 문호장이 자기 집 앞을 지나는 사람은 누구든지 말에서 내려 걸어가게 하기 위해 도술을 부린 탓이다. 이에 깜짝 놀란 관찰사가 문호장을 잡아다가 장형(杖刑)으로 다스렸으나 끄떡도 하지 않았다. 화가 치민 관찰사가 스스로 칼을 빼서 호장의 목을 치려했으나 이번에는 호장의 목 부근에서 더 이상 칼이 움직이지 않았다. 그때서야 문호장이 도인임을 깨달은 관찰사가 엎드려 용서를 구했다.

그러자 문호장은 '나의 때가 아니다'라며 자신이 스스로 맞아 죽어 주는 대신 자신은 후사가 없으므로 (앞에서 본 당집에 딸 사당만 있었고 하긴 아들 사당은 없었다) 사후에는 이 고을 수령이 해마다 자기가 죽은 이날에 제사를 지내줘야 한다는 조건을 내건다. 관찰사가 그러겠다고 하자 문호장은 사람을 시켜 삼지릅대(대마의 속대)를 가져오게 한 뒤 그것으로 자기 겨드랑 밑의 날개(또는 비늘)를 세 번 치게 하여 스스로 죽었다. 바로 이 날이 5월 단옷날이고 그래서 이 날에 해마다 단오굿을 치르게 되었다는 전설이다. 이 땅 어디에서나 흔하게 만날 수 있는 초능력 장수가 꿈을 다 펴지 못하고 비운으로 마감한다는 전설의 영산식 버전이다. 이 밖에도 이와 약간 다른 전설들도 있는데 모두 문호장을 영웅화 하기 위한 것으로 그 내용과 플롯은 모두 그게 그거다.

300~400년 전이면 고을 수령이 지방 성황제를 직접 지내던 '읍치성황제'가 영산 고을에도 이미 도입되어 있던 조선시대다. 문호장굿도 그 당시의 이름은 무엇인지 알 수 없지만 위와 같은 그 유래의 전설로 보아 틀림없이 읍치성황제였을 것이다. 그렇다면 그 읍치성황제의 신상이 조정의 지시에 따르는 '영산성황지신(靈山城隍之神)'이 되어 있어야 한다. 그런데 언제부터 그와 전혀 다른 '호장공문선생신위'와 '문선생정실부인신위'로 되었을까?

조선시대 같은 신분 사회에서 고을 수령이 아전으로 강등된 수리(首吏)인 호장을 성황제의 수호신으로 모시고 제사를 지냈을 리 결코 없다. 그렇다면 조선 후기에 고을 수령 대신 호장 자신들이 읍치성황제를 주도하게 되자 '영산성황지신' 대신 그 전설 속의 문호장을 성황제의 신체로 바꾸어 치제하게 되었을까? 하지만 이 같은 추정 또한 가능성이 거의 없다. 아무리 수령 대신 향리가 성황제를 주도할 만큼 중앙집권력이 떨어졌다 해도 수령의 재정 지원과 지시 아래 치르는 읍치성황제의 주신을 호장 자신과 동급인 문호장 신으로 배향하게 수령이 눈 감고 그냥 두었을 리 없을 것 같다. 도인 문호장의 전설은 고려시대에 지역 제의를 주도했던 호장이나 조선시대 수령의 읍치성황제를 보좌하던 향리들이 자기 지위 확보나 신분 상승을 위해 스스로 지어 내서 민간에 퍼트린 서동요식 전설일 것이다. 그러다가 갑오경장 이후에 영산의 읍치성황제도 중단되었을 것이고 그 뒤 일제 때나 8.15 이후에 주민들 주도의 민간 서낭굿으로 이것을 복구하면서 민간에 떠돌던 문호장 전설에 근거해서 주민들이 영산 소재지에 있던 네 개 마을의 당산(서낭당)에 전설 속의 문호장 일가 4위를 별신으로 배치했던 것이 아닐까? 영산 문호장단오굿도 시대에 따라 지방 호족이나 고을 수령, 호장이 주도하던 읍치성황제였다가 읍치성황제가 모두 사라진 갑오경장 이후에 민간 서낭굿으로 복원하면서 고을 성황당 신을 읍치성황제를 주도하던 전설 속의 문호장 산신으로 대체했을 가능성이 가장 크다.

김광언의 조사 당시(1969년)의 문호장단오굿은 1967년에 처음 조직되었다는 호장계가 비용과 인력을 모두 대며 주도하는, 비록 규모는 보잘 것 없지만 요즘에 보기 드문 순수 민간굿이었다. 그렇다면 혹시 1967년에 조직된 문호장계 이전에도 문호장계와 비슷한 호장굿 후원 민간 조직은 없었을까? 전설은 비료와 사료, 땔감 등으로 요긴하게 쓸 수 있는 영축산 산풀을 관가(官家)에서 관리해서 호장굿 경비로 쓰고 모자라는 경비는 관가와 마을 주민들이 십

시일반으로 굿 비용을 충당했다고 한다. 이것은 읍치성황제 시절의 굿 비용의 마련 방법에 관한 전설인 것 같지만 사실은 민간 주도 별신굿의 굿 비용 마련을 위한 방법이기도 했다. 다른 지역의 마을 공동체에서도 마을 공유림에 있던 산신당 굿의 비용을 이와 비슷한 방법으로 마련했다고 한다. 그렇다면 읍치성황제 이전의 영산 고을 산신굿(서낭굿)은 어떤 공동체의 지원으로 치제되어 왔을까?

고려시대 강릉 지방의 대관령 산신굿을 뒷받침하다가 조선시대에 사라진 '미타존불도'라는 향도회를 중앙집권력이 약화되던 조선 후기에 와서 향리들이 다시 '미타계'로 부활시킨 적이 있었다고 앞에서도 말했다. 그 같은 민간신앙 조직이 고려 및 조선 시대의 영산 지방에도 결코 없으란 법은 없다. 고려 말의 기승(奇僧)으로 유명한 신돈의 고향이었던 영산 고을에는 영산을 본관으로 하는 신씨 호족이 오래전부터 살고 있었고, 지금도 이들은 이 고장에서 큰 영향력을 행사하고 있다. 이런 고장이라면 강력한 영향력을 가진 호장도 물론 있었을 것이고, 그 호장이 주도하던 고을 제의를 위한 신도회도 만들 수 있을 법하다. 호장의 막강한 영향력을 상정하지 않고서는 아무리 중앙집권력이 떨어져서 향리와 지방 사족이 득세해 가던 조선 후기라 해도 그런 문호장 전설이 나올 리가 없다. 또 그렇지 않고서야 호장 주도의 읍치성황제 시대는 말할 것도 없고 설사 일제 때나 8.15 뒤의 민간 주도 때라 해도 '호장공문선생신위'의 별신굿으로서 단오굿은 있기 어려울 것이다.

영산 고을의 수호신도 다른 마을처럼 처음에는 각 마을마다 독특한 토템들이었을 것이다. 그 토템들이 천신을 내세우는 국가 창건자들의 강요로 산신으로 타협했다가 고려시대에는 중국 송나라에서 들어온 '성황신'의 영향으로 산에서 내려와 마을 '서낭신'이 되었을 것이다. 그것이 조선시대에 다시 국가 주도의 읍치성황제가 되면서 '영산성황지신'으로, 다시 앞에 말한 전설 등의 영향으로 갑오경장 이후 민간 주도 때 '호장공문선생신위'로 변했을 것이다.

드물게 남은 민간 주도 마을굿

조성국 님은 자신이 태어나 평생 동안 뜨겁게 사랑하며 살다 가신 영산 고향에서보다 타지에서 그를 알아주고 존경하는 사람들을 더 많이 가진 분이다. 선지자는 고향에서 환영받지 못한다고 했던가? 그의 아호 일봉(逸峰)처럼 그는 호불호, 맺고 끊음, 나가고 물러감이 너무도 분명해서 보수적이고 인정주의적인 시골 영산이 감당하기에 너무 빼어났고 따라서 튀는 분이셨다. 그래서 그를 좋아한 고향 사람들은 극히 소수였고, 대다수 보수적 고향 사람들로부터는 외면받고 심지어 박해받고 살았다. 그럼에도 불구하고 그이만큼 고향 영산을 온 신명을 다 바쳐 열애한 사람은 전무했고, 아마 뒷날에도 다시없을 것이다.

학자 아닌 자칭 농사꾼, 줄꾼인 선생은 이른바 재야인사이자 문화 운동가로 한국민족예술인총연합의 초대 공동의장을 역임했고 평생에 네 권의 책을 남겼다. 본인의 의도는 어떠했는지 모르지만, 내가 보기로는 이 책들의 출간도 그의 유별난 고향 사랑이 낳은 결과가 아닌가 싶다. 1961년 5.16 쿠데타로 교직에서 해직당한 40대 이후 선생은 양파 농사를 생업으로 삼았다. 이 양파 농사에서 직접 얻은 10여 년간의 경험과 공부를 종합해 정말 실용성 있게 써낸 책이 1972년에 낸 『양파재배법』이다. 이렇게 나온 그의 첫 번째 저서는 고향 농민들의 민생 해결에 당시의 환금작물이었던 양파 재배로 일조하겠다는 그의 절절한 고향 사랑의 한 표현이다. 1974년 두 번째로 낸 책 『영축설화』도 근대화 광풍에 밀려 흔적 없이 사라져 가는 고향의 영혼과 얼이 담긴 전설과 신화를 하나라도 놓칠세라 샅샅이 찾아 되살려 낸 그의 열렬한 고향 사랑이 빚어낸 빛나는 업적이다. 이 책에는 영산 지방의 지명과 산 이름들의 유래 그리고 아주 옛날 이 지역을 휩쓴 물 개벽 때 미래에 대한 투시력을 가진 도사에게 선택된 한 젊은이가 홀로 살아남아 인간의 씨종자가 되었다는 전설과 신화들을 담고 있다. 이것은 『구약성서』에 나오는 노아의 방주와 비슷한 영산의 개벽(창조) 신화다. 그런 의미에서 이 책은 지역이 국가와 세계에 종속된 변수가 아니라 국가와 세계 이전부터 있던 상수라는 또 하나의 증언이다. 그래서 지역이야말로 자급 자치적이고 독립적인 공동체와 세계 자체임을 지역의 전설과 설화로 증명해준 흔치 않은 명저로 나는 생각한다.

이 『영축설화』가 영산의 혼과 근원에 대한 서사적 이해를 위해 쓰였다면, 그 다음 해인 1975년에 내놓은 『영산의 노래』는 전자와 똑같은 소재와 주제를 서정적으로 농축하여 고향 영산에 바친 그의 열정적인 영산 찬가다. 원고는 1974년에 다 써놓고 책으로 간행해줄 출판사를 잡지 못해(?) 그로부터 4년 뒤인 1978년에야 심우성 선생 등의 도움으로 출간한 『영산 줄다리기와 쇠머리대기』는 줄꾼으로 자처하는 무형문화재 기능보유자로서 줄에 담긴 사상과 제작 방법 등을 고향 후배들에게 온전히 전해주고 싶은 열정으로 쓴 교과서로 손색이 없다. 이처럼 네 권의 책 모두는 그 소재와 주제를 영산 밖에 둔 적이 단 한 번도 없이 모두 영산과 직접 관련된 내용의 책들이다.

나는 친형처럼 받들었던 선배마저 자기 대신 면 소재지와 시장에서 떨어져 사는 촌놈 주제에 자기를 제치고 줄다리기 기능전수 장학생이 되었다고 나를 멀리하는 것을 보고 큰 충격을 받았다. 그래서 선후배 간과 영산의 평화를 위해 그 전수 장학생이란 걸 선배에게 물려줄 때부터 영산의 모든 공적 활동으로부터 한발 멀어질 것을 작심하고 있었다. 물론 토착성이 매우 강한 내가 아주 고향을 떠날 생각은 없었지만 영산의 어떤 공적 일에도 끼지 않기 위해 1980년대 말부터 대구에서 다른 일을 저질러 놓고 있었다. 그런데 조성국 님은 그런 후배들의 수모와 박해를 나보다 훨씬 더 받고 크게 분노하시면서도 끝내 영산을 못 버리고 영산에서 살다 영산을 쓰러 안고 영면하셨다. 그런 선생이 쓰신 『영산의 노래』의 제일 앞에 실린 6절로 구성된 〈영산의 노래〉 중 제1절은 자신을 인간문화재로 만들어 준 영산 줄노래도 아니고 다름 아닌 『영축설화』 속의 전설적 인물인 문호장에 대한 찬가다.

> 영축산 높이높이 북천에 솟고
> 한, 가야 흘러흘러 남에 낙동강
> 하늘 뜻 문서낭님 여기 나시어
> 의로운 깃발 펴니 그 영험 영산

참으로 오랜만에 이 노래를 입속으로 흥얼거려보니 조성국 님과 함께 부르던 옛 생각에 목이 메인다. 하지만 고향 것이라면 까마귀에게도 껌벅하셨던 선생의 마음이야 그랬는지 모르지만, 다시 생각하면 문호장이 우리에게 구체적으로 어떤 의로운 깃발을 펴기나 했고, 또 정말 영험한 영산의 서낭님이었던 적이 있기나 했는지 우리 세대들 이후는 실감하지 못한다. 『영산의 노래』 가사집에는 위와 같은 문호장 찬가 외에도 〈문호장 헌가〉라는 제목의 가사가 따로 3절이나 더 있다.

一. 말 달려 천 리 길을 주름잡았다
호랑이 타고 태산도 넘나든 호장
외마디 주문에도 관찰사 나리
말발굽이 땅바닥에 붙어버렸네

二. 짓밟는 권세 앞에 분연히 맞서
도술 부려 싸웠다 항거하셨다
단오굿 말미암고 자국 남기고
하늘 뜻 따르시어 떨어진 큰 별

三. 수수 백년 지났어도 흘러갔어도
계시 내려 산성(山城)터 목불(木佛) 오시다
뭇사람 믿음 속에 살아만 계시다
영험하신 서낭님 우리 문호장

그러나 이 또한 보다시피 문호장 전설에서 말하는 추상적 의인 문호장의 가사화(歌詞化)일 뿐이다. 초능력을 가진 문호장인데도 그는 관찰사로 상징되는 국가권력과 맞서서 민중을 해방하는 구체적 의(義)를 실현한 것이 아니다. 얼마든지 피할 힘이 있었는데도 관찰사로부터 스스로 맞아 죽어 후사 대신 영산 관아에서 자기를 두고두고 기리게 했던 것뿐이다. 관찰사를 능히 제압할 힘이 있었는데도 민중이 아니라 고을 관청에서 자기 제사를 지내게 해주는 조건으로 스스로 맞아 죽는 투항적 타협은 결코 민중적 영웅의 최후일 수 없다. 이처럼 전설 속의 문호장은 상상과 관념 속에서 카타르시스와 치유를 경험하게 하는 상상과 관념의 의인인지는 모르지만 아쉽게도 구체적 실천의 의인으로 보기는 그렇다.

지방 호족에게 지방 통치의 실무를 책임지게 한 제도로서의 호장제를 도입한 왕씨의 고려 정권은 호족 연합 정권이라 할 만큼 덜 중앙집권적이었다. 고려시대 이후 조선시대를 거쳐 오늘날까지 날이 갈수록 중앙집권화가 강화되다보니 고려시대와 같은 호족 중심의 지방분권제도도 민주적인 것처럼 보인다. 그래서 중앙집권력이 떨어져 가던 조선왕조 말에 지역 제의를 보좌했던 향리의 우두머리인 호장을, 마침내 그 제의의 주신으로 받아들일 만큼 민중들은 예나 지금이나 분권적인 민주주의에 목말랐던가?

그러나 진정한 민주주의는 지역 분권이 아니라 마을 또는 지역 소농들의 공동체적 자급을 통한 권력 자체의 기권과 자치의 바탕 없이 실현될 수 없다. 호족이라 부르든 사족, 향반이라 부르든 지역 토호 역시 자급 안하고 사는 착취 계급이다. 조선조에 와서 아무리 중인 신분으로 강등되었다 해도, 호시탐탐 계급 상승을 노리는 향리(아전) 역시 지역 토호나 국가권력에 복무하는 지배계급의 일원이다. 설사 백성들의 사랑과 지지를 받는 무당들이 그 제의를 주도한다 해도 그런 비민중적인 호장을 서낭신으로 모시는 영산 문호장단오굿을 오늘의 진정한 자치적 민중 제의로 받아들이기 어렵다. 그렇다고 이대로 외면해 버리기는 너무나 아쉽고 안타깝고 유서 깊은 역사적 유물의 전통 굿임에는 틀림없다.

'문호장굿'의 유래 전설은 이 굿도 고을 수령이 문호장에게 제를 드리는 읍치성황제였다고 전한다. 그러나 언제부터인지 확실하지는 않지만 아마 일제 이후부터 민간 재정으로 주최하고 무당이 주도하는 순수한 민간 별신굿으로 전해지고 있다. 강릉단오제나 은산 등지의 다른 별신굿처럼 유교식 제사도 끼어 있지 않는 순수한 민간 주도 무당별신굿이 되어 있다. 이 순수한 무당 주도의 전통 굿을 오늘날의 진정한 민중 대동 회의로 되살릴 방략은 정녕 없는 것일까?

영원한 재야 사제 - 무당

무당은 민간인인가? 물론 무당도 관료나 양반 지주계급이 아닌 이상 민간인인 것은 틀림없다. 그러나 남달리 뛰어난 재능을 타고 나거나 그 기능을 연마하고 전수하는 무당 집단을 일반 민간인으로 뭉뚱그려 부르기에는 아무래도 찜찜한 구석이 없지 않다. 직업 차별과 천대를 하자는 것이 아니고 보통 사람들처럼 평범한 직업 예컨대 농업이나 수공업, 상업 등과는 많이 다른 요즘식으로 말해 전문 직업이라는 것이다. 우리 전통 마을 축제를 제대로 이해하자면 이것을 주도했던 무교와 무당에 대한 기초적인 이해라도 먼저 선행되어야만 한다. 제도적 무당이라 할 수 있는 불교와 기독교의 사제들은 스님, 신부, 목사 등으로 불리면서 사회적 지위를 나름대로 유지해가고 있다. 무당의 또 다른 변신인 광대도 지금은 배우나 탤런트 등으로 이름이 바뀌면서 사회적 신분도 극적으로 상승하여 한번 떴다 하면 돈벼락 맞는 행운아로 오늘날의 많은 젊은이들의 선망의 표적이 된 지 오래다. 그런데 이와는 달리 그 사제와 광대의 원조 격인 무당은 대부분 예나 지금이나 여전히 주류 밖에서 가난한 처지를 벗어나지 못하고 있다. 왜 그럴까? 무당이란 직업은 언제부터 생겼고, 그 원조는 누구일까?

흔히 인류사는 선사시대와 역사시대, 미개 시대와 문명(국가 성립) 시대로 나눈다. 그런데 나는 여기서 전자를 자급 자치의 축제 공동체 시대로 후자를 수탈 지배의 국가 정치 시대로 나눠 재해석하고 싶다. 사실 인류사의 대부분은 역사시대나 국가의 문명 시대가 아니라 선사와 공동체 시대였다. 왕이나 대통령 등의 정치 권력자들이 인류를 지리적, 영역적으로 강제 분리하여 지배 통치하던 국가 시대보다는 그 이전의 수렵과 채집 또는 농경 공동체를 굿이나 기타 의례를 통해 경제적으로 결속하던 지역 자급 자치 축제 공동체의 시대가 훨씬 길었다. 유인원 시대부터 치면 400~500만 년이고 현생 인류로부터 쳐도 4~5만 년의 인류사가 전자에 속한다. 이에 비해 지구상에 나타난 최초의 국가인 고대 이집트 왕국과 메소포타미아 지역의 소왕국으로부터 쳐도 국가사는 고작 5000년 정도밖에 안 된다.

그렇다면 불과 5000년 이내의 정치 국가 이전의 그 기나긴 선사 공동체 시대 동안은 누구를 중심으로 무엇을 통해 그 자급 자치의 축제 공동체를 유지해 왔을까? 지배자가 없던 선사시대의 축제 공동체 시대와 지배자가 출현한 이후에도 피지배 공동체의 민중은 문자가 불필요했던 만큼 그에 대한 기록이 없다. 그래서 구전과 간혹 남겨진 문명 시대의 단편적 기록이나 고고학적인 유물의 발견 등으로 그 사실을 추정해 볼 수밖에 없다. 선사시대의 유적이나 문명 시대의 기록에 의하면 국가 이전의 공동체를 의례(축제)로 결속시키고 농사 창고를 지키며 곡물을 분배 또는 대부하던 책임자는 그 당시의 이름이 무엇이었던 간에 지금식으로 말하면 사제 즉 무당이었다고 한다. 농경 관리나 의례뿐 아니라 그 공동체를 다스린 정치 지도자 역시 무당 즉 사제였다. 그 시대까지 무당은 수렵, 채집, 농경 등의 노동에서는 부분적으로 면제되었는지 모르지만 아직은 공동체의 '지배자'가 아니었다. 의례 기능이나 재능을 가졌기 때문에 주민들에 의해 만장일치로 추대 또는 공인된 '지도자'였다고 한다.

국가 이전의 구석기 시대 최초의 인류 공동체 단위는 떠돌이 씨족공동체였고 그 대표자를 후대인들이 씨족장이라고 명명했다. 가장 먼저 그리고 가장 오래 지속된 이 씨족공동체가 신석기시대의 농업혁명으로 일정 지역에 정착을 이루고 농산물의 잉여가 생겨나자 씨족공동체 간의 이해관계에 따른 갈등이 일어났다. 이 갈등을 조정하기 위해 인근 지역의 씨족공동체들이 협동한 집단을 부족공동체로, 그 대표자를 후대인들이 부족장이라고 불렀다. 계속되는 인구 증가와 농경 확대에 따라 늘어나는 부족 공동체들이 서로 경쟁과 갈등을 일으키게 되자 또다시 이를 조정하고 해소하기 위한 명분으로 보다 큰 공동체를 만들었다. 그게 부족 연맹체이고 그 대표자를 군장이라고 불렀다. 남북 아메리카의 선주 토착 원주민들도 마찬가지 역사적 단계를 거치고 있었는데 그 원주민 부족 대표를 '추장'으로 명명한 사람은 자신들이 아니라 이 땅을 침략한 유럽 백인들이라고 한다. 백인들이 자기 방식대로 만든 협상 테이블에 원주민을 끌어들이기 위해 억지로 그 대표를 뽑게 하고 그를 추장으로 명명한 결과라고 한다. 그러므로 씨족장과 부족장, 군장 그리고 추장은 공동체의 관할 지역이 넓고 좁거나 관할 구성원 수의 많고 작은 차이에 따라 후대인들이 각기 다르게 붙인 이름일 뿐이지 자신들이 붙인 이름은 아니다. 이름은 다르지만 이들의 역할은 당대의 수렵, 채집 또는 농경 공동체의 경제적 결속과 그 관리권을 행사하기 위한 제의를 주도하고 그것을 공동체에 분배한 무당의 우두머리 즉 제사장들이었다.

우리가 사는 이 땅에서도 비슷한 현상을 만날 수 있다. 고조선의 단군은 무슨 어마어마한 강역국의 중앙집권적 제왕이 아니다. 당시의 부족 연맹체 단계에서 수렵과 채집 그리고 농경 관리권의 제의를 주도한 군장 즉 무당 우두머리였다고 한다. 물론 이 무당은 지금 우리가 알고 있는 것처럼 만신을 섬기고 있는 토템적 마을 공동체의 무당이 아니고 유일신인 천신을 자처하거나 섬기는 정치화된 무당이다. 흔히 청동기시대는 부족 연맹의 군장 사회 단계에서 국가 사회로 넘어오는 과도기로 알려져 있다. 그러나 대부분의 청동 기구는 철기시대처럼 무기가 아니었다. 청동거울, 청동방울은 물론 심지어 비파형동검도 제의를 위한 의기(儀器)나 제기(祭器)로 만들어졌고 사용되었다.

청동기시대는 물론 철기시대인 삼국시대 초기까지도 제정미분의 무당 시대였다. 신라에는 1대 임금 박혁거세부터 56대 경순왕까지 56명의 임금이 있었다. 그중 거서간이라 칭한 이가 제1대 박혁거세 하나, 차차웅이 2대 남해 하나, 이사금으로 칭한 이가 제3대 유리부터 18대 실성까지 16명, 마립간이 19대 눌지로부터 22대 지증까지 4명으로 모두 22명이 왕이 아닌 다른 명칭이었고 왕으로 칭한 때는 지증왕 중반부터다.

거서간이란 당대의 신라 말로 족장 또는 군장을 뜻하는 것으로 학계에서 추정하고, 차차웅은 『삼국사기』에 인용한 김인문의 말대로 무(巫) 또는 제사장을 의미한다고 한다. 이는 당시의 경주평야 일대의 여러 씨족 집단들이 아직 정치적, 군사적 결집은 이루지 못한 채 소박한 농경 공동체로서 제의적 (경제적) 연합 상태만을 이룬 초기 부족 연맹체 상태에 있음을 의미한다. 실제로 당시의 거서간 박혁거세와 그 아들 차차웅 남해는 신라 6부족의 한 부족장으로 그 부족 연맹의 제의를 주도하는 무당 대표자에 지나지 않았다.

이사금은 기존의 경주평야의 농경 공동체 세력에 북으로부터 철기 문명을 앞세운 고조선 유민들이 유입되고, 특히 석탈해로 대표되는 울산, 감포 방면에서 진출한 해양 세력 등의 3대 세력 집단들이 경주평야에 함께 경쟁적으로 진출하여 신라의 중요 세력으로 등장하는 보다 넓은 부족 연맹체 시대를 상징하는 군장명이라고 한다. 그러나 이사금 체제까지는 그 지도자를 뽑는데 왕국처럼 후계자를 세습하는 체제가 아니고 여러 부족들의 장(長)들이 모여 선출하거나 설사 세습을 할 경우도 그들의 동의를 반드시 거치는 민주적 체제였다. 그래서 초기 신라는 박 · 석 · 김이라는 3성(三姓) 출신의 지도자의 교체로 민주적 권력 분점이 가능했었다.

5세기(458년) 후반의 임금 명칭인 마립간은 대군장의 뜻이라고 한다. 이때부터 신라는 여러 부족들에 대한 중앙 통제력이 강화되고 중앙 권력이 교체 대신 세습 체제로 확립되는 중앙집권적 왕국으로 넘어 가는 과도기에 들어간다. 이처럼 신라는 6세기 초(513년 지증 마립간)까지는 그 임금을 왕으로 칭하지 않고 거서간(부족장),

차차웅(무당), 이사금(군장) 또는 마립간(대군장)으로 불렀던 제정 미분의 부족 연맹 시대였다. 그러나 지증 마립간이 지증왕으로 바뀐 뒤부터는 왕 칭호와 함께 중앙집권이 강화되고 곧 이어 불교가 전통 무교 대신 지배 이데올로기로 공인 대체되자 군장 시대(이사금 시대)까지의 전통 토속 제의는 지배자들로부터 버림받아 민간 속의 무교로 전통화된다.

농촌공동체와 함께 사라진 무당과 무교

무(巫)의 태초는 민간 자신들의 자급과 자치를 통해 민간 자신들이 만들어낸 이데올로기 즉 토착 의례 또는 종교였다. 무당은 이런 민간들의 이데올로기를 위한 의례 기능들을 집행해주는 대리자로 자처하거나 민간에 의해 공인된 특수 계층이었다. 그러나 무당은 세월이 흘러 천신을 믿거나 자처하는 집단들이 중앙 집권 국가를 형성한 뒤 체계적이고 정교하게 통합된 종교인 불교나 유교 등을 받아들여 국가 공인 이데올로기로 대체할 때 정치권력으로부터 용도 폐기당했다. 그러나 한때 무당은 보통 민간과는 다른 특수 계층에 속한 적이 있음에도 불구하고 자신이 지닌 태생적 민중성과 민중적 의례 기능 때문에 끈질기게 오늘까지지도 민중 속에 살아남은 집단이다.

제정일치 상태였던 축제 공동체 시대가 무당이 제의를 통해 수렵 채집과 농경 지배권을 행사한 문민의 시대라면 왕국 출현 이후의 국가 시대는 무력으로 제의권과 농경 관리권을 동시에 행사하는 무력 통치 시대인 것이다. 군대와 법 등 물리적 권력을 왕 등의 정치권에 빼기고 제사만을 주도하는 무당도 생산업에 종사하지 않고 생산 민중에 기생해서 먹고 사는 것은 정치권과 같다. 그러나 왕권 또는 국권은 종교적 제의와 함께 법과 무력(군대, 경찰)을 앞세운 강제적 수단으로 민중으로부터 세금을 거두어 먹고 산다. 이에 비해 무당권은 이보다는 훨씬 평화적인 의례 수단만으로 민중들의 원초적 공포심을 충동질해서 자발적으로 내는 헌금으로 훨씬 가난하게 먹고 산다는 점이 정치권력과 다르다.

제도적 정치권력과 비제도적 무당 권력 간에는 이보다 더 본질적인 차이가 있다. 정치는 소수 권력 집단을 제외한 대다수 사람들을 타자화 하여 지배와 물리적 수탈의 대상으로 삼는다. 그러나 무당은 대상을 타자화 하는 대신 스스로 대상의 내면으로 들어가 대상과 하나가 되고자 한다. 그래서 그 대상이 당하고 있는 아픔이나 기쁨을 함께 느끼고 그것과 일치시키고자 한다. 그 아픔과 기쁨을 자기가 대신 밖(말이나 춤 등 행동)으로 드러내 개인과 공동체를 치유와 해방으로 인도하고자 한다. 지금 무당이나 사제들은 어떤지 모르지만 원래의 농업공동체 속의 진짜 무당은 그랬다.

정치권력과 무당의 사제 권력이 같으면서도 다른 점은 또 있다. 둘 다 사후나 내세 문제가 아니라 인간의 현세 문제를 풀기 위한 점에서는 같다. 그러나 같은 현세주의임에도 정치권력이 물질 중심적, 중앙집권적, 독점적, 배타적인데 비해 비제도권의 전통 무당의 사제권은 영적이고 지역 분권적, 자급적, 공동체적, 호혜적이라는 것이다.

이런 이유들로 무당이 민간 공동체에 파고드는 잠재력은 대단했다. 고대사회부터 민간 속에서 자생한 무교는 그만큼 민중 정서와 가까웠다. 그래서 지배층도 고려시대까지는 당시의 지배 이데올로기였던 천신교나 불교와 무교의 공존을 어느 정도 용인했었다. 조선시대에는 특히 유교 이데올로기에 의해 무당을 계급적으로는 천민으로 강등시키긴 했지만, 역시 무당의 강력한 민간 공동체적 결속력은 어쩌지 못해 무포(巫布)라는 세금을 거두는 것으로 그 사회적 실체를 인정할 수밖에 없었다. 삼국시대부터 어쩌면 그 이전인 삼한 시대부터 지배 이데올로기로서의 의례 기능을 정지당한 무당은 수시로 국가권력의 강한 배제와 탄압에 움츠러들긴 했어도 대신 민간 속에 깊이 뿌리내림으로써 그 영향력이 좀처럼 줄어들지는 않았다. 그러나 식민지 근대화 이후부터는 사정이 급변한다.

이 땅에서 무교에 대한 본격적이고 조직적인 탄압은 농경 자치 공동체의 결속력을 강화하던 마을 대동굿을 근대적 식민 지배에 가장 큰 장애물로 인식한 일제에 의해서 시작되었다. 일제의 식민지 근대화 정책과 그 연장선상에서 농촌공동체를 완전히 파괴하고 시장에 편입시킨 박정희의 새마을운동 또한 그 의도가 어디에 있었건 마을 대동굿의 완전한 소멸과 전통적 무당의 명맥까지 끊어놓은 치명적 계기가 되었다. 근대화란 본질적, 근원적으로 다신교적인 자급 자치 농경 공동체와 공존할 수 없는 중앙집권적 국가와 자본의 식민지 지배 체제이기 때문이다.

무교는 중앙집권적 국가가 성립되면서 그 국가 체제 밖으로 밀려난 이후부터 배제와 탄압만 계속 받아왔지 한 번도 국가 체제 안으로 들어가 본 적이 없다. 체제 안은 고사하고 근대화와 식민지화의 확대 연장인 물량 제일주의적 국가 체제가 끝나지 않는 한 마을 공동체적 무당은 생존할 수 없게 되었다. 그럴수록 국태민안이나 빌어주며 반공·승공주의 국가 이념에 굴복함으로써 자기 신분 유지나 상승을 꾀하는 국사 무당 조직에 동원되는 개인 무당 숫자는 오히려 많아지고 있다. 삶은 돼지 아가리에 지폐나 쑤셔 박는 기복 무당굿, 먹고 돈 쓰는 상업 축제와 개인의 재수를 기원해 주는 푸닥거리에 동원되는 선무당, 가짜 무당이 늘어가고 있다. 그러나 농촌 마을 공동체 속에서 마을 대동굿을 주재하던 참무당의 참무교는 농촌 마을 공동체의 파괴와 함께 이미 깨끗이 사라지고 없다. 그런데 그처럼 한 번도 주류였던 적이 없던 무교를 마치 이 땅 물량주의와 현세주의의 원흉인 것처럼 매도하는 사람들이 있다.

한국인의 물질주의가 '무교' 탓이라니?

『조선일보』, 『중앙일보』, 『동아일보』는 스스로 부자이기 때문에 주로 부자 편을 드는 보수 신문 삼총사 조중동으로 싸잡아 낙인찍힌 지 오래다. 그래서 사설 등의 신문 논조가 어떠하리라는 것은 보나 안보나 미리 짐작할 수 있다. 물론 진보지나 정론 중립지로 자처하는 신문들의 논조도 마찬가지로 짐작할 수 있다. 그런데도 나는 라디오, 텔레비전, 컴퓨터 등 방송이나 온라인 매체를 통해 거의 알고 있는 뉴스거리를 재탕하는 신문들을 두 가지나 돈 주고 본다. 내가 보기에는 오십보백보지만 성향이 다르다는 두 가지 신문을 내가 돈 주고 보는 이유는 그 논조들이 서로 얼마나 다른지를 비교해보는 재미와 내 생각과 다른 신문 논조들이 내게 유발하는 스트레스와 반감도 맛보기 위해서다. 스트레스와 반감을 왜 돈 주고 사느냐고 하겠지만 적당한 스트레스와 반감은 사람이 살아갈 재미와 활력을 주기도 한다.

또 직업 작가는 아니지만 이따금 글을 써야 하는 나는 이 신문 논조들이 유발하는 반감이 글을 쓰게 하는 동력이 되고 동시에 그 소재도 제공해준다. 2010년 8월 25일 『조선일보』 논설위원 박해현이 쓴 「우리는 '무속신앙' 국가에 사는가」라는 칼럼도 그런 소재 중의 하나였다.

박해현은 통계 수치와 외국 학자(미국 일리노이대 에드 디너 교수)의 주장을 인용하면서 경제 규모가 세계 15위인 한국인이 그 행복도는 중간 이하로 형편없이 낮다는 것을 문제 삼는다. 요컨대 먹고 살 만한데도 한국인의 지나친 물질 욕심 때문에 여전히 만족 못하고 껄떡대고 있다는 얘기다. 지금까지는 대부분의 학자들이 한국인의 이 물신숭배의 원인을 박정희에 의해 강압적으로 추진된 급속한 압축적 경제성장의 후유증에 있다고 진단했다. 그런데 박해현은 사회학자 정수복이 자신의 저서 『한국인의 문화적 문법』[34]에서 '한국인의 물질주의에는 무교(巫敎)가 깔려있다'고 했다며 이에 적극 동조하고 있다. 박해현의 주장 중에 그 핵심만 들어보자. "한국인의 무교에는 기독교의 구원이나 불교의 해탈 같은 형이상학적 가치가 없다. 이 세상이 끝나면 다른 초월 세계의 삶이 없다는 현세주의(現世主義)가 무교의 원리다."

정수복의 한국 무교에 대한 오해가 과연 그 정도인가? 아마 그

34 생각의 나무, 2010

이상일 것 같다. 그는 박정희식의 경제 지상주의마저 현실 질서에 집착한 유교와 현실의 물질적 행복을 추구한 무교가 그 비옥한 토양이 되었다고 주장한다. 정수복은 『한국인의 문화적 문법』의 「제4장 한국인의 문화적 문법의 구성 요소들」에서 이를 근본적 문법과 파생적 문법으로 나누어 고찰했다. 근본적 문법의 구성 요소들로는 현세적 물질주의, 감정우선주의, 가족주의, 연고주의, 권위주의, 갈등 회피주의 등의 여섯 요소가 있다. 이 중에서 가족주의와 연고주의의 근거는 유교에 있고 현세적 물질주의와 권위주의, 갈등 회피주의의 근거는 무교와 유교에 함께 있고 감정 우선주의는 순전히 무교 탓이다. 그리고 파생적 문법의 구성 요소들은 감상적 민족주의, 국가 중심주의, 속도 지상주의, 근거 없는 낙관주의, 수단 방법 중심주의, 이중 규범주의 등 여섯이다. 이 역시 국가 중심주의와 이중 규범주의만이 현세 중심의 무교와 명분론의 유교의 합작품이고, 국가 중심주의만 뺀 그 밖의 다섯 구성 요소가 모두 무교에 근거하고 있다고 주장한다.

무교가 내세 아닌 현세 중심주의인 것은 사실이다. 그리고 지금의 무당 역할이 공동체 중심적이기보다 개인의 기복주의로 기울어진 것도 사실이다. 그러나 무교가 내세 즉 영(靈)의 세계를 부인하는 것은 결코 아니다. 사물마다 영이 있고 사람과 다른 생명이 죽어도 모두 영으로 계속 살아있다고 믿으니 영이 너무 많아서 오히려 탈이다. 그럼에도 무교의 영의 세계에 형이상학적 체계가 없는 것은 다른 원시종교들이 다 그렇듯이 그 영의 세계(내세)가 현세와 똑같은 현세의 연장일 뿐이기 때문이다. 그래서 무교는 적어도 불확실한 내세를 위해 현세의 고통을 참고 살라며 현란하고도 복잡한 논리로 사기를 치지 않는다. 그리고 지금의 무당이 개인 기복주의에 경도된 것도 전통의 농촌과 어촌 공동체가 근대 식민주의와 물량 개발주의에 파괴된 뒤의 일이다. 원래 무교는 한 마을이나 어촌 공동체의 액운을 막고 풍농·풍어를 비는 이른바 당골 마을 공동체 굿의 중심이었다. 그러므로 한국인이 물질주의자가 된 것은 당신들의 신문이 신성불가침으로 떠받들고 있는 '근대적 가치'와 일제 식민주의, 그리고 세계에서 유례가 없는 단기간에 성공했다고 칭송해 마지않는 박정희의 군사 개발독재의 경제성장 제일주의에 의해 농촌공동체가 시장 변두리로 완벽하게 파괴되었기 때문이다. 본래의 상호의존적, 호혜적인 당골 농촌공동체가 압축적 근대화와 새마을운동을 통해 모두 물질화, 도시화, 개인주의화되면서 한국인들이 개인 기복주의와 물질주의에 강제 편입되었을 뿐이다.

무교의 현세주의가 곧 물질주의라는 정수복과 박해현의 생각은 너무나 평면적이고 피상적이다. 그런 평면적인 사고로 무교가 지배적이었던 원시 농경시대와 종교와 내세를 아예 부인하는 현세적 유물주의 세계관의 공산주의가 온갖 종교의 자유가 보장된 자본주의보다 오히려 더 이념적(정신적)이고 물질적으로는 자본주의와 비교할 수 없이 뒤졌던 현상을 어떻게 설명할 것인가? 내세 대신 '현세적 물질, 복락'을 중시하는 사람이나 종교라고 해서 그가 반드시 현실'주의자'나 물질'주의자'인 것은 결코 아니다. 현실은 이와 반대다. '종교 지도자가 오히려 유물주의자'라는 말은 한국의 초대형 교회와 웅장한 사찰로 그것이 진실임을 웅변해준다. 종교를 부인하는 유물주의자들이 오히려 물질주의 대신 정신적, 이념적, 교조적이였다는 사실은 종교와 정신의 자유가 보장되었다는 자본주의와 물질 경쟁에서 한참 뒤져 패망한 현실사회주의가 증명하고 있다.

이 땅 종교들의 현주소

박해현과 정수복은 무교의 과거뿐만 아니라 현재의 처지를 알기나 제대로 알고 그들에게 돌팔매질인가? 무교는 국가사회 이후부터 계속 배척당했고 특히 현대 한국사회와 정부에서는 아예 종교 취급도 안 해준다. 이름도 낯선 별의별 희한한 외래 종교의 통계는 내고 있으면서도 우리 전통 무교는 통계청 종교인 조사 항목에서조차 빠져 있다. 하지만 기독교처럼 십일조 등으로 정기적으로 헌금을 받는 교회와 신도는 없지만 무당(사제)의 수는 한국승공경신연합회와 기타 무속인 단체들의 자기 권익 확대를 위한 부풀리기 주장에 의하면 30만 명이나 되고, 실제로도 20만 명쯤은 될 것이라고 한다. 그러나 무당 수가 아무리 많다 해도 그것을 믿는 확실한 신자도 없고 종교 취급도 못 받는 체제 밖의 개인 기복주의와 '승공' 등의 체제 순응적인 무교가 현재 이 땅의 물질주의를 어떻게 주도할 수 있겠으며 그러한 구체적 증거나 흔적은 어디에 있는가?

전통 농어촌 공동체의 당골무당 시절에도 무당은 당골의 관할구역과 신도들을 정기적으로 불러 모아 무슨 기도나 예배를 핑계로 돈을 받아내는 개인 교회(당집)를 따로 가지지 않았다. 산신당이나 서낭당은 무당의 개인 당집이 아니고 마을 공동체의 신당이다. 무슨 일이 있어 당골신도들이 부르면 그 집을 직접 찾아 가서 기도나 굿을 했고, 특별한 날에나 당골신도들을 불러 자기가 살고 있는 집의 방 안에 모신 신께 기도하거나 굿을 했을 뿐이다. 생계는 자연부락이나 관할구역의 당골신도들로부터 보리철에 보리, 나락철에 나락을 각 집의 형편에 따라 내어주는 대로 받아 그것으로 겨우 유지했다. 이처럼 무당은 민중의 눈높이에서 민중과 같은 수준이나 그 이하의 생활을 했지 민중 위에 군림한 생활을 한 적이 없다. 이런 전통적 농어촌의 당골무교 공동체로는 도저히 가난을 벗어날 수 없다고 1년에 고작 한두 번 무당이 굿하는 마을 산신당과 서낭당을 때려 부수고 그 자리에 시멘트로 마을 회관을 짓거나 마을길을 내고 발암물질 스레이트로 초가를 걷어 낸 새마을 건설의 장본인은 현세주의적 무당이 아니라 근대주의자 박정희 전 대통령이었다.

'외국 기업도 한국에서 개업할 때 돼지머리에 지폐를 쑤셔 넣고 절하는' 모습은 내가 봐도 결코 아름다운 풍경은 아니다. 그러나 그건 모든 전통 종교가 행했던 원시적 인신 공양을 대체한 동물 희생제의의 유풍일 뿐이지 한국에만 있는 현세적 물질주의의 상징은 아니다. 초기 기독교 등 모든 종교가 그런 희생 제물을 바쳤고 지금은 단지 그것이 예배나 미사 중에 돈을 넣어야 하는 헌금 통으로 바뀌었을 뿐이다. 돼지머리 지폐는 교회의 헌금 통처럼 제의를 집행해주는 무당 등에게 줄 사례비를 추렴하기 위한 하나의 애교스런 의례이기도 하다.

고행, 해탈, 극락왕생의 형이상학적 체계를 갖춘 불교도 한때는 국교로서의 무한 권력과 부를 독점한 적이 있었다. 국교에서 밀려난 뒤에도 이 땅 명산의 명당자리는 빠짐없이 다 차지해서 큰 절집을 짓고 그 신도 수만도 1,000만 이상을 자랑하는 물량주의에 빠져 있다. 천당 안 믿으면 아예 신자가 못되는 철저한 내세주의의 기독교도 철저한 현세주의이기는 마찬가지다. 지금에는 농촌에서 제일 크고 좋은 집이 농협이나 면사무소 등 공기업이나 관공서로 바뀌었지만 1980년대 이전까지만도 농촌에서 가장 번쩍번쩍한 최고 건물은 모두 교회 건물이었다. 그 신도 수도 개신교가 900만 내외, 천주교가 400~500만으로 모두 1,300만이 넘는다고 한다. 역대 대통령의 대부분도 기독교 신자였지 무교 신자는 아무도 없었다. 이명박 전 대통령은 기독교의 장로라면서도 내세의 복락보다 경제성장 제일주의로 현세에다 지상천국을 건설하겠다는 장밋빛 공약으로 대통령에 당선되었다. 원수도 사랑해야 할 교회 장로님이 우리 생명 자체인 4대강을 개발과 살리기라는 허명으로 박정희 전 대통령도 울고 갈 만큼 철저하고 완벽하게 파괴하는 토건주의와 물량주의자를 자처하고 있다. 우리의 경제 영토를 미국에까지 크게 넓힌다는 기만적 변설로 지역 자급 공동체에 대한 전면적 공격인 한미 FTA까지 종결지었다.

그런데 정수복은 외부에서 들어온 이런 종교들의 물질 · 성장주의마저 다음과 같은 이유로 우리의 무교 탓으로 돌리고 있다. 불교, 유교, 특히 기독교는 한국의 토착 종교인 무교에 대해 매우 배타적이었다. 그런데도 무교는 사라지지 않고 계속 살아남아 다른 종교에 스며들어 영향을 미치고 무교 자신도 다른 종교들의 일정 부분을 수용하여 혼합하는 방식으로 존재해 왔다. 그런 의미에서 무교는 종교 백화점이다. 이래서 외부에서 들어온 종교는 무교의 기반을 해체하거나 대체하기보다 무교의 영향을 받아들여 무교와 결합함으로써 한국인의 심성에 뿌리내리고 체제 안에 자리 잡았다고 한다.

구체적 예로 "고려시대의 팔관회는 원래 도를 닦는 불교의 법회였으나 그 내용은 노래와 춤으로 신령들에게 제사를 지내고 복을 비는 무교적 제례의 연장이 되었다. 한국의 절에 있는 산신전과 칠성각에는 산신과 호랑이, 북두칠성과 단군 초상 등이 함께 모셔져 있다. 불교의 사원 속에 도교의 상징과 단군상이 공존하며 무교적 요소가 자리 잡고 있는 것이다."[35] 무당의 무가 속에는 유교 경전과 불경의 구절과 덕목들이 무수하게 삽입되어 있다.

동양의 종교들만 무교와 타협한 것이 아니고 서양의 기독교도 마찬가지 길을 걷는다. 천주교도 무교는 물론 동양 종교에 대해 부정적이었는데 특히 조상 제사 문제로 유교와 첨예한 대립 관계였었다. 이로 인해 많은 천주교 신자들을 순교시킨 여러 차례의 사옥을 일으키고서야 천주교도 제사 의식을 받아들이면서 유교와 타협했다.

개신교는 유교보다 무교에 대해 더 배타적이었다. 개신교의 입장에서는 무교야말로 우상, 잡신, 자연을 숭배하는 미신의 표본으로 보였다. 그러나 개신교도 겉으로는 무교의 기복주의와 운명주의, 비합리성과 비윤리성을 비판하면서도 내용적으로는 무교 신앙을 뺨칠 만큼 더 기복적이고 비이성적, 비윤리적이 되었다. 초월적 하느님의 힘에 의지하여 치병을 기원하는 한국인의 기독 신앙이야말로 무교의 현세주의와 물질주의, 기복 신앙을 오히려 확대 재생산해 가고 있다. "요즘 유행하는 부흥회의 2부 순서는 주로 철야

35 『한국인의 문화적 문법』, 314쪽

기도 형식의 신유(神癒) 집회인데, 이것은 바로 무당굿의 일종이다. 삼삼칠 박수에 맞는 찬송가를 골라서 요란한 율동을 하고, 고래고래 고함소리로 기도하는 이 집회는 대개 신유은사를 받았다고 하는 부흥사가 인도하는데 그는 하느님과 신자와의 중개자인 샤먼이라고 할 수 있다. 입신양명과 제재초복의 샤머니즘 집회가 특별집회라는 이름으로 교회에서 공공연히 행해지고 있다."[36]

무교가 국가 지배 이데올로기가 된 적은 한 번도 없었다

정수복은 이런 현상의 원인을 모두 전통 무교에 돌리고 외래종교들이 왜 토착 무교와 그런 식으로 쉽게 타협을 했는지에 대한 원인 분석은 보류하고 있다. 그는 제도화된 종교가 국가와 사회의 지배 이데올로기의 하나임을 간과한 것 같다. 예컨대 팔관회가 무교적 의식으로 변질된 것은 무교 탓이 아니라 불교를 지배 이데올로기로 채택한 정치 지배층의 민중 지배를 위한 필요성 때문이다. 원래 팔관회가 불교의 법회에서 유래했던 것이건 아니했던 것이건 간에 고려시대의 팔관회는 그 예배 형식(의식)을 전통 토착 종교(무교)에서 빼어온 것이고, 그 내용은 고려 지배층의 농경 관리권과 농민 수탈의 강화를 위한 정치경제의식(政治經濟儀式) 곧 국풍에 다름 아니었다. 다시 말해 그 형식을 토착적 무교에서 수용한 팔관회의 목적은 지배층의 정치 경제적 지배 이데올로기를 이를 통해 효

36 앞의 책, 340쪽

과적으로 실현하기 위해서라는 것이다.

도교, 불교, 유교 등과 같은 동양권의 종교는 물론 서양의 일신교적 고급 종교라는 천주교와 개신교 등도 이 땅에 와서 현세 중심적인 무교에 발목이 잡혀 모두 현세화, 물질화, 세속화된 것이 사실이라면 그것은 그 종교들이 처음부터 그럴 수밖에 없는 요소들과 한계들을 갖고 있었기 때문이 아닐까? 다른 나라들에는 그렇지 않았는데 우리 땅에서만 유독 그렇게 되었기 때문에 그것이 무교 탓이라고 해도 별로 설득력이 없다. 다른 나라(지역)라고 우리와 다를 것이 전혀 없었기 때문이다. 서양의 대표적 기독교 축제라는 카니발도 모두 기독교 지배자들이 자신들의 권력과 교세 확장을 위해 이교도들(동방의 전통 샤먼)의 축제의 형식과 타협해서 제도화한 산물이다. 그러나 서양 중세의 기독교나 신라와 고려시대의 불교, 조선시대의 유교는 모두 국가의 지배 이데올로기가 된 데 비해 토착 무교는 그런 적이 한 번도 없었다. 그런데 정수복은 무교가 마치 국가의 지배 이데올로기가 된 적이 있었다는 듯이 말한다.

"단군은 무당이면서 동시에 정치적 지도자였다. 단군 이래 부여의 영고, 고구려의 동맹, 예의 무천 등의 종교예식은 며칠을 계속하며 먹고, 술 마시고, 노래하고, 춤추는 축제이면서 동시에 신비하고 초월적이며 무한한 하늘에 드리는 무교적 제사였다. 그렇듯이 고대 한민족의 제천행사는 집단적 성격을 띤 종교행사였다. 그런 점에서 무교는 점차 체계화되면서 국가의 종교로 발전할 가능성이 있었다. 그러나 무교가 체계화된 경전을 만들고 안정된 종교조직을 발전시켜 좀 더 체계화된 종교로 커나갈 수 있는 충분한 시간을 갖기 전에 중국으로부터 선진화된 종교인 불교와 유교가 유입되었다. 그 결과 무교는 집단적 종교의 성격을 잃고 점차 개인적 이고 주술적인 성격의 신앙으로 변질되었다."[37]

이건 무슨 종교든 설사 무교일지라도 체계화, 형이상학화되어 국교가 되면 좋은 종교라는 식의 철저한 국가주의 논리다. 그는 고대 국가의 제천의식도 오늘날의 무교와 동일시하고 있다. 물론 제천 의식과 무교의 의례 형식은 비슷한 점이 있었을지 모르지만 그 뿌리는 동일하다고 볼 수는 없다. 단군은 무당이되 웅녀와 같이 곰의 신 등 자연의 만신들을 믿는 토착적, 토템적 농촌공동체의 무당이 아니다. 유일신인 천신을 내세우며 자신도 먼 하늘나라에서 이 땅에 내려왔다는 침략적, 국가적, 정치적, 유목적 무당인 환웅의 자손이다. 단군뿐만 아니라 불교가 들어오기 이전 부여의 영고, 고구려의 동맹, 예의 무천 등의 이른바 '국중대회'를 주도한 모든 무당도 무당이되 만신과 소통하는 토착 무당이 아니고 유일신인 천신에게 제사하는 동북아시아 등 외지에서 흘러들어온 유목민의 무당 또는 정치적 제사장이었다. 정수복은 무교가 국교로서 체계화되기 이전에 체계화된 불교가 유입되어서 지배층이 무교를 버렸다고 했다. 그러나 본래 원시공동체적, 지역적 성격의 무교는 민중을 속이기 위해 정교해야 할 국가 지배 이데올로기로서의 복잡한 체계를 만들 수 없었다. 때문에 설사 불교가 안 들어와도 지배층은 무교를 폐기하고 다른 복잡하고 새로운 이데올로기를 만들어 무교와 대체했을 것이다.

이렇게 보면 국가 사회의 지배 이데올로기가 된 고급 종교와 비

37 앞의 책, 292쪽

제도권의 민간 종교인 무교의 어느 쪽이 현실 규정력과 지배력이 강했을지는 물어보나 마나다. 국가의 지배 이데올로기까지 되면서 하잘 것 없는 비제도권의 민간 종교인 무교에 발목이 잡혀 불교나 유교가 물질화, 세속화되었다면 그것은 그 종교를 도입한 지배자나 해당 종교가 가진 본래의 한계 탓이지 어째 무교 탓일 수 있겠는가?

무교는 지혜와 기술의 미숙으로 물질 수준이 매우 낮았던 원시시대나 농경시대의 인간 의식을 반영한 원시적이고 지역공동체적이며 기복적이고 비제도적 신앙 형태다. 당시의 지혜와 기술 수준의 미숙으로 자연의 공포로부터 자신을 지키려던 인간의 기원에서 출발한 지극히 현실주의적인 무교는 오늘과 같은 그런 물질주의를 실현하거나 그것을 독점한 선례가 전혀 없었다. 그러나 겉으로는 비물질적인 불교나 유교, 기독교 등의 외래 종교는 한 나라의 국가사회의 지배 이데올로기를 넘어 이미 식민지의 지배 이데올로기화, 물질화, 세계화되었다. 이런 체제 안의 제도적 종교의 모든 모순을 종교 축에도 끼워주지 않고 있는 무교에 떠넘기는 것은 정말 무책임한 덤터기가 아닐까?

본래의 의도가 어디 있건 간에 결과적으로 정수복은 한국에서 극복해야 할 부정적 문화 문법 구성 요소들을 모두 무지한 민중의 현세주의적 무교에 근거하고 있는 듯이 결론을 몰아가고 있다. 그가 겉으로 내세운 무교 배척 이유는 공동체적이며 형이상학적인 고급 종교로 되지 못하고 개인 주술적, 현실 기복주의적인 원시종교로 정체되거나 오히려 퇴보했다는 것이다. 하지만 그의 내심에 있는 무교 배척의 진짜 이유는 무교의 영향 아래서 지역 집단적이고 억압적이 된 한국 전통 마을 공동체 문화에 대한 거부감과 동시에 서양의 근대적 개인 중심주의, 엘리트주의, 귀족 중심주의적 세계에 대한 개인적 선망 탓이 아닐까? '우리 전통'과 '우리 문화'라는 이름으로 면면히 이어오는 낡은 이데올로기적 공동체의 억압과 압제의 사슬에 겹겹이 묶인 한국인들이 이로부터 하루 빨리 벗어나는 개성의 자유로운 해방은 물론 소중하면서도 미룰 수 없는 당면 과제다. 그렇다고 모든 개인에 대한 집단적 억압의 주된 원천, 특히 한국인의 물질주의와 개인 기복주의가 무교에 있다고 하는 것은 아무래도 납득하기 어려운 억지 주장인 것 같다.

물활론적 샤머니즘이 물질적 생태적 한계의 대안이다

영국 출신으로 안나 레이드라는 미모의 여성학자가 쓴 『샤먼의 코트』[38]라는 책이 있다. 이 책은 지은이 안나 레이드가 서구인에게 황량한 동토의 유배지나 미개하고 몽매한 샤머니즘의 고장으로 알려진 시베리아를 샅샅이 답사하여 그 문화적 정체성과 미래의 가능성을 보여준 그의 역작이다. 그는 샤먼의 비밀을 찾아내기 위해 러시아 동쪽의 드넓은 동토를 거의 전부 답사했다. 그는 오브강 5,000킬로미터를 여행하며 한티족, 부랴트족, 투바족, 사하족, 추크치족 등의 원주민 마을들을 골고루 방문했다. 그가 고난의 긴 여행을 통해 쓴 이 책은 미개의 땅에 대한 단순한 개인적인 호기심의 충족 차원이 아니라 그 지역 토착민들의 지리적 조건과 정치적 배경, 문화 전통

38 윤철희 역, 미다스북스, 2003

전부를 제대로 보고 또 보여줌으로써 우리들이 그 원주민들을 인류애적 관점과 애정 어린 눈으로 바라보게 한 개안서다.

그는 시베리아 원주민들도 호주나 아메리카의 원주민들처럼 만물들이 사람들처럼 똑같이 생각하고 말하고 행한다는 믿음을 갖고 있다고 했다. 이처럼 살아있는 만물들과 사람들을 서로 연결하고 또 그 만물들을 하늘과 소통시키면서 사람들의 질병과 마음의 고통을 치유해주는 매개자가 샤먼이라고 했다. 그러나 이런 "샤머니즘은 체계화된 종교인 적이 없다. 공식적으로 인정되는 입문 절차나 신성한 경전을 가졌던 적도 없다." 한마디로 체제 내적이거나 제도화된 종교인 적이 없다는 것이다. "게다가 샤먼들은 굿의 대가로 늘 돈을 받는다. 돈을 지불하지 않으면 그들의 굿은 헛수고(효과 없음)라고 여긴다."[39] 그래서 자신을 샤먼이라고 스스로 진지하게 믿는 사람, 민족 공동체에서 그렇다고 용인받은 사람이면 누구나 '진짜' 샤먼인 것이다. 또 그래서 공산주의 청년 동맹(콤소몰) 지도자들은 샤먼을 인민을 착취하는 자본가라고 비난했다. 프로이트 심리학 관점의 인류학자들조차 샤먼을 정신분열증 환자로 보는 논문을 썼다. 계몽주의 시대의 과학자들과 사상가들조차 복화술과 교묘한 손놀림으로 사람을 현혹한다고 샤먼을 꾸짖었다. "그런데 돈을 받고 소원을 비는 게 세상에서 샤먼뿐인가? 내가 다니는 교회에서도 일요일에는 헌금 접시를 돌린다. 나는 예배를 드리면서 내가 날벼락을 맞지 않게 해 달라는 기도를 드린다. 그렇다면 도대체 샤머니즘과 교회의 차이는 무엇인가?"[40]

39 앞의 책, 21쪽
40 앞의 책, 22쪽

물론 샤머니즘과 한국의 토속 무교가 똑같은 것은 아니다. 토속 무당은 산신, 용신, 장군신 등의 구체적 지상신을 모두 확실하게 믿지만 딱히 천신을 믿고 그와 사람을 연결시켜 치병과 부귀복락을 빈다고는 할 수 없다. 그러나 물활 사상에 바탕 해서 그 모든 사물의 배후에 신들이 있고 자신들이 그 신들과의 소통을 통해 현세의 복락을 가져다준다는 현세주의라는 점에서 무당과 샤먼은 본질적으로 같다.

안나 레이드는 서구 샤머니즘을 이끄는 지도자인 마이클 하너 박사가 언젠가 모스크바에서 열린 샤머니즘 컨퍼런스에 참가해 발제한 글의 일부 내용도 소개한다. "그(마이클 하너 박사)는 샤머니즘이 '심오한 생태학적 이해'와 인류가 물질적 한계를 초월할 수 있게 해주는 잠재력을 제공한다고 주장했다. 그래서 '서구의 패러다임'으로는 그런 깨달음을 얻을 수 없다. 깨달음을 얻기 위해서는 샤머니즘에 직접 몸을 담가야 한다."[41] 그래서 마이클 하너는 샌프란시스코에서 샤머니즘 연구재단을 운영하며 실지로 그것의 다양한 수련 과정을 실행하고 있다고 한다.

안나 레이드와 서양 샤머니즘의 지도자 마이클 하너 박사에 의하면 비록 내세보다 현세 중심적이고 굿의 복채는 꼬박꼬박 챙기지만, 만물을 모두 살아있는 생명으로 믿는 샤머니즘이야말로 인류 구원의 종교다. 즉 파국으로 가는 서구의 지속 불가능한 물량주의를 극복할 수 있는 유일한 대안이 지역 다양성에 근거한 다신주의적 샤머니즘인 것이다. 그런데도 제도권 밖에서 언제나 가난하

41 앞의 책, 21쪽

고 핍박받는 민중들의 샤머니즘과 우리의 무교가 현실과 물질주의의 주범이라니? 밖에서 가져온 천신 사상을 지배 이데올로기로 삼아 민중을 지배하는 국가를 성립시킨 이후 민중의 삶은 언제나 가난했다. 그것을 극복해야 할 현실로 믿었기 때문에 민중은 더욱 물질적, 현실적이 되었고 그런 민중의 아픔과 희망을 가까운데서 가장 잘 반영해 주던 종교가 다름 아닌 토착 무교가 아니었던가? 그래서 이 가난한 현실주의의 악순환으로부터 벗어나게 해주겠다는 일방적 강압이 박정희의 근대주의와 물량파시즘과 새마을주의 등이 아니었던가? 그 결과 현세적이지만 지극히 비물질주의적이었던 농촌공동체와 무교는 깨끗이 사라지고 이처럼 철저하게 시장물량주의화가 된 것이 아닌가? 그런데도 여전히 한국인이 껄떡대는 이유가 박정희의 강화된 자본주의와 물량파시즘 탓이 아니고 전적으로 국가 통계에서 종교 취급도 안 해주는 체제 밖의 무교 탓이라니 적반하장이 따로 없다.

정수복은 초월적 세계관을 가진 기독교 중심 사회인 서구사회를 현세의 물질적 삶에 만족하지 않고 보다 높은 도덕성과 합리성을 지향하는 이상사회로 이해하고 있는 것 같다. 그러나 그 초월적이라는 기독교 이데올로기도 현실적 인본주의 사상에 추동된 문예부흥과 종교개혁 이전까지는 국교의 위치에서 한국의 무교와는 비교도 할 수 없을 만큼 막강한 권력을 행사한 억압적인 이데올로기가 아니었던가? 오죽하면 기독교 이데올로기를 유일하고도 강력한 제도적 지배 도구로 삼았던 중세를 '암흑시대'로 부르기까지 했겠는가?

문예부흥과 종교개혁으로 시작된 서구의 근대화가 억압적 중세의 가톨릭 이데올로기로부터 개인을 해방시키고 한발 앞선 과학기술로 물량화를 앞당기는 계기가 되었던 것은 부인할 수 없다. 그러나 이런 근대주의를 서구 밖의 관점이나 특히 생태적 관점에서 보면 지속 가능성도 없고 따라서 보편성도 없다. 그것은 다른 지역의 자원과 노동력의 독점적 수탈에 의한 한시적 물량주의와 식민주의와 제국주의를 정당화해주는 폭력적 억압 이데올로기일 뿐이다. 중세와 근대의 차이점은 지배계급이 승려 계급에서 부르주아계급으로 바뀐 것이고, 그나마 남아있던 지역 자급적 마을 공동체를 자본의 물량 독점을 통한 파괴와 그것의 비자급적 도시화 즉 시장화에 의한 독점과 빈부의 극심한 양극화다. 그렇다면 종교개혁으로 거듭난 기독교의 초월적이고 형이상학적인 세계관이란 것도 결국은 서구의 근대적 물질주의와 식민주의를 정당화하기 위한 또 하나의 현세적 지배 이데올로기에 지나지 않을 것이다.

세상을 바꾸겠다는 혁명가들이 창시한 어떤 새로운 종교 사상도 그것이 체제와 교회 안의 제도 종교가 되는 그 순간부터 그것은 양머리를 내건 교리와는 달리 실지로 파는 것은 개고기인 양두구육의 식육점이 될 수밖에 없다. 어떤 혁명적인 종교 사상도 그것이 지배 이데올로기로 제도화되는 순간부터 세속화, 물질화, 기복화 요컨대 '현실화'되는 것은 피할 수 없는 숙명이기도 하다.

토템 전통의 한국의 무교는 단군의 고조선 이후 천신(단군)교, 불교, 유교 등의 국가 지배 이데올로기에 의한 계속되는 배척과 탄압으로 사라지거나 지하화 했다. 특히 일제의 무교에 대한 탄압과 8.15 이후 제도 이데올로기가 된 기독교와 새마을주의의 포위 공격으로 무교 공동체는 완전히 사라지고 없다. 그래서 한국의 무교는 반공, 애국 등 국가 이데올로기에 복무하는 어용 또는 승공 사제단만 남겼다. 원래는 모든 마을에서 무교 교회 역할을 했던 서낭당 당집들도 거의 사라지고 없다. 설사 남아있다 해도 관광 상품으로 알록달록하게 복원한 전통 문화재일 뿐이다. 1년에 고작 한두 번 들이던 예배인 마을 서낭굿도 대부분 사라졌고 설사 남아있다 해도 유교식 제사뿐이다. 그래서 무교는 공식적인 종교 통계에서도 제외되고 없다. 이런데도 이 땅의 물질 숭배주의와 세계 최대의 물량주의 교회를 지향하는 한국 제도권 종교들의 모든 모순조차 전적으로 무교 탓으로 돌리다니? 강자의 시각에서 약자들의 아픈 데만 골라 공격하는 것이 설마 한국 지식인들의 갈 길은 아니겠지?

‘울고 넘는 박달재’의 진짜 비극

유성기도 라디오도 희귀했던 그 시절에 대중가요 가수 박재홍의 히트곡 〈울고 넘는 박달재〉를 내가 처음 들은 때는 중학교 1~2학년 때의 학교 교실에서다. 그때의 내 중학교 동기 중에는 6.25가 일어난 다음 해인 1951년에 만 13세로 입학한 나보다 한 살에서 무려 다섯 살까지 많은 (선배)학생들이 더러 있었다. 가난했던 시절이고 또 6.25 전쟁 등으로 생긴 집안 사정 때문에 몇 해 꿇은 학생도 있었다. 또 당시는 시골 중학인데도 2대 1 정도의 입시 경쟁이 있던 때라 시험에 낙방하여 몇 해 꿇은 학생들이 전화(戰禍)로 진학을 포기한 학생 대신 입학할 수 있었기 때문이다. 우리가 사춘기 문턱에 들어가고 있을 때 이 친구들은 그것을 훌쩍 넘어 거의 어른이 되어 있었다.

그중에서 면 소재지 장터 부근에서 살던 어른 학생들은 어디서 어떻게 배워왔는지 우리는 전혀 듣도 보도 못한 당시의 최신 유행가요들을 잘도 불러 재꼈다. 점심시간은 물론 수업 중의 10분 쉬는 시간 중에도 그들은 책상 위에 걸터앉아 막대자와 필통 등으로 치는 책상 장단에 맞추어 신나고 구성지게도 불러 재꼈다. 그때는 건성으로 들었던 것 같은데 그 노래들이 나도 모르게 그때 머리와 가슴 속에 새겨지고 있었던지 아니면 그 뒤에도 계속 들어온 탓인지 나이가 들면서 그 노래들 중의 몇 개는 나도 따라 흥얼거려 보는 애창곡이 되기도 했다. 나는 악보도 제대로 못 읽고 목청도 시원치 않아 노래를 잘 못 부르는 음치다. 그러나 다른 이들처럼 노래 듣기는 좋아한다. 특히 나이가 들어갈수록 젊은 시절에 자주 들었던 흘러간 옛 노래가 좋다. 살다보니 가슴 미어터지게 옛사람, 옛일들이 그리울 때가 있다. 그럴 때 이 흘러간 노래들을 크게 틀어놓고 따라 흥얼거리며 나도 모르게 눈물지우는 청승을 떨 때도 가끔 있다. 〈울고 넘는 박달재〉도 그런 옛 노래들 중의 하나다.

흘러간 대중가요를 좋아한다면, 아! 그 '뽕짝' 하며 어쩐지 촌스럽고 수준 낮은 대중 취급을 받는다. 그래도 할 수 없다. 내가 촌놈인 것은 분명하고, 유식하지 못하고 수준 낮은 대중인 것도 사실이다. 하지만 그것을 뭐라고 불러야 할지 모르겠는데, 어쨌든 학교에서 가르치는 클래식 음악을 좋아하는 사람들이라고 우리보다 세련은 되었는지 모르지만, 뭐 그렇게 고상하기까지야 할까? 모든 국민들이 애창하는 국민의 가곡들을 작곡한 유명 교수도 돈 받고 음대에 학생을 부정 입학시켰다는 신문 보도를 본 적이 있다. 최근에는 권력화된 음대 교수가 상습적으로 학생들을 폭행하거나 심지어 여학생들을 성추행한 행적이 신문 등에 보도되기도 했었다. 일제의 황민화 교육 방침에 말없이 순응하면서 결과적으로 일제에 부역한 음악 교사들이 일제의 부역을 노골적으로 강요당한 유행가 가수보다 더 많지 않았을까?

대중음악은 말 그대로 지배당하는 대중들의 음악이고, 학교 음악은 지배자들의 이데올로기에 봉사하는 음악이 주류인 것은 사실 아닌가? 대중음악이나 학교 음악이나 국가주의 지배 이데올로기에 동원된다는 점에서 다를 바가 없다. 하지만 그나마 많은 대중에게 위안을 줄 수 있는 대중음악이 더 민중적이 아닐까? 대중음악의 직접적 호소력과 직설적 설득력은 학교 음악과는 비교할 바 아니다. 아무리 고상하고 잘난 사람도 심지어 혁명적으로 의식화된 열정주의자도 대중가요의 그 직접적 호소력 앞에서는 결국 무장해제 당하고 만다.

대중가요 민주주의

나는 대학 4학년 졸업 학년 때 동급생들의 설악산 졸업 여행(?)에는 입주가정교사를 하고 있던 당시의 처지에서 가르치는 학생의 시험 기간인데다 고향집에도 급히 다녀올 일이 생겨 함께 가지 못했다. 그 대신 3학년 후배들이 보은 속리산으로 떠난 여행에 고향집을 다녀오려 내려가다 잠시 합류하여 하룻밤을 함께 보낸 추억이 있다. 그날 밤 3학년 후배들이 묵는 여관에는 다른 2개 대학 수학 여행단이 함께 머물렀다. 저녁 식사 시간 무렵부터는 당연히 술판이 벌어졌다. 술잔이 돌며 홍이 돋아나자 처음에는 〈가고파〉, 〈바위고개〉, 〈기다리는 마음〉 등의 가곡이나 무슨 양곡도 흘러나

왔다. 그러나 시간이 지나자 아는 가곡의 밑천이 동이 났는지 아니면 그것으로 성이 차지 않는지 어느새 판은 유행가로 넘어갔다. 그 유행가 판에서 내가 부른 첫 번째 노래는 〈엽전 열닷냥〉이었다. 어째 이것을 기억하느냐하면 〈엽전 열닷냥〉의 마지막 절 가사 "청노새 안장 위에 실어주던 아~ 아~ 엽전 열닷냥"이 그때부터는 다른 학생들이 부르는 가요가 끝난 막간에 반드시 반복 복창하는 모든 노래의 후렴이 되었기 때문이다. 앞사람의 노래가 끝나고 뒷사람의 노래가 나올 때까지의 공백 시간 중에 '아~ 아~ 엽전 열닷냥'을 한 번 이상 복창하기만 하면 누군가로부터 반드시 다른 노래가 터져 나왔다.

어느 누구도 하나 빠지는 사람은 없었지만 그중에서 특히 뛰어난 분위기 메이커는 3학년 학과 대표 김문환이었다. 김문환은 당시 젊은 미학과 교수를 목표로 우리 과를 소신 지원한 실력파였다. 그는 입학하자마자 대학 중앙 도서관의 쾌쾌 묵은 장서 목록에서 주로 독일어로 쓰인 미학 관계 도서 목록 전부를 노트 몇 권에다 모두 빼곡하게 옮겨 적는 돌출(?) 행동으로 나의 주목을 끌었다. 그때부터 나는 그가 교수를 목표로 우리 과에 입학한 것을 확신하고 있었다. 내 예상은 맞았다. 그는 학부와 대학원을 마친 뒤 독일에서 학위를 얻고 돌아와 모교의 교수가 되었고, 어느덧 그도 정년을 넘긴지 한참이 지났다. 이런 모범생이 가곡은 말할 것 없고 어느 틈에 그 많은 유행가 레퍼토리까지 축적할 수 있었는지 그의 다재다능에 새삼 감탄했다. 그건 물론 김문환의 능력이기도 하겠지만 우리 유행가에는 어떤 한국인들의 감정도 사로잡을 수 있는 정서적 공통분모가 있기 때문이 아닐까?

유행가는 우리만 그렇게 신나게 부른 것이 아니다. 함께 묵고 있던 다른 두 대학의 대학생들이 차지한 방들에서도 누가 질세라 경쟁적으로 부르다 보니 요즘 말로 시너지 효과로 더 뜨거운 열창들이 터져 나온 것 같았다. 세 방의 가요경연대회가 밑천이 달려 끝나지는 않을 것 같았다. 그러나 옆방에는 인솔 교수님이 주무시겠다고 들어간 지 오래다. 당시의 문리대에는 여학생의 입학생 수가 적어 들어오기만 하면 꽃이 되거나 공주가 된다. 여행에 따라온 두 명의 같은 과 여학생들도 남학생들이 유행가 판을 벌이자 저들끼리 고상을 떨기 위해 자기들의 방으로 나간 지 오래다. 밤은 새벽으로 기울고 있는데 이들에 대해 최소한의 체면치레는 지켜야 했다. 그래서 고양된 감정들을 애써 식힌 뒤 잠자리에 들기로 했다. 그러나 노래 부른 그 방에서 모두가 다 함께 자기에는 자리가 너무 비좁아 3학년 과대표인 김문환과 꼰대인 나는 조가경 인솔 교수님이 주무시는 옆방으로 쫓겨나서 슬그머니 기어 들어가 잠자리에 누웠다. 깜깜한 방 안에서 인솔 교수님의 목소리가 들려왔다. "이제 끝났어? 서울대생이라고 하나도 다른 게 없군." 세 개의 방에서 경쟁적으로 질러대는 악다구니 속에 태연히 잠들 수 있는 미련 곰탱이 잠보가 어디 있겠는가마는 그래도 그때까지 막상 잠 못 들었다 하시는 핀잔을 듣고 보니 인솔 교수님께 더욱 미안했다.

우리 유행가요는 〈동백아가씨〉를 왜색조라며 금지한 군사독재 정권의 기준이나 특히 북한의 기준으로 볼 때 명백한 퇴폐요 패배주의다. 그러나 인간의 건전 가요주의나 혁명주의도 대중가요의 정서와 근본적 차이가 없다는 것을 우리는 경험으로 잘 알고 있다. 한때 농민운동 등을 했던 경건한 사회개혁주의자들도 가끔은 술집에도 갔다. 농민운동 하는 게 무슨 자랑도 아닌데 초장에는 〈농민가〉, 〈전진가〉, 〈임을 위한 행진곡〉 등 색깔 있는 운동가요로 술집 종업원들을 긴장시켰다. 그러나 한 잔 두 잔으로 마시는 술 양이 늘어가고 결코 많이 배우지 못한 운동가의 밑천이 금방 드러나면 결국 유행가로 넘어가서 그것으로 끝장을 본다. 솔직히 말해 운동가가 유행가만큼이나 우리의 밑바닥 감정까지 카타르시스해 주지 못하는 것이 사실이다. 우리가 겉으로는 혁명주의를 내세우면서도 속으로는 아직 퇴폐적 반동사상을 청산하지 못하고 있는 꼰대라서 그런 것만은 아닌 것 같다.

민주화의 꿈이라도 있던 1980년대

1980년대의 이른바 의식화된 학생들은 좀 심하다 싶을 만큼 철저했다. 그래서인지 1970년대 이전의 낭만주의적 농활과는 달리 1980년대의 학생 농활 원칙은 봉사하는 농가에서 찬물 한 방울을 얻어먹는 것도 거부하는 철저한 자급 원칙주의였다. 민폐를 전혀 안 끼치고 봉사만 하고 오겠다는 자급 원칙에는 전적으로 동감이긴 하지만 때로는 너무 지나치다 싶었다. 이 땅에 혁명의 유령이 아니라 머지않아 진짜 혁명을 현실화시킬 수 있을지 모르겠다는 생각이 들 만큼 학생들은 무섭게 의식화되어 있었다. 그래서인지 겉으로는 막강한 폭압에 겁먹고 기만당한 대중의 지지를 받고 있는 듯 했지만 속으로는 허약한 1980년대의 군사독재정권은 대학생들의 농활에도 전면 금지령을 내리고 있었다.

그러나 대학생들의 의식화가 아무리 무섭게 되어 있다 해도 그것은 군사독재정권의 무조건 탄압이 자초한 자신의 업보다. 이들에게 자급 농활과 같은 일종의 자학적인 봉사라도 하지 않게 하고 어떻게 당시 군사독재 하의 숨 막히는 정치적 탄압을 참고 견딜 수 있었겠는가? 대학생들이 농활 가서 설마 쇠스랑과 곡괭이라도 들고 무장 폭동이라도 일으킬 것이라고 지레 겁먹었던가? 어른들이야 목구멍에 풀칠하기 바빠서, 아니면 기업 선전을 해주는 상업 스포츠에 열광하거나 술이나 퍼마시고 섹스나 하면서 간고했던 풍진 세상의 울분을 어느 정도 잠재울 수 있었다 해도 젊은 혈기들은 무엇으로 그 뜨거운 피를 식히란 말이었던가? 군사정권의 숨 막히는 정치적 탄압으로 더욱 달아오른 뜨거운 피를 식히기 위한 한때의 취기와 객기가 대학생 농활이었다. 이런 농활에까지 금지령을 내리다니?

1983년엔가 이화여대에서 영산줄을 당긴다는 귀가 의심스러운 소식을 들었다. 사실이라기에 너무나 신통해서 그런 일에 나설 형편이 아닌데도 불구하고 만사 제하고 영산에서 가는 줄 만들기 일꾼단에 나도 동참했던 적이 있었다. 그러나 이대에 줄을 만들어 주러 출발할 때까지도, 여자애들 말만 줄 당긴다고 부려본 객기지 줄은 영산에서 올라간 우리 일꾼들이 다 만들게 할 것이고, 다 만들어 놓은 줄을 땅기는 시늉이라도 제대로 내기나 할지 반신반의했었다.

이화여대는 우리가 대학 다닐 때만해도 줄당기기는 고사하고 전국의 유수 대학이 모두 들고일어난 1960년의 4.19 때는 개인적 참여는 모르되 대학 단위의 시위 참여는 전혀 없었고 1964년의 6.3때에 와서야 비로소 소수가 시위에 참가했던 나약한 부르주아 학교로 유명했다. 그런 이화여대가 1980년대 들어 데모도 하고 웬만한 남자 대학들도 엄두 못 내는 줄까지 대동제의 중심 행사로 당기겠다니 얼마나 놀랍고 신통한 일인가? 더 놀라운 것은 1983년의 줄 대동제 이후 1990년대와 2000년대에 완전히 달라진 대학 분위기에서 남자 대학들도 1990년대 초부터 모두 꼬리 내렸던 줄 대동제를 현재까지 학교 사정으로 한두 번 건너뛴 것 말고는 계속해 왔다는 사실이다. 무려 27년간이나 계속해 온 연례행사라면 그것은 이화여대의 또 하나의 전설과 전통이 되기에 충분하다. 어떻게 이런 전설이 전통이 될 수 있는지에 대한 분석 연구는 관심 있는 학자들의 소관이겠지만 내가 본 이 전설의 시작은 다음과 같다.

이대에는 나무 같은 데에 막대기를 걸쳐 매고 줄을 드릴 최적지가 마침 교문 바로 안쪽인데도 들어가는 쪽에서 볼 때 교문의 왼쪽으로 약간 비켜선 작은 동산 아래에 있었다. 줄에 관심이 있든 없든 정문을 드나드는 학생이면 누구에게나 쉽게 보이는 장소였다. 다른 대학들은 그런 장소가 교문 바로 안에 있다고 해도 지저분한 짚 쓰레기를 학교 드나드는 요인들의 눈에 띄게 할 수 없다며 줄 들일 시설을 사람들의 눈에 띄지 않는 외진 곳에 차리게 한다. 그런데 이대는 여기가 줄 만들기 적지라는 우리의 제안을 두말없이 수용했었다.

당시 이대 대동제에 영산줄을 도입하자는 생각을 낸 학생들은 그때 말로 '의식화'된 탈춤반 동아리 학생들이었다. 탈춤반 이외도 이른바 의식화된 학생들이 많았겠지만 전통줄의 가치나 이념을 이해할 만큼 제대로 의식화된 학생들은 탈춤반의 소수 선배 학생들뿐이었다. 소수지만 이들의 활동은 눈물겹도록 간절했다. 가닥

줄 드리기(학생들 말로는 줄꼬기)판을 우리가 만들어 주자 이들은 교문 옆에 서서 출입하는 모든 재학생들에게 동참을 호소했다. "줄꼬고 가세요! 줄 대동놀이에 함께 하세요!" 동참을 호소하는 그 목소리가 하도 간절해서 웬만하면 그냥 지나치지 못했다. 줄에 오불관언인 귀족 학생들도 줄 만드는 곳을 흘깃 쳐다보고라도 지나갔고, 웬만하면 그 괴이한 줄드리기 풍경을 잠시 구경이라도 하고 갔다. 그중에서 적지 않은 학생들이 가방과 윗도리를 벗어재끼고 그 연약한 손으로 거친 짚을 잡고 줄드리기에 끼어들었다. 이렇게 되면 힘든 일도 신나는 대동두레 놀이가 된다. 그들은 도와줄 마음으로 찾아온 다른 대학의 남자 친구들의 도움을 일체 거부했다. 그러고도 생각보다 빠르게 튼튼한 줄을 만들어 갔다.

영산 현지에서도 큰 몸줄을 들러 메고 옮길 공동체가 이미 사라지고 없어 지역의 고등학생들을 동원하여 완성된 몸줄을 수레바퀴에 걸치고 줄 머리를 트럭에 실어 겨우겨우 줄 당길 놀이마당으로 옮겨 간다. 그런데 그 여대생들이 역시 구경 온 남학생들의 도움을 거부하고 저들끼리 그 큰 줄을 기어이 어깨에 메고 줄을 당길 장소까지 옮겨간 것이다. 그리고 또 영산 현지에서도 지금은 한번 당기는 것으로 맡겨진 의무를 다했다는 듯이 모두 지쳐 나가떨어지는 '줄당기기'를 잠시 쉬었다가 세 번이나 되풀이하는 깡다구까지 보였다. 이게 별것 아닌 놀이일 수도 있지만 사건이라면 큰 사건일수도 있다. 이대도 엄청나게 변했다는 징후다. 지난날에는 부르주아주의와 가부장주의에 길들여져 순응하던 이대가 이제는 자아 발견과 생명에 대한 포용성이란 제대로 된 여성주의에 눈 떠가고 있다는 징후였다. 이 징후를 본 나는 참 행복했다. 옛날 우리가 대학 다닐 때는 남학생 출입이 제한된 금남의 집이었는데 이곳에서 며칠간은 남자로서도 행복했었다.

이렇게 며칠간에 쌓은 만리장성의 인연으로 그해 겨울에는 이대 탈춤반 학생들이 내 농장에 엠티를 하러 왔다. 엠티 나온 학생들은 내가 안 될 것이라고 만류하는데도 당시의 자급 원칙에 따라 가져온 쌀로 우리 집 무쇠솥에 땔나무로 밥을 지었다. 몇 번이나 밥을 새카맣게 다 태워먹고 나서야 하는 수 없이 고집을 꺾고 내가 전기밥솥에 해놓은 현미밥을 먹었다. 현미밥은 반찬이 없을수록, 아니 없이 씹어야지 구수한 제맛이다. 이 맛을 들인 학생들은 공부하는 책상(밥상) 아래에다 현미밥을 숨겨두고 군것질로 계속 먹어대더니 돌아갈 때쯤에는 엠티 와서 체중이 너무 많이 불어났다고 비명들이었다.

이 학생들이 그 다음 해 여름방학 때는 우리 지역에서 공개적인 농활을 하겠다고 협조를 내게 또 부탁해 왔다. 앞에서 말했듯이 당국으로부터는 대학생 농활의 전면 금지령이 내려져 있었다. 이 일을 어쩐다. 우리 지역에서는 당시에 내가 소속된 유일한 재야 농민운동 조직인 가톨릭농민회원이 군내의 이 마을 저 마을들에 한두 사람 꼴로 떨어진 채 7명밖에 없었다. 그래서 군 단위의 분회 조직만 있었고, 실질적인 분회 조직인 마을 단위 조직은 하나도 없었다. 마을 단위의 강력한 분회 조직 없이는 그 농활 팀들의 활동을 끝까지 보호해내기 어렵다. 그래서 고민 끝에 이대 학생들의 농활 활동을 우리 가톨릭농민회 경남연합회의 지역 활동과 연계시켜 분회가 잘 조직된 다른 지역 마을 분회에서라도 학생들의 농활을 기어이 실현시키기로 했다. 우선 학생들은 농활이 아니라 그냥 개인적으로 창녕 화왕산에 놀러가는 것으로 위장하게 했다. 실지로 학생들은 몇 명씩 분산해서 대중교통 편으로 당시 화왕산 지킴이 하도암이 운영하던 화왕산의 비닐하우스 산장에 모여 하룻밤을 머물렀다. 그 다음 날은 농활을 받기로 한 고성군 가톨릭농민회의 어떤 마을 분회까지 창녕분회의 젊은이들이 비밀리에 학생들을 수송하기로 했다. 분회원들은 빌린 승합차에 농활 학생들을 태우고 검문소가 없는 시골 지방도나 농로 길을 골라 찾아서 고성의 마을 분회까지 무사하게 학생들을 도착시킬 수 있었다.

모든 정보기관은 물론 행정기관과 심지어 농협까지 당시 재야 농민운동 단체인 가톨릭농민회원과 운동권 학생 등을 감시하던 시절에 이 같은 농활 학생 수송 작전(?)이 성공하리라고는 우리 자신도 믿지 않았다. 그런데 학생들이 농활을 받기로 한 마을에 안착할 때까지 경찰과 당국들은 별다른 반응을 하지 않았다. 몇 명 안 되는 여학생들의 농활을 막으려다 당시로서는 막강한(?) 재야 민주화운동의 중심 세력이었던 천주교와 그 산하단체인 가톨릭농민회와의 전면전이 벌어질까봐 귀찮았던가? 농활이 끝날 때까지 그 마을 입구에서 동태 감시를 위해 경찰이 보초를 서주는 것으로 농활을 무사히 마치게 해 주었다. 이리하여 당국의 농활 금지로 농활을 기획했다 포기한 전국의 대학 동아리들이 주시하는 가운데 치러진 이대 탈춤반 농활은 그해에 유일하게 성공한 대학 농활 축제라는 또 하나의 전설을 기록했다.

대중가요까지 양극화시킨 시장 경쟁 민주주의

지금까지 이화여대의 줄다리기와 농활 얘기는 다음의 얘기로 들어가기 위한 다소 장황한 서론이었다. 학생들이 농활 의례(축제)를 전부 끝내고 돌아간 얼마 뒤 이대 농활팀의 뒤풀이 장소를 빌려준 마산 가톨릭여성회관의 관장님을 만났더니 내게 이런 원망을 해댔다. "어디서 꼬맹이들을 잔뜩(30명쯤) 데리고 와서 남의 잠만 못 자게 합니까? 그 꼬맹이들 초저녁에는 운동가 부르며 엄숙 뜬다 했더니 결국은 뽕짝으로 온 밤을 꼬박 새우는 통에 잠 한숨 못 잤다고요. '꼬맹이'들이 웬 유행가 레퍼토리는 그렇게 많은지?"

혁명적으로 의식화된 사람이라고 통속적인 서정성이 메마른 사람은 결코 아니라는 또 하나의 예는 조명암 시인에게서도 볼 수 있다. 1913년에 태어나 1993년에 타계한 조명암은 8.15 전후에 〈꿈꾸는 백마강〉, 〈낙화유수〉, 〈산팔자 물팔자〉, 〈울며 헤진 부산항〉, 〈눈 오는 네온가〉, 〈남아일생〉, 〈정든 땅〉, 〈어머님 안심하소서〉, 〈고향소식〉, 〈남매〉, 〈물방아 사랑〉, 〈포구의 인사〉, 〈잘 있거라 단발령〉, 〈항구마다 괄세더라〉, 〈더벅머리 과거사〉, 〈무정천리〉 등등 무려 700여 편의 주옥같은 대중가요 가사를 남긴 시인이었다. 그러나 동시에 그는 사회주의적으로 의식화된 혁명 시인으로 정치적 선택은 북쪽을 했다. 그래서 혁명적 관점에서 퇴폐적이고 패배주의적이라며 북한에서나 금지할 그의 가사곡을 한때 남한의 군사독재정권도 금지했던 비운의 시인이었다.

이로 보아 유행가는 우리 같은 구세대나 꼰대들만의 낡은 정조는 아니었다. 혁명적으로 의식화된 꼬맹이들(신세대)과 격조 높은 혁명 시인에게도 인간이면 이미 선천적으로 주어지는 기본 정조였던 것이다. 대중가요 앞에서는 혁명도, 반동도, 지식인도, 무식인도, 일류도, 삼류도, 세대차도 없었다. 유감스럽게도 대중가요 앞에서만 모두가 하나의 대중으로 통일된다. 물론 이것도 1970년대 이전에 출생한 오디오 세대들까지의 얘기다.

그 이후 비디오 세대들은 힙합, 랩, 발라드, 댄스곡, 흑인음악 등 우리 세대들로는 알아들을 수도 없고 노래보다는 몸동작이나 춤 등이 주가 되는 새로운 비디오적 장르들을 번갈아 등장시키고 있다. 그래서 요즘의 대중가요로부터는 기억에 남을 서정적이고 시적인 노랫말도 사라져간다. "흐린 창문사이로 하얗게 별이 뜨던 그 교실/나는 기억해요/내 소년 시절에 파랗던 그 꿈을/세상이 변해가듯 같이 닮아가는 내 모습에/때론 실망하며 때로는 변명해 보았지만……" 가수 신해철이 스물두 살 때 썼다는 〈우리 앞의 생이 끝나갈 때〉의 노랫말 일부다. 이처럼 가슴 짠하게 스미는 감동의 가사는 이제 더 이상 만나보기 어렵게 되었다.

대중가요의 가사는 삶의 아픔과 기쁨, 다양한 시대의 다양한 정서들로 대중의 공감을 이끌어내는 중요한 요소이자 통로다. 그런데 요즘의 대중가요 가사에는 이런 것이 없다. 앞에서 본 신해철의 가사처럼 시적 수준의 가사는 고사하고 유치한 채팅어 수준의 단문조차 애교에 속한다고 한다. 욕설과 비속어, 무분별한 외국어, 의미를 알 수 없이 조작된 의성어와 의태어, 감탄사와 국적 불명의 신조어까지 그 끝을 볼 수가 없다. 국어 파괴의 수준이 아니라 소통 불능의 수준을 넘어섰다. 티아라의 전 히트곡 〈보핍보핍〉, 소녀시대의 〈지〉, 엠블랙의 〈오 예〉, 제국의 아이들의 〈마젤토브〉

등 사례를 꼽기조차 힘들 정도란다. 구체적 예로 아이돌 그룹 샤이니의 최근 히트곡이라는 〈링딩동〉의 무의미한 말장난을 들어보자. "링딩동 링딩동 링디기 딩디기 딩딩동 판타스틱 엘라스틱……."[42]

음주가무 또는 발라드 댄스라는 옛말처럼 노래와 춤은 원래 하나라며 요즘의 텔레비전 무대를 하나같이 휩쓰는 가사 무시, 댄스음악을 적극적으로 옹호하는 사람들도 많다. 물론 시원적 음악 예술은 음악과 춤과 시가가 하나로 통일된 종합예술이었다. 그러므로 오늘날의 댄스음악에 대한 비판은 그 근원적 음악성, 일자성, 종합성을 부인하는 것이 아니다. 음악성 또는 시가성을 배제 또는 무시하고 지나친 댄스 위주 그것도 차별 없이 획일화, 유행화되는 것을 거부하는 것이다. 개성 시대라는 요즈음의 댄스 가수 그룹들의 음악은 무엇이 누구의 것인지 차별성이 없어 헷갈린다. 적어도 우리 세대들에게는 댄스 뮤직 모두가 그게 그것인 몸동작일 뿐이고 그들의 고유명사나 노래 제목을 기억할 수 없게 하고 고유명사에 값하는 어떤 개성이나 특징도 보여주지 못한다.

사실 가사는 없이 무의미한 구음의 요즘의 댄스음악은 빠르고 건조한 리듬에다 춤이라기보다는 기이한 몸동작의 경연장이 되어 있다. 팔다리만 흔드는 정도가 아니라 주로 엉덩이와 아슬아슬하게 내 논 허벅지, 심지어 가공품으로 밖에 볼 수 없는 젖가슴까지 한껏 내밀고 다투어 온몸을 광적으로 펄떡대거나 뒤틀어댄다. 감정이나 정서보다는 감각 특히 시각과 성감에 직접 호소한다. 그러

42 「대중가요 '가사는 없다'」, 『경향신문』, 2010년 12월 12일

다보니 소리 잘하는 것보다는 예쁜 몸매와 얼굴이 요즘의 가수가 될 수 있는 첫째 조건이다. 그래서 기억과 가슴 속에 스며드는 서정성 있는 음악은 나오지 않고 찰나적이고 시각적인 즐거움과 성감을 자극하는 하루짜리 차트 1위 곡만 난무한다. 청각예술인 음악이 이처럼 하나같이 보는 음악, 배경음악으로 전락하면서 자신의 장르적 정체성을 스스로 파괴해가고 있다. 이건 음악이라기보다는 돈만 되면 생명도 시장에 내놓게 하는, 갈 때까지 다 가고 있는 시장 · 자본 만능주의 시대가 낳은 또 하나의 '성 상품'이라 해야 될 것 같다.

이런 몸 상품화의 시대를 역설적으로 개성의 시대, 감성의 시대라고 한다. 그러나 이 말은 돈만 되면 젊은 여성들의 몸도 상품화하는 획일적 시장 만능주의 시대를 미화하기 위한 거짓말이다. 신자유주의라는 미명의 시장 만능주의는 우리를 물질적 삶의 양극화로 내모는 데만 그치지 않고 삶과 정서까지 극단적으로 획일화한다. 그리고 세대와 계급을 넘어 유일하게 우리를 하나로 소통해주던 유행가의 정서 세계까지 양극화시켰다.

농촌공동체 파괴 시대의 정서를 반영하는 대중가요

물론 양극화된 유행가 장르 간에도 굳이 찾아내자면 한 가지 공통점은 있다. 모든 장르가 그 시대 정서의 낙인을 받아 그것을 다시 반영적으로 표현하고 있다는 것이다.

불통 가사와 무의미한 구음의 몸(춤)노래는 자기가 속한 지역과 공동체적 소통을 부인한다. 대신 그것은 신자유주의라는 미명의 세계 시장주의 정서를 충실히 반영하는 장르다. 몸의 언어인 춤은 종족도 국경도 초월하는 세계적 보편 언어임에 틀림없다. 이른바 케이팝 한류라는 것도 바로 만국 공통어인 춤 위주의 노래가 누릴 수 있는 한시적 현상일 것이다. 그러나 그것은 어떤 공동체의 정서와 언어를 구체적으로 반영하는 대신 예컨대 한류라는 이름 등으로 세계시장을 지향하고 있는 한 세계시장은커녕 국내시장에서도 패배하고 있는 대다수 기성세대 민중에게는 역설적으로 지극히 사적이고 폐쇄적인 정서가 될 수밖에 없다. 그것은 아직 시장 경계의 밖에 있는 아이들의 정서를 시장권으로 매수하기 위한 세계 시장주의자들의 전략에 지나지 않는다.

또 요즘의 몸 노래는 감각적이고 개인적인 열정이나 충동 등을 지나치게 조장하고 있는 데 비해 그것을 횡적으로 묶어주는 연민과 연대의 정서, 인간 영혼과 근원에 대한 그리움과 우수가 없다. 다시 말해 오늘의 몸 노래에서 이미 파괴된 공동체로 인한 현재적 아픔이나 슬픔은 반영되고 있는 것 같지만 새로운 공동체에 대한 열망은 물론 전통 공동체를 다시 회복시키거나 그리워하는 복고적 정서는 느껴지지 않는다. 이 같은 요즘의 몸 중심 유행가에 비해 소리 중심의 전통가요에는 새로운 공동체에 대한 열망은 보이지 않으나 전통 공동체 파괴로 인한 아픔과 함께 그것을 절절히 그리워하는 복고주의 정서만은 확실하게 반영되고 있다.

흔히 유행가를 전통가요라고 말하기도 하지만 상업적 저작권을 독점하는 기명 작사자와 작곡가와 특정 가수에 의해 생산되는 유행가는 불과 100년 이내의 전통밖에 안 된다. 진짜 우리 전통가요는 우리 농촌공동체에서 익명의 공동 작사 및 작곡과 노래로 자생한 민요다. 그러나 그런 전인적 공동체와 민요가 제아무리 그리운 전통이라 해도, 사라진 농촌공동체가 다시 부활되지 않는 한 민요 전통으로 되돌아가는 것은 아마도 영원히 불가능할 것이다. 그런 전통 공동체의 파괴로 잃어버린 전통 민요를 대체하는 장르가 유행가다. 전통 민요가 재생산될 수 없고 그것을 대체해온 유행가의 역사가 100년이라면 그 또한 싫으나 좋으나 우리의 전통가요가 될 수밖에 없다. 전통 공동체의 파괴 시대의 산물인 유행가에는 전통 공동체 파괴에 일조하면서도 동시에 그 파괴의 아픔과 그리움, 그리고 그 복고를 노래하는 이중의 정서, 배반의 정서가 공존한다. 〈울고 넘는 박달재〉도 이 땅 전통 공동체의 분해와 파괴의 아픔을 반영하면서 동시에 그 공동체를 절절히 그리워하는 과도기적 정서를 반영하는 대표적인 전통가요 중 하나다.

〈울고 넘는 박달재〉가 발표된 연도는 1948년이라지만 확실하지 않다. 그러나 1945년 이후 1949년 사이의 이른바 해방 공간에 나온 것이 틀림없는 이 노래는 당시에만 공전의 히트를 친 것이 아니라 지금도 가수라면 한 번씩 부르지 않으면 안 되는 고전이 되었다. 이 노래의 소재는 천등산 박달재 아래 마을에 살던 아름다운 금봉낭자와 장원급제를 꿈꾸며 한양으로 과거 보러 가던 박달이란 경상도 선비 간의 사랑의 언약이 선비의 과거 실패로 비련으로 끝났다는 지극히 통속적인 것이다. 이토록 뻔한 통속적 소재의 노래가 왜 만나고 헤어짐이 일상사가 된 오늘날의 우리에게까지 그렇게 계속 애절하게 불리게 되었을까?

유행가는 호소력이 매우 강하고 일부 유행가는 그 이름과는 달리 생명력도 매우 질기다. 우리의 개인적 감정에 직접적이고 직설적으로 호소하고 설득하기 때문일 것이다. 그러나 이것뿐일까? 유행가가 개인적인 정서를 자기중심적으로 해석해서 애절하고 직설적으로 타인에게 호소한다 해도, 이것만으로 많은 사람들의 공감을 충분히 불러낼 수는 없다. 개인적인 정서도 당대의 사회적 또는 공동체적 정서와의 합조(合調)로 대중과 공유하지 않으면 타인에게 깊은 감동으로까지 이어지지 않는다. 공동체에 깊이 내재해 있는 사회적 정서를 자신의 특수한 개인 정서의 촉수를 통해 예민하게 감지하여 사회적으로 표출할 수 있을 때 그토록 애절한 호소력으로 우리를 공감시킬 수 있는 사회적 정서가 되는 것이다. 다시 말해 유행가의 생명력도 당대 사회 현실과 공동체적 정서에 뿌리를 두고 그와 합조를 이루지 못하면 금방 꺼질 수밖에 없다. 그렇다면 〈울고 넘는 박달재〉가 아주 오래된 과거 전설의 형상화일 뿐인데도 현재에도 사회적 호소력이 전혀 녹슬지 않고 계속 되살아나고 있는 사회적 조건은 무엇일까?

이 문제에 대해 내가 직접적으로 묻고 고민한 것은 아니지만 막연한 의문을 품고 있는지는 오래다. 그런데 그 하나의 대답을 뜬금없이 『일제하 조선임야조사사업과 산림정책』[43]에서 발견했다. 〈울고 넘는 박달재〉는 사랑하던 연인과 영별한 비련의 이별 고개로만 남아 있지 않고, 일제 이후부터 본격화된 이 땅 농촌공동체 파괴의 한 사회적 상징이 되고 있는 사실을 이 책은 일깨워 주었던 것이다. 다시 말해 〈울고 넘는 박달재〉는 한 개인에 국한된 비련의 노래에

43 최병택, 푸른역사, 2009

만 그치지 않고 우리 농촌공동체 파괴의 아픔과 비극과 함께 사라진 공동체를 절절히 그리워하고 있는 노래 중의 하나라는 것이다.

마을 축제의 중심인 산신당은 마을 공유림에 있었다

우리는 어릴 때 외진 산 고갯길을 가다 간혹 차곡차곡 쌓아둔 돌무더기와 그 옆의 나뭇가지에 울긋불긋 매달린 오색 헝겊과 조우하고 때로 섬뜩함을 경험한 적이 있을 것이다. 나이 들면서는 그게 마을 지킴이 서낭당임을 알고 거기서 머지않은 곳에 마을이 있다는 안도감을 느낀다. 그래서 가던 길을 잠시 멈추고 잘생긴 돌을 골라 돌무더기 위에 가지런히 쌓아두고 가던 길을 가기도 했다. 서낭당은 이 같이 마을과 약간 떨어진 고갯길(산길)이나 산중턱 또는 마을 앞 등 마을마다 다르게 위치해 있었다.

그렇다면 이 서낭당은 우리를 헷갈리게 하는 산신당과 성황당, 당산 등과는 무엇이 같고 다른 점은 무엇일까? 서낭당과 성황당, 당산에 대해서는 잡설이 참 번다하다. 원래 신앙은 오묘한 인간 정신의 영역이라 통일된 하나의 정답은 있을 수 없다. 여러 잡설들을 여기서 다 소개할 수는 없고 내가 이해하고 종합한 것은 다음과 같다. 원래 마을마다 독자적인 마을 수호신 즉, 마을 토템이 한 개 이상 있었다. 토템의 대상은 구체적인 각종 동물이나 나무, 바위 등으로 마을마다 다르기도 하고 같은 경우도 있었다. 그런데 국가의 성립과 동시에 국가를 만든 세력은 자신의 하늘[天神] 신앙을 마을마다 독자적인 토템을 믿는 토착민들에게 획일적으로 강요한다.

그러나 토템을 믿는 토착민들이 자신의 토템들을 일시에 버리고 지상과 낯선 하늘의 보이지 않는 천신을 곧이곧대로 받아들이기는 쉽지 않다. 그래서 천신 대신 하늘과 가깝게 직통하면서도 토템과 인연이 있는 땅 위의 높은 산의 '산신'으로 타협하여 이를 또 하나의 마을 수호신으로 수용했을 것이다. 다시 말해 천신이 산신으로 내려오고 마을 토템이 산으로 올라감으로써 마을의 전통적 여러 토템들과 천신의 공존이 가능했던 것이다. 마을의 큰 나무를 당산나무로 모시는 당산 신앙도 아마 높은 곳(하늘)으로 통하는 천신 신앙과 전통적 마을 토템과의 타협 결과일 것이다.

이런 우리 전통 신앙에 중국 송대에 보편화된 성황신앙이 고려시대에 들어왔다. 중국의 성황신앙은 성읍의 둘레에 못을 파 놓으면 그 못물에 신이 깃들어 성을 지켜 준다는 풍습에서 유래했다고 한다. 이 성황신앙이 이 땅에 들어와서 우리 전래의 마을 수호신앙(토템)과 산신 신앙과 융합할 때 중국의 성황신앙의 한자음 '성황(城隍)'이 '서낭'으로 발음되면서 두 가지 이상의 이름이 혼재, 공존하게 되었을 것이라는 것이 내 생각이다. 특히 조선시대에 와서 마을의 당산과 산신 등 여러 전통 수호신의 신상들을 국가에 의해 '모주성황지신' 또는 '모군성황지신'으로 통일한 읍치성황제가 도입되면서 '성황'이란 이름이 널리 사용된 것으로 추정한다. 예나 지금이나 지배층의 주민 통제 이데올로기나 기구는 하나같이 밖에서 그것도 힘이 강한 자들의 것을 끌고 들어와 강요한다. 이처럼 토템, 산신, 당산, 성황, 서낭 등은 처음에는 각기 탄생 배경과 신앙 대상, 방식이 달랐다. 그러나 후대에 가서는 하나로 습합되거나 혼재, 공존하며 지방과 사람에 따라 그 이름을 다르게 부르기는 하나 결국은 모두 마을(고을)의 수호신들로 정착했다는 점에서 같은 것이다.

그런데 우리의 산신당이나 서낭당이 주로 마을 사람들의 땔나무 조달과 벼논에 녹비 등으로 베어다 넣는 마을 공용림이나 공유지 가운데 있었다는 사실에 놀라움을 금할 수 없었다. 하기사 마을 공유림이나 공유지가 아닌 개인 사유지에서 마을 공동체의 상징인 산신당이나 서낭당의 터를 누가 내어 놓겠는가? 최병택의 『일제하 조선임야조사사업과 산림정책』에 의하면 제천시 백운면 평동리의 산 67-1번지 박달재 옆 산인 마을 공유림에도 산신당이 있었고 좀 전까지는 산신제도 지냈다고 한다. 같은 책에 실린 강릉시 강동면 임곡리의 마을 노인 김석기(85세) 씨와의 면담기사에서도 마을 서낭당이 마을 공유지의 숲에 있음을 확인했다. 경북 상주시 화북면 장암리 주민들과의 면담 중에도 마을산에 산신당을 모셔 놓고 1년에 선달그믐 날에 한 번씩 제를 올렸다고 증언했다. 전남 장흥군 용산면 운주리 등의 일곱 개 마을의 공유림이었던 부용산에도 가뭄 등의 마을 재앙이 있으면 꼭대기 바로 밑의 '용제암'이라는 신터(산신당)에서 제를 올렸었다고 한다.

흔히 근대주의자들이나 특히 기독교 등 제도권 보수 교회 측에서는 우리의 산신이나 서낭 신앙 등을 무조건 미신이라고 매도한다. 그런데 그것이 결코 미신이 아닌 과학인 이유는 산신당이나 서낭당이 앞의 증언들처럼 주로 마을 공유림이나 공유지에 있었다는 사실이다. 그러니까 서낭당은 그것이 서 있는 땅이 마을 공동체의 것이라는 실제적이고 구체적인 표징이었던 것이다. 다시 말해 일제에 의해 도입된 근대적 토지조사와 소유권 등기법 이전까지의 서낭당은 지배자들이 민중들의 공유지를 강제적으로 빼앗아가는 폭력에 맞서 그것을 지켜내기 위한 민중 자신들의 전통 공동체적 등기법이었던 것이다.

물론 태초부터 수렵시대까지는 모든 땅에 주인이 없었다. 농경시대에 접어들어 농민들이 임자 없는 무주공지를 점유하여 인간에게 유익한 농경지로 개간해 놓자 힘 센 자들이 주로 국가권력을 등에 업고 이 경작지를 야금야금 이 핑계 저 핑계로 빼앗아 간 것이 농지의 사유 또는 국(왕)유의 시작인 것이다. 이래서 국가 성립 이후 마을 공동체의 공유지가 점차 줄어들자 주민들은 산신당과 서낭당 등으로 마을 공유지에다 영역 표시를 해 두고, 그 땅을 지킴과 동시에 새로운 공유지를 조금씩 보충하기도 했던 것이다. 마을 공동체가 마을 공유지를 확충하는 첫째 방법은 아직 점유 당하지 않은 황무지나 임야의 공동관리 또는 개간이었다. 이런 종류의 임자 없는 땅이 거의 없어진 뒤부터는 산신굿이나 서낭굿 등의 마을 대동굿을 위해 거둬들인 비용을 절약하여 쓰고 나머지 적립한 돈으로 공유지를 조금씩 사는 방법이 있다. 그럼으로 산신굿이나 서낭굿은 공유지를 지키는 데 꼭 필요한 의례일 뿐만 아니라 그것을 유지 확충하는데도 없어서 안 될 중요한 의례였다. 또 다른 방법은 마을에 같이 살다 후사나 연고자가 없이 죽어간 사람들이 남긴 집이나 땅을 마을 공유화하여 마을의 자치 비용으로 썼다.

이런 마을 공유지들을 근대적 법의 이름 아래 본격적으로 빼앗아 간 때는 서구의 경우 16세기 이후 인클로저운동 이후부터지만, 이 땅의 경우는 동양척식주식회사를 앞세운 일제의 토지조사사업 때였다. 나는 동척의 토지조사사업이 힘없는 민간의 민유지나 당시까지 많이 남은 무주공산을 동척이 전면적으로 소유하기 위한 것으로 이해하고 있었는데 반드시 그렇지는 않았다는 사실을 최병택의 앞의 책을 통해 알았다. 처음에는 가능한 개인들이 점유한 사유지는 사실 그대로를 인정하여 법적 소유권을 보존시키는 방침을 택했다고 한다. 특히 투자에 비해 수익은 오래 뒤에 나오는 산지는 가능한 사유화시켜 자비로 산림녹화를 하게 하고 보유세나 소득세를 거두는 쪽이 훨씬 국가 재정에 유리했기 때문에 그 방법을 택했다고 한다. 다시 말해 개인소유권을 인정해 주는 대신 산림 등을 개인들이 조림, 육성하여 수익을 얻으면 세금 제도 등을 통해 야금야금 빼어갈 수 있는 사유재산제가 지배와 수탈에 훨씬 유리하다는 것을 일제는 일찍부터 잘 알고 있었던 것이다.

농지든 산지든 국가가 인정하는 제도적 소유권을 가지자면 토지의 경계와 면적을 계량하는 이른바 '세부 측량'에 드는 비용과 그 취득을 위한 각종 세금 등을 부담하지 않으면 안 된다. 당시의 지주들이나 침략자들은 그것이 가능하겠지만 대부분의 농민들은 가까운 장래에 소득을 기약하기 어려운 산지는 물론 농지까지도 소유권을 그냥 가지라고 해도 비용을 당장 감당하지 못해 이를 포기함으로써 결국은 동양척식주식회사가 아니면 지주 또는 식민국가의 소유로 넘어 갔다.

비료와 연료 등의 시초(柴草)를 채취하거나 목축 기타의 수익을 목적으로 개별 마을 혹은 수 개의 마을들이 점유한 땅을 기존 연구에서는 마을 공유림이라고 하지 않고 일본식으로 '입회지'로 불렀다고 한다. 이런 '입회지'에 대해 1908년 공포된 '산림법'에는 아무런 규정이 명시되어 있지 않았다. 따라서 주민들이 이를 보유하려고 하면 그 마을 대표자 개인 명의로 소유가 가능했다. 그런데 1917년부터 시작된 임야조사사업 당시에는 이를 신고할 때 임야대장에 반드시 행정동리장 소유재산으로 등재하도록 규정했다. 행정동리는 1914년 일제에 의해 부, 군, 면, 동리를 통폐합한 지방행정제도 개편 때 몇 개의 자연 촌락을 행정 편의를 위해 합친 지방통치용 기초행정조직이다. 행정동리 소유재산은 '총유재산'으로 지역 주민들이 분할 소유할 수 없다.

'총유'란 법인이 아닌 단체가 집합체의 자격으로 물건을 소유하기 때문에 구성원의 지분이 인정되지 않는다. 관리·처분권과 사용·수익권이 분리되어 전자는 구성원 총체가 행사하는 반면 후자는 각 구성원이 분점하는 형태다. 지금 민법은 단체의 구성원 자격을 얻으면 총유재산의 이익을 누릴 수 있도록 하고 있지만, 그 권리, 처분의 경우에는 구성원 전체의 결의에 따르도록 규정하고 있다. 그러나 일제 때에는 동리장이 동리민의 의사와 상관없이 자의적으로 그 총유재산을 처분할 수 있었다. 때문에 동리장이 군과 면의 압력을 받아 이를 면유재산이나 국유재산으로 처분하는 일이 자주 발생했다. 일제는 1917년~1926년까지 임야조사사업이 끝난 이후 이러한 성격의 임야 가운데 경제적 가치가 있는 임야는 모두 면유재산에 편입하는 조치를 취했다. 이에 따라 상당수의 마을 공유림을 면유재산으로 빼앗아 이를 바탕으로 면 재정의 자립을 유도하는 정책을 쓰고자 했다.[44]

이러한 조치는 공용림을 빼앗긴 마을 주민들의 광범한 저항을 불

44 앞의 책, 205쪽

러왔다. 특히 경북 상주시 화북면 장암리의 저항은 '망태기난리'로 유명하다. '망태기난리'란 마을 주민들이 망태기에다 먹을 것과 입을 것 등을 넣어 와서 군청 앞에서 마을 공유림의 면유화를 반대하는 철야 데모를 해서 붙은 이름이라고 한다. 1928년 11월 8일자의 『동아일보』가 보도한 이 '망태기난리'를 정리하면 이렇다. "상주 군청 앞 도로에서 지난 5일(11월) 오후 4시경 농민 수백 명이 쇄도해 노숙을 할 작정으로 솥을 걸고 밥을 짓는 등 소동을 벌였다. 이들은 상주군 화북면 장암리 거주의 농민들인데 지난 음력 8월 13일에 화북 면유림의 벌채에 대한 화북면장의 부당 조처를 군 당국에 진정하고자 왔다. 원래 이 면유림은 장암 동민들 공유인데 작년에 면에서 그것을 강제로 빼앗아 그 산 밑에 사는 농민들의 녹비절초도 심지어 땔감조차도 마음대로 못하게 했다. 농민들의 불평이 높아가자 음력 8월 중순에 화북면에서 장암 농민에 한 해, 이 산림에 평당 1주씩만 남기고 벌채하도록 했다. 그래서 동민들은 2일 또는 3일간씩 벌채한 일이 있는데 그때는 아무 말이 없다가 최근에 와서 화북면에서 소나무 벌채 규정을 안 지키고 남벌했다는 이유로 동민에게 5,000여 원의 묘목 구매 신청을 하라고 구장에게 공문을 발송했다."[45]

망태기난리굿은 이렇게 해서 일어난 것이다. 마을 공동체의 물적 기반인 마을 공유지와 공유림 등이 마을 축제의 원천이 될 수밖에 없었던 증거는 이 장암동 난리굿을 통해서도 잘 드러내 주고 있다. 공유림이 마을 소유였을 때는 그것을 대내외적으로 마을 공유

45 앞의 책, 173~174쪽

림임을 선포하고 그 공유림에 감사하고 마을의 안녕을 기원하는 산신굿이나 서낭굿을 열었다. 그야말로 평화적인 마을 대동제의 원천이 되었던 것이다. 그런데 마을 공유림은 또 그것을 빼앗긴 농민들에게는 '망태기난리'라는 물리적이고 투쟁적인 또 다른 축제(마을 회의)의 원인이 되었다. 일상성과 체제를 거부하는 반란성이 축제의 최고 덕목이라면 후자의 '망태기난리'야말로 또 하나의 탁월한 마을 공동체 축제라고 할 수 있다.

마을 공유림을 강탈 매각한 지자체

공유림은 마을 대동계에서 관리했다. 그 마을에 살고 있는 사람들은 물론 새로 이사 오는 사람도 그날부터 자동으로 대동계원이 되어 그 이용권이 똑같이 주어졌다. 마을 사람들은 땔감이 필요한 때는 대동계의 명에 따라 공동으로 땔감을 채취했고, 벼 이앙전의 일모작 논의 녹비가 필요할 때는 이른바 '풀령'을 내려 한 집당 일정량의 풀을 베게 하여 논에 넣게 했다. 이런 마을 공유림에서 치르는 산신굿과 때때로 벌어지는 두레 노동들은 그냥 굿이나 단순한 노동이 아니라 집단 놀이 곧 마을 대동 축제가 되었다.

박달재 옆의 제천시 백운면 평동리 산67-1번지의 마을 공유림도 이런 축제의 장이였다. 그런데 이 공유림 역시 1931년에는 주민들도 모르게 그 소유권을 백운면이 넘겨갔다. 그럼에도 마을 주민들의 이용권에는 아무런 제한이나 변화가 없었고, 8.15 뒤에도 별다른 변화가 없었다고 한다. 그런데 1961년의 지방자치법의 개정으로 기초지방행정체가 면에서 군으로 넘어가면서 애초 마을 공유림이었던 이 면유림이 군유림으로 넘어갔다. 충격적이고 기막힌 변화는 군에서 시로 승격한 제천시가 몇 년 전에 원래 평동리 마을 공유림인 이 산을 법적으로 시유림이 되었다고 법률에 의한 배타적 소유권을 행사함으로써 일어났다. 제천시는 박달재 노래로 유명해진 박달재 옆의 평동리의 옛 동유림을 지역개발 명목으로 관광 개발업자에게 팔았고 관광 개발업자는 휴양림, 리조트 등의 시설개발을 위해 그 동유림의 파괴를 이미 자행 중이다.

지금은 모르지만, 과거의 사회주의자들은 사회 모순의 근원을 땅과 재산의 사유화에 있다고 보고 그것의 국유화를 최선의 대안으로 내세웠던 경향이 있었다. 그러나 위에서 본 대로 마을 공유림의 시유화 결과와 사라진 공산주의 국가의 토지국유화는 개인의 사유보다 더 큰 모순을 만들었다. 땅을 아무리 많이 가진 개인이라 해도 개인보다는 국가가 더 막강한 권력을 가진 거대 집단이다. 그런 권력을 독점한 국가 집단이 토지까지 독점하게 되면 그것을 반민주적으로 악용할 소지는 개인소유와 비교할 수 없을 만큼 더 클 뿐만 아니라 위험하기까지 하다.

만일 4대 강과 하천부지가 국가의 독점 소유가 아니고 개인과 마을 공동체, 법인, 지방자치단체 등 다양한 소유 주체들의 분권적 소유였다면 그토록 많은 국민들의 끈질긴 반대에도 불구하고 저토록 일방적으로 무모하게 혈세를 낭비하는 강토 파괴를 자행하지는 못했을 것이다. 물이 흘러가는 하천부지가 무슨 근거로 국가의 자동 소유가 되고 있는지 나는 도저히 이해할 수가 없다. 나는 우리 전답 옆을 흘러가는 개울은 농지와의 연고로 보나 그것의 보수와 유지의 책임 관리로 보나 응당 우리 농지에 딸린 것인 줄 알았다. 그래서 우리 농지의 한가운데로 흘러가는 개울 일부를 우리 농지의 가 쪽으로 돌려내고 그것을 대신 농지로 이용했더니 군에서 와서 보고 꽤 많은 국유재산 사용료라는 것을 징수해 갔다. 원래 개울을 농지로 쓰는 대신 가 쪽의 내 농지에 다른 개울을 내어 물의 흐름에 아무 지장이 없는데 개울 사용료를 계속 내는 것은 아무래도 억울했다. 그래서 우리 농지 한가운데를 흘러 농지의 이용에 크게 장애가 되는 국가의 소유라는 개울과 내가 내 농지에 새로 낸 개울을 맞바꾸면 안 되느냐는 질문에 군의 담당자로부터 기절초풍할 대답이 돌아왔다. 우리 농지에 새로 낸 개울은 분할 측량해서 국가에 기부채납하고 원래의 개울은, 내 전답을 내 돈 들여 대지로 바꿀 때 군에서 크게 상향 조정한 대지 과표액에 따라 그 개울 면적에 해당하는 금액을 군에 지불하고 불하를 받으라는 것이었다. 내 개인 땅은 공짜로 받아가고 그 대신 국가 개울은 그냥 농지 값도 아니고 자기들 기준에 따라 대폭 올린 대지의 과표액을 지불하고 사가라는 이 황당하기 짝이 없는, 도적보다 더한 강도의 논리를 내세우는 곳이 이 땅의 자치 정부다. 한참 뒤에 농림식품부에 마침 지인이 생겨 그에게 하소연 겸 항의를 했더니 군청과는 달리 그대로 교환할 법적 근거가 있는 것 같으니 교환 절차를 다시 알아보라는 대답을 주었다. 군청에 다시 가서 농림식품부의 지인 말을 그대로 전하고 무상으로 교환해 줄 것을 거듭 요구했으나 역시 그렇게는 안 된다며 앞서와 똑같은 대답으로 거절했다.

국가기관의 이런 일방적 횡포를 막을 길은 무엇일까? 물론 이와 같은 개울의 위치 변경에 따르는 문제에는 새로 낸 개울과 기존 개울의 무상 교환이 가능한 법을 제정하면 된다. 그러나 4대강처럼 국책 사업의 이름으로 일방적으로 자행되는 개발을 방지하기 위해서는 모든 토지의 국유 또는 개인소유화 대신 마을 공유화 또는 총유화 하는 제도 개선이 물론 큰 도움이 되겠지만 궁극적 대안이 될 것 같지는 않다. 고향 인근의 부곡온천장이 개발될 때 그곳의 터주 씨족인 안동 김씨와 영산 신씨 총유의 수백 년 된 파종산까지 골프장 용지에 팔아넘기고 조상의 뼈를 다른 곳으로 이장시키는 것과 같은 험한 꼴(?)들을 수도 없이 보아왔기 때문이다. 종중의 '총유'라는 것도 이 모양이니 끝도 없는 경쟁적 토건 개발 사회에 토지를 개발 없이 보존하는 왕도는 없을 것 같다. 그래서 토지소유는 다양한 소유 주체(개인, 마을 공동체, 종중, 법인, 지방과 중앙정부 등)에게 각기 알맞게 일정 시가 이하의 소유 상한선을 정해서, 그 주체에 적합한 총유화, 국유화, 법인화, 개인소유화 등의 다양한 소유형태를 허용하는 것밖에 다른 대안이 있을 것 같지 않다. 누가 하든 독점은 불행과 비극의 씨앗이다. 다양한 소유 주체들의 격차가 크지 않는 토지의 분점밖에 무슨 다른 좋은 대안이 더 없을 것 같다. 하지만 개발 파괴를 막기 위한 궁극적 대안은 다양한 소유 주체와 소유형태가 아니라 지속 가능한 자기 생존 터전을 스스로 지키겠다는 자기 생명 보존의지로 늘 깨어 있는 민중들의 공동 회의 즉 저항의 축제밖에 다른 해법은 없을 것 같다.

박달재의 진짜 비극은 공유지와 공동체 파괴에 있다

〈울고 넘는 박달재〉가 발표 당시에도 그토록 크게 히트했고 지금까지도 끊이지 않고 계속 애창되는 국민가요가 된 이유를 이제야 확실히 알 것 같았다. 박달재 비극의 원천은 지방행정기관에 의한 마을 공유림의 소유권 강탈과 개발 등 국가와 자본에 의한 강제적 마을 공동체의 전면적 파괴에 있는 것이다. 금봉과 박달의 비련 자체도 박달이 과거 급제라는 반공동체적 국가의 권력의지를 쫓아가는, 공동체에 대한 배신과 파괴 행위로부터 비롯되었다. 국가나 자본에 대한 그 헛된 야욕을 버리고 일찍부터 모든 마을 사람들과 함께 서낭당 공동체나 제대로 지켰다면 이런 이별과 공동체 파괴라는 비극의 대물림과 확대 재생산은 결코 없었을 것이다.

박달재 노래는 알아도 그 박달재가 제천시에 있다는 사실은 몰랐던 나는 최병택의 책을 읽은 뒤에 마을 공유림을 국가기관을 통해 개인 관광 업자에게 빼앗긴 박달재 인근의 자연생태계가 지금 어느 정도로 파괴되고 있는지 궁금했다. 다른 곳과 달리 유명한 박달재 노래가 있는 마을이 그 노래로 인해 또 얼마나 더 많이 파괴되고 있는지도 궁금했다. 그래서 현장을 꼭 한 번 가보고 진짜 비극의 정체를 고발하고 싶은 충동을 느꼈다. 가기 전에 이미 예상하고 있었던 대로 박달재는 이미 박달재가 아니게 변해 있었다. 박달재 옆의 산 밑으로는 터널이 뚫려 있었다. 박달재 또한 왕거미 집 짓고, 부엉이 울고, 도라지 꽃 피고, 돌부리 걷어차며, 돌아올 기약이나 빌고 갈 옛 서낭당 길은 아니었다.

지금 박달재 길은 옛 박달재 오솔길을 일제 때 신작로 길로 닦아

놓은 것을 근대화된 조국이 왕복 2차선으로 확대한 포장길이었다. 고개 마루에는 노래 공원, 아니 박달재의 유래와 전설을 너무 노골적으로 형상화한 박달과 금봉이의 추모 공원이 조성되어 있었다. 유명 인사가 잠시 머물다 가기만 해도 그 연고권을 주장하며 관광상품으로 최대한으로 우려먹지 못해 병난 세상에 제천시가 〈울고 넘는 박달재〉로 널리 알려진 박달재라는 호재를 그냥 둘 리 없다. 너무 유치한 수준이긴 하지만 박달재 노래와 그 전설을 소재로 해서 소공원을 만들어 관광 수입을 올리겠다는 제천시의 관광정책을 비난할 수는 없다.

그러나 지금은 시 소유가 되어있지만 박달재 옆 산의 일부가 일제 때는 평동리 주민들의 마을 공유림이었음을 제천시가 모를 리 없다. 그렇다면 일제 때나 8.15 이후까지 그랬던 것처럼 동민들이 필요할 때 이용하도록 시유지 그대로 남겨두기라도 할 것이지 관광 개발로 그 수입을 더 올린다는 명분 아래 배타적인 법률의 소유권을 행사해서 그것을 민간 관광 업자에게 팔아 소유권을 독점시켜주는 작태는 도저히 이해할 수 없다. 마을의 공유림을 기초 행정단위인 면유림으로, 그것을 다시 지자체법의 개정에 따라 군과 시의 공유림화한 것부터 법을 빙자한 강탈행위다. 이것은 결국 제도 지방자치도 국가와 함께 자본과 한통속이 되어 주민의 자급과 자치를 오히려 억압, 압살하는 국가의 축소판임을 만천하에 들어낸 상징적 사건이다.

〈울고 넘는 박달재〉를 아무리 목청껏 부르고 또 불러도 채워지지 않는 허기, 박달재의 진짜 비극은 마을 공유지의 강탈에서 공유림의 강탈까지 자행하는 반공동체적 국가와 자본주의에 그 뿌리를 두고 있는 것이다. 국가와 자본에 의한 마을 공동체의 파괴는 알성 급제 과거라는 환영을 쫓아 한양으로 가던 박달과 같은 선비들처럼 오늘의 모든 토착적 원주민들을 출세와 돈을 쫓아 끝없이 헤매는 이주민으로 만들었다. 오늘날의 출세주의와 황금만능주의는 금봉과 박달처럼 개인적이고 예외적인 이별을 오늘의 모든 사람들에게 보편적이고 일상화된 비극이 되게 했다. 농촌공동체의 완벽한 파괴야말로 이 시대 모든 사람들이 앞으로 두고두고 이별을 거듭하며 그 아픔에 울고 넘지 않으면 안 될 오늘의 '울고 넘는 박달재'가 된 것이다.

박달재 관광 왔다가 돌아가는 차들 안에서 예의 그 〈울고 넘는 박달재〉 노래가 쓸쓸하게 흘러나왔다. "천등산 박달재를 울고 넘는 우리 님아"로 시작되는 박달재 노래가 박달재 공동체의 파괴 주범은 물론 아니다. 우리 공동체 파괴 주범은 멀리는 국가와 그가 보호하는 자본이고 가까이는 일본 제국주의와 지금은 그 사무를 그대로 인계받은 근대주의 및 현대 토건 자본주의 국가 한국이다. 그러나 박달재 노래도 박달재와 인근 산들의 관광지 개발을 촉진시켜 환경 파괴에 크게 일조하거나 방조한 범인임을 부인할 수 없다. 그 노래가 없었다면 옛 마을 공유림이 관광 개발업자에게 독점되는 비극이 아직은 없었을지도 모른다. 있었다 해도 공전의 히트곡만 아니었다면 부엉이 울고 도라지 꽃 피던 박달재 인근의 환경 파괴가 지금처럼 빨리 진행되지는 않았을지도 모른다. 물론 그 노래가 없었다 해도 언젠가는 결국 파괴로 끝장을 보긴 보고야말겠지만.

나도 귀갓길 차 안에서 박재홍의 그 〈울고 넘는 박달재〉를 거듭

입 속에서 흥얼거려 보는 것으로 특정할 수 없는 공동체 파괴자들에 대한 분노를 삭이며 그러고도 아무것도 할 수 없는 무력한 자신의 쓸쓸함을 달래고자 했다. 공동체 파괴의 아픔을 노래해 왔던 박달재 노래가 박달재 부근 환경을 더 빨리 파괴하는 이 역설에 내 가슴도 터질 것만 같다. 그러나 이제 내가 할 수 있는 일은 흘러간 옛 노래 따위나 다시 흥얼거리는 것 말고 아무것도 할 일이 없다. "울었소, 소리쳤소, 이 가슴이 터지도록."

끝날 수 없는 또 다른 박달재의 비극들

여기까지 쓰고 나니 지난번 박달재 답사를 다녀올 때 시간이 부족했고 함께 간 일행의 눈치도 보여 미처 확인하지 못한 사실이 영 찝찝했다. 그래서 다시 확인하지 않으면 안 되겠다는 생각이 들었다. 그때 확인하고 싶었던 것은 리조트 회사가 불하를 받은 평동리 동유림의 개발 현장이었고, 그 다음이 백운면 평동리의 옛 마을 공유림에 있었다는 산신당의 현존 여부였었다. 이들을 확인하러 제천 박달재를 다시 가야 하나 어쩌나 하고 고민하고 있을 때 문득 생각나는 제천 사람이 있었다. 그는 얼마 전(2010년 2월)에 출간한 나의 책 『천규석의 윤리적 소비』를 읽고 나에 대한 인터뷰 기사를 쓰겠다고 대구까지 왔다 갔던 제천에 있는 세명대학교 저널리즘스쿨 대학원생 이재덕 군이었다. 기자 지망생이니까 이런 현장 취재는 나보다 훨씬 잘할 수 있는 적격자라고 생각하고 조심스럽게 부탁했더니 흔쾌히 승낙하고 현장 확인과 함께 관계 자료까지 함께 열심히 찾아 주었다. 다음 사실들은 이재덕 군을 통해 확인한 사실인데 먼저 이군에게 고맙다는 인사부터 해 두어야겠다(이재덕 군은 이 책이 출간되기 훨씬 이전인 2011년에 대학원을 졸업하고 바로 『경향신문』에 입사하여 애초의 꿈이었던 농업문제 전문기자로 열심히 활동하고 있다).

평동리 동유림을 불하받은 리솜 리조트 사의 개발은 2008년 5월부터 이미 시작된 것으로 확인되었다. 개발 규모는 총 21만 제곱미터의 면적에 지상 2층짜리 빌라 70개 동과 지하 5층에서 지상 7층짜리 호텔 1동이 들어선다. 호텔 객실은 66~241제곱미터 규모로 197실, 빌라 객실은 79~241제곱미터형으로 205실 등 총 402실이다. 이 밖에도 민속박물관, 클럽하우스, 카페 등도 계획되어 있다. 이런 시설에 따른 대지 면적은 10만 2,644제곱미터이고, 건축 면적은 1만 9,003제곱미터, 연 면적은 7만 8,264제곱미터의 규모라고 한다. 이 리조트는 '제천 리솜 포레스트 힐링 리조트'라는 이름으로 종전의 레저 중심 리조트에 비해 자연 속에서 누리는 휴식과 치유(healing)를 테마로 하는 진정한 친환경 건강 리조트임을 내세우고 분양 마케팅을 한 적이 있다. 하지만 가장 친환경적인 상태는 친환경 개발이 아니고 개발 없이 자연을 그대로 가만히 두는 것이다. 친환경 개발이란 인간중심주의 개발을 숨기기 위한 형용모순이자 논리 모순의 위장일 뿐이다.

이런 대형 개발이 이루어지는 곳에는 음용수나 농업용수 등의 수질오염 문제, 자연경관의 파괴 등 반드시 환경 재앙이 따른다. 또 이런 개발이 이루어지는 마을에는 개발 정보를 먼저 입수하고 땅을 미리 산 부동산 투기꾼과 개발업자나 관청에 매수되었거나 개발로 땅값이 올라 이익이 될 것이라고 생각하는 소수의 땅 가진 농민들의 찬성과 말 없는 다수의 반대자로 마을 인심이 반드시 갈린다. 그러나 승리는 결국 개발업자와 관청과 땅 가진 소수의 마을 유지들과 외지의 투기꾼들에게 돌아간다. 평동리 마을 공유림의 개발도 이런 아픈 갈등 과정을 거치면서 이미 개발이 기정사실화되고 말았다.

백운면 평동리의 옛 공유림에 있던 산신당은 젊은 층은 전혀 모르고 있었고, 60세 이상의 노인들에 의해서 확인되었다. 그러나 마을 공유림에 산신당집을 따로 지은 것은 아니고 산 정상 가까이에 자연적으로 크게 돌출한 바위가 있는데 이게 산신제 올리는 산신당이었다. 이 서낭 바위 옆에는 사람들이 은신하기에 좋은 골짜기가 있다. 그래서 6.25전쟁 시 일부의 마을 사람들이 난리를 피해 이 산속에 숨어 살았다. 피난살이 하던 여인들이 무심중에 빨래한 치마를 이 바위에 늘어 말리다가 인민군의 은신처로 오인한 미군 폭격기의 폭격으로 많은 마을 사람들이 억울하게 희생당했다. 그래서 이 산신바위는 일명 '치마바위'라고 불리기도 한다. 지금도 소수의 기도객이 찾아가 촛불을 켰던 기도 흔적이 가끔 보이긴 하지만, 입산 자체가 통제되고 이미 마을 공동체의 산신제도 중단된 지 오래라서 오가는 산길이 없어졌다. 그래서 접근하기가 쉽지 않다며 마을 노인들은 이재덕 학생의 현장 답사를 만류했다고 한다. 평동리 동유림의 산신바위는 마을 동민도, 끝내는 동유림도 지키지 못한 슬픈 '치마바위'로 젊은 동민들로부터는 이미 잊혀진 전설이 된 지 오래라고 한다.

박달재 '서낭당'은 박달과 금봉의 사연 당시에는 모르지만, 마을 주민들의 기억으로는 없었던 것으로 알고 있는데, 노래 가사에 나오니까 박달재 공원 조성 때 시에서 새로 만들었다고 한다. 다음은 『뉴시스』 2008년 7월 18일의 박달재 서낭당 복원 관련 기사다. "제천시는 2004년부터 박달재 명소화 사업을 추진하면서 만남, 설레임, 사랑, 약속 등 열두 개 주제로 전설 속의 박달도령과 금봉낭자의 사랑을 형상화한 목각 작품들과 함께 12지간, 장승 등의 조형물들을 이곳에 설치했다. 이 사업을 통해 시는 박달재 정상에 예로부터 서 있던 서낭당을 복원했으며 한 민간 사업자는 자기 소유 토지에 남성의 성기와 여성의 가슴 등을 다소 과장해 표현한 목각 조형물을 만들어 관광객들에 볼거리를 제공하고 있다." 같은 날짜의 연합뉴스도 이 같은 내용을 보도했다.

이런 사실에 대해 제천 지역 기독교 단체는 "제천시가 서낭당을 만들어 미신을 조장하는 사업을 하더니 이제는 전통 문화재 개발이라는 명목으로 성기와 여성 신체를 비하한 작품을 공공연히 방치하고 있다"며 이의 철거를 요구했다. 이 같은 기독교인들의 항의에 제천시는 민간업자가 세운 해학적 조형물과 1990년 후반에 시가 이미 세워둔 서낭당은 박달재에 얽힌 전설을 상징하는 전통 시설물인 만큼 양해를 바란다고 답변했다. 다만 시는 "서낭당 부근에서 벌어지는 무속 행위에 대해서는 산림 보호 등을 위해 단속을 하겠다는 입장을 전달했다"고 한다.[46]

이미 신앙의 대상이라기보다 전통문화의 유산 중 하나가 되고만 서낭당을 굳이 종교 시설이라고 한다면, 그 특정 종교 시설을 시민 세금인 시의 재정으로 복원한 것은 다른 종교와의 형평성에 맞지

46 「기독교단체, 박달재 서낭당 철거 요구 논란」, 『뉴시스』, 2008년 7월 18일

않다고 할 수 있다. 또 남성 성기나 여성 신체를 비하한 조형물을 예술 작품의 이름으로 미화하여 장사에 이용함으로서 미풍양속을 해치는 그 지나친 상업주의를 비판하고 이의 철거를 요구하는 기독교 단체의 요구는 너무나 정당하다.

그러나 기독교 단체가 서낭당을 미신으로 비하한 것은 결코 옳다고 할 수 없다. 남을 대접하고 먼저 존중할 줄 알아야 자신도 존중을 받는다. 서낭당은 미신이고 자기 종교는 과학이라는 객관적 증거는 어디 있는가? 앞에서 보았듯이 이 땅에 일찍부터 뿌리박고 살아온 원주민들에게는 서낭당이야말로 마을 공동체의 상징이자 마을 공동체와 마을 공유지 등을 지켜준 수호신이자 공동체의 등기법 자체였다. 마을 사람들이 그렇게 믿었으니까 존중해 주는 것이 자기도 존중받는 유일한 길이다. 그래서 한국 불교는 이 땅에 들어올 때 서낭당 또는 산신당 공동체 신앙을 그대로 수렴하여 대웅전이란 부처님 모신 본당 옆에 자그마하게나마 산신각이나 칠성각이란 별당을 지어 토착적 전통 신앙을 자기의 종교 문화 속에 포용하는 아량을 보였다. 예수 하나님 당집(예배당) 옆에 서낭별당이야 못 지어줄망정 그것을 미신으로 매도하다니?

시가 서낭당을 복원한 것은 자신의 변명대로 서낭신을 섬기는 당집으로 복원한 것이 아니고 '전통 문화재'로 복원한 것이다. 다시 말해 시가 그것을 복원한 목적은 서낭당 공동체를 그리워해서거나 그 공동체의 복구와 유지를 기원해서가 아니라 서낭당집마저 관광자원으로, 문화 상품으로 팔아먹기 위한 단순한 투자, 그 이하도 그 이상도 아니다. 설사 전통 문화재에서 기독교인들의 눈에 볼썽사나운 무속 행위가 어쩌다 벌어진다 해도 그것을 미신으로 매도하는 것은 이웃 사랑의 예수 사상에도 맞지 않다. 기독교인들은 온 세상천지의 골목마다 골짜기마다 예수님 신당(예배당) 모셔두고 매주, 매일 경배하고 있지 않은가? 과거로부터 현재진행형이고 또 미래이기도 한 기독교에 비해 이미 지나간 전통 문화재가 된 무속은 일부러 보호하고자 해도 제풀에 사라질 날이 멀지 않았다.

이 땅에 천주교가 들어온 때는 이승훈이 북경에 가서 자진 세례를 받은 1784년부터 치면 226년 전, 1791년(정조 15년) 천주교의 신해사옥 때부터 치면 219년 전부터다. 그러나 개신교는 천주교가 거듭되는 순교 사옥을 통한 종교 자유화 투쟁을 거치고 1882년에 미국과의 통상 수호 조약과 함께 허용된 종교 자유화 이후에야, 즉 1885년(고종 22년)에 언더우드 목사와 아펜젤러 목사에 의해서 정식으로 들어왔다고 한다. 그러니까 천주교보다 약 100년 뒤인, 지금부터 약 125년 전에 천주교가 순교의 피로 닦고 살로 포장한 길에 무임승차로 굴러 들어온 돌이 기독교다. 그런 형편에 이 땅에 사람이 살 때부터 수천 년 어쩌면 수만 년 이상 박힌 돌인 서낭당에 1년에 고작 한 번만 서낭굿 여는 것도 미신이라고 못 봐주는 그런 좁아터진 밴댕이 속으로 이웃 사랑은 뭔 소린가? 천주교가 이 땅에 처음 들어올 때 지배 이데올로기였던 유교와 그 교리를 내세우는 정부로부터 수많은 피를 흘리고 한 맺힌 핍박을 당했던 것을 생각하면 그럴 수는 없다. 이미 사라져가고 없는 민중의 자기 치유 행위의 하나인 토착 신앙에 대해 연민은 못 느낄지언정 자기가 당한 핍박을 자기보다 약한 자에게 똑같이 전가하는 못난이 짓은 결코 해서는 안 될 일이다.

이상의 사실들을 확인하는 과정에서 〈울고 넘는 박달재〉 노래의 잘못된 가사에 맞추어 산 이름을 바꾸어 박달재 유래비에 기록한 어처구니없는 사실을 확인하는 서글픈 부수입을 올리기도 했다. 이재덕 군이 백운면 평동리 산67-1번지의 마을 공유림에 있는 산신당을 확인하러 마을에 갔을 때 박달재 옆 산의 이름이 천등산이 아닌 주론산인 것을 마을 주민들로부터 우연히 확인했다. 시청 홈피에서도 박달재 옆의 양쪽 산 중 하나는 주론산이고 다른 하나는 시랑산임을 확인했다. 그런데 박달재 공원의 박달재 유래비에는 "박달재의 원이름은 천등산과 지등산의 영마루라는 뜻을 지닌 이등령이었으나 조선 중엽 경상도의 젊은 선비 박달과 이곳의 어여쁜 낭자 금봉의 애달픈 사랑의 전설이 회자되면서 박달재로 불리우게 되었다"라고 쓰여 있다.

혹시 박달재 옆의 주론산과 시랑산 중 하나가 천등산을 주봉으로 그것과 이어진 연봉인가 싶어 다시 천등산의 위치를 확인해 보았다. 그러나 천등산은 주론산이나 시랑산 어느 산과도 바로 이어져 있지 않았다. 천등산은 해발 903미터의 주론산에서 맞은편 남서쪽 방향으로 직선 거리 약 8킬로미터나 떨어진 충주시 산척면 송강리에 있고, 주론산보다 약 100미터 낮은 807미터 높이의 별개의 산이었다. 현지 주민도 아닌 유행가 작사자가 이 근방에 있는 산 이름 중에 주론산보다 어감이 풍부하고 시적인 천등산을 박달재 산으로 착각했거나 잘못 들어 '주론산 박달재' 아닌 '천등산 박달재'로 작사하는 실수는 있을 수 있다. 그러나 시의 주관으로 세우는 박달재 유래비에 박달재에서 8킬로미터 이상 떨어져 박달재와 전혀 무관한 산 이름을 단지 노래 가사에 그렇게 되어 있다고 거기에 짜 맞추어 비문을 작성하는 실수는 일부러 한 것이지 실수가 아니다. 객지인인 우리가 단 한 번의 박달재 취재로 발견한 이런 실수를 유래비가 세워진지 언젠데 아직까지 시청 직원, 현지 주민, 관광객 들에 의해 지적되지 않고 그냥 어물쩍 넘어왔다는 것도 이해하기 어려운 대목이다. 만약 제천시에서 이것을 모르고 있었다면 공무원들의 무책임에 대한 비난을 면할 길이 없다. 알고도 그냥 여기까지 왔다면 박달재가 천등산에 있는 줄 알고 천등산까지 갔다가 헛걸음치고 다시 주론산과 시랑산 박달재를 찾아온 관광객을 상대로, 아니 모든 박달재 관광객을 상대로 엉뚱한 산을 천등산이라고 사기를 친 직무유기에 다름없다.

이재덕 군이 이 문제를 시청에 질의했더니 '왜 그렇게 됐는지 모르겠다며 전문가들의 의견도 들어보고 시청 내에서 회의도 해보고 수정 여부를 정하겠다'는 반응이었다고 했다. 본래 산 이름을 실수든 의도적이든 다른 산 이름으로 바뀌친 것을 바로잡는 데 무슨 전문가 의견이 필요하고, 회의에 따라 산 이름의 정정 여부를 결정하겠다는 것은 또 무슨 소린가? 시청이 개인이 아니고 거대한 관료조직인 만큼 소정의 절차를 밟는데 시간이 좀 걸리겠지만 즉각 잘못 기록된 노래비의 철거나 수정 절차에 들어가겠다고 했다면 이해할 수 있다. 그런데 전문가 의견과 회의를 통해 수정 여부를 결정하겠다는 것은 전문가가 그냥 두자고 하고 회의에서도 그렇게 하자면 산 이름이 틀려도 그냥 두고 넘어가겠다는 말인가?

청산녹수는 전면적 국토 개발, 성장 경제 이데올로기의 총체적 공격으로 피투성이가 되어 죽어가고 있다. 자본과 한 짝이 된 국가는 물론 지방자치단체조차 이처럼 마을 공유림을 강탈하는 데 그치지 않고 그 산 이름까지 바꿔치고도 딴청인 완강한 관료주의 앞에 우리는 다시금 절망하지 않을 수 없다. 참으로 답답하고 갑갑하기만 하다.

1990년대 초였을 것이다. 당시 이 땅에 우후죽순처럼 돋아난 시민단체들은 하나같이 지방 국가기구의 장과 그 의회 구성원들을 투표로 선출하는 국가 제도인 '지방자치제'가 이 땅의 모든 모순을 일거에 해소해줄 메시아라도 된다는 듯이 그 도입을 열광적으로 강요(?)한 바 있다. 그래서 이게 도입되어 20여 년이 흐른 지금, 선출된 지방 기관장들과 특히 무보수로 출발한 지방의회 의원들이 스스로 고액 보수를 받도록 제도를 바꾸고서도 해외여행 등 각종 구실의 예산 낭비와 야합 등이 거의 일상화되고 있다. 그래서 지방의회 폐지론과 지방 기관장 임명 제로의 복고론이 득세하고 있다. 그렇다. 자치는 기득권자들끼리 짜고 치는 국가의 선거제도로는 결코 주어지지 않는다. 오히려 자치는 제도와 국가권력과 자본과 시장과 지역토호 등에 맞선 시민들의 불복종 투쟁, 다시 말해 지역자급 혁명을 지속하지 않고는 결코 누릴 수 없는 인간 최고의 성사(聖事)다.

잃어버린 민중의 축제를 찾아서

2014년 2월 7일 1판 1쇄 찍음
2014년 2월 14일 1판 1쇄 펴냄

지은이 천규석
펴낸이 손택수
편집 이호석, 이승한, 임아진
디자인 김현주
관리 · 영업 김태일, 박윤혜

펴낸곳 (주)실천문학
등록 10-1221호(1995.10.26.)
주소 우121-839, 서울특별시 마포구 월드컵로10길 48 501호(서교동, 동궁빌딩)
전화 322-2161~5
팩스 322-2166
홈페이지 www.silcheon.com

ISBN 978-89-392-0711-0 03810

이 도서의 국립중앙도서관 출판시도서목록(CIP)은 서지정보유통지원시스템 홈페이지(http://seoji.nl.go.kr)와 국가자료공동목록시스템(http://www.nl.go.kr/kolisnet)에서 이용하실 수 있습니다.
(CIP제어번호:CIP2014003728)